MIRA®

Der Preis dieses Bandes versteht sich einschließlich
der gesetzlichen Mehrwertsteuer.

Umwelthinweis:
Dieses Buch wurde auf chlor- und säurefreiem Papier gedruckt.

Die Stanislaskis 3: Gegen jede Vernunft

Für die elegante Juristin Rachel Stanislaski scheint die Verteidigung des Einbrechers Nick zunächst ein ganz normaler Fall zu sein. Als sie jedoch dessen Stiefbruder Zackary Muldoon kennen lernt, gerät sie in Bedrängnis. Denn der raue Barbesitzer gefällt Rachel mehr, als ihr lieb ist. Doch sie merkt bald, dass ihre Gefühle für diesen Mann sie in ein gefährliches Fahrwasser bringen, aus dem es nur einen Ausweg gibt ...

Nora Roberts

Die Stanislaskis 3
Gegen jede Vernunft

Roman

Aus dem Amerikanischen von
Annegret Hilje

MIRA®

MIRA® TASCHENBUCH
Band 25132
4. Auflage: September 2005

MIRA® TASCHENBÜCHER
erscheinen in der Cora Verlag GmbH & Co. KG,
Axel-Springer-Platz 1, 20350 Hamburg
Deutsche Taschenbucherstausgabe

Titel der nordamerikanischen Originalausgabe:
Falling For Rachel

erschienen bei: Silhouette Books, Toronto
Published by arrangement with
Harlequin Enterprises II B.V., Amsterdam

Konzeption/Reihengestaltung: fredeboldpartner.network, Köln
Umschlaggestaltung: pecher und soiron, Köln
Titelabbildung: by digitalvision
Autorenfoto: © by Harlequin Enterprise S.A., Schweiz
Satz: D.I.E. Grafikpartner, Köln
Druck und Bindearbeiten: Ebner & Spiegel, Ulm
Printed in Germany
ISBN 3-89941-171-4

www.mira-taschenbuch.de

PROLOG

Nick konnte einfach nicht glauben, wie er so dumm hatte sein können. Möglicherweise bedeutete ihm die Zugehörigkeit zu einer Bande doch mehr, als er zugeben mochte. Vielleicht war er auch nur mit sich und der Welt uneins. Aber schließlich – warum sollte er eine Chance nicht nutzen, wenn sie so greifbar nahe vor ihm lag? Und natürlich bestand auch die Gefahr, dass er vor Reece, T.J. und Cash sein Gesicht verlor.

Es war das erste Mal, dass er ein Gesetz übertrat.

Na ja. Das entspricht nicht ganz der Wahrheit, korrigierte er sich, als er durch das zerbrochene Fenster in das Elektronikgeschäft einstieg. Mit den Bagatelldelikten, auf die er sich bisher eingelassen hatte, war diese Sache hier allerdings nicht zu vergleichen. Nicht mit den Hütchentricks drüben am Madison für Touristen und andere Trottel und nicht mit den heißen Uhren, die er auf der Fifth Avenue verhökerte. Auch nicht mit dem schlecht gefälschten Personalausweis, der ihn älter machte, damit er sich ab und zu mal ein Bier kaufen konnte. Eine Weile hatte er in einer Werkstatt gearbeitet, die gestohlene Autos ausschlachtete, aber schließlich war es ja nicht so, dass er die Autos gestohlen hätte. Er hatte sie nur auseinander genommen. Er hatte sich auch ein paar Messerstiche bei Kämpfen mit den Hombres eingefangen, aber das war eine Sache der Ehre.

Nein, das hier war anders. Ein weiter Sprung nach vorn. Er brach in ein Geschäft ein, um Rechner und Stereoanlagen mitgehen zu lassen. Über ein paar Bier hatte sich das Ganze noch wie ein großer Ulk ausgenommen. Jetzt allerdings stieß es ihm schwer auf.

Er hatte sich wieder mal in eine Situation hineinmanövriert, aus der er sich nur schwer befreien konnte.

„Mann, das ist echt besser, als einen Schokoriegel zu klauen, was?“ Reece ließ seine gierigen Blicke über die gefüllten Regale schweifen. Der Zwanzigjährige, der bereits einige Jahre in Jugendverwahrung zugebracht hatte, war nicht sonderlich groß. „Wir werden riesig absahnen.“

T.J. kicherte. Das war seine Art, Reece die Anerkennung für alles, was er sagte, auszudrücken. Cash, der gewöhnlich seine Meinung für sich behielt, verstaute bereits die ersten Videospiele in einer großen Tasche.

„Los, komm schon, Nick.“ Reece drückte ihm einen Seesack in die Hand. „Stopf ihn voll.“

Nick spürte, wie ihm der Schweiß den Nacken hinunterrann, als er die Radios und Kassettenrecorder in dem unförmigen Sack verschwinden ließ. Was, zum Teufel, tust du hier überhaupt? fragte er sich. Er raubte irgendeinen armen Schlucker aus, der sich mit diesem Laden seinen Lebensunterhalt zu verdienen versuchte. Das war kein Kavaliersdelikt mehr, sondern handfester Einbruch.

„Hör zu, Reece, ich ...“ Er schwieg, als Reece das Licht der Taschenlampe in seine Augen hielt.

„Hast du Probleme, Bruder?“

In die Enge gedrängt, überlegte er es sich noch mal. Selbst wenn er jetzt ausstieg – die anderen würden den Laden trotzdem ausräumen. Und er würde sich nur erniedrigen. „Nein, Mann, null Probleme“, erwiderte er hastig und packte einige kleinere Lautsprecherboxen ein. „Wir sollten jetzt abhauen. Wir haben mehr eingesackt, als wir verhökern können.“

Reece klopfte ihm auf die Schulter und grinste boshaft. „Du denkst immer so zweckmäßig. Das mag ich an dir. Aber mach dir keine Gedanken, wie wir das Zeug loswerden. Ich hab da so meine Beziehungen.“

„Alles klar.“ Nick leckte sich über die trockenen Lippen und erinnerte sich daran, dass er ein Cobra war. Er gehörte zur Bande. Er war ein Cobra und würde es auch immer bleiben.

„Cash, T.J., bringt die erste Ladung schon mal ins

Auto." Reece klapperte mit den Schlüsseln. „Und schließt bloß ab. Wir wollen doch nicht, dass uns einer beklaut, oder?"

T.J.s Kichern hallte von der Decke wider, als er durch das Fenster nach draußen stieg. „Klar, Sir." Er schob die Sonnenbrille zurecht. „Heutzutage wird ja überall geklaut. Oder, Cash?"

Cash brummte nur missmutig und quetschte sich durch das Fenster.

„Dieser T.J. ist ein richtiger Vollidiot." Reece hob einen Videorecorder hoch. „Pack mal mit an, Nick."

„Wir wollten doch nur Kleinzeug mitnehmen."

„Ich hab's mir anders überlegt." Er stemmte den Karton in Nicks Arme. „Meine Alte liegt mir schon lange wegen so einem Ding in den Ohren." Reece strich sich die Haare zurück, bevor er ebenfalls aus dem Fenster kletterte. „Weißt du, was dein Problem ist, Nick? Dein Gewissen. Und was hat dir das je eingebracht? Aber was uns Cobras angeht – wir Cobras sind eine Familie. Nur gegenüber deiner Familie solltest du ein Gewissen haben." Er streckte die Arme aus, nahm Nick den Recorder ab und verschwand in der Dunkelheit.

Familie. Reece hat Recht, überlegte Nick und begann aus dem Fenster zu klettern. Die Cobras waren seine Familie. Man konnte sich auf sie verlassen. Er musste sich auf sie verlassen. Er schob alle Zweifel beiseite und schulterte den Seesack. Und er musste an sich selbst denken, oder etwa nicht? Sein Anteil an der Beute garantierte ihm für weitere zwei Monate ein Dach über dem Kopf. Er hätte die Miete ja auch längst bezahlt, wenn er bei der Spedition nicht entlassen worden wäre.

Lausige Wirtschaftslage, beschloss er still. Wenn er stehlen musste, um über die Runden zu kommen, konnte er immer noch die Regierung dafür verantwortlich machen. Bei dem Gedanken begann er zu grinsen und schwang ein Bein durch die zerbrochene Glasscheibe. Reece hatte Recht. Man musste selbst zusehen, wie man am besten zurechtkam.

„Darf ich dir beim Aussteigen behilflich sein?"

Nick erstarrte. Die Stimme war ihm unbekannt. Im Halbdunkel erkannte er den Lauf einer Pistole und das metallene Glitzern einer Dienstmarke. Einen Moment überlegte er, ob er den Seesack auf die Silhouette werfen und sein Heil in der Flucht suchen sollte. Aber da trat der Cop auch schon mit einem Kopfschütteln näher. Er war jung, ein dunkler Typ. In seinen Augen lag ein Ausdruck, der Nick erkennen ließ, dass er mit Kerlen wie ihm Erfahrung hatte.

„Tu dir selbst einen Gefallen, Junge, und versuch

es erst gar nicht. Du hast eben Pech gehabt", bemerkte der Polizist trocken.

„Gibt es denn überhaupt eine Alternative zu Pech?" Nick stieg resigniert aus dem Fenster, stellte den Seesack ab und drehte sich mit dem Gesicht an die Wand, während ihm seine Rechte vorgelesen wurden.

1. KAPITEL

Die Aktenmappe in der einen, einen Bagel in der anderen Hand, eilte Rachel die Stufen zum Gerichtssaal hinauf. Sie hasste Unpünktlichkeit, und bei der morgendlichen Anhörung sollte sie ausgerechnet auf den überkorrekten Richter Snyder treffen. Das war Grund genug, spätestens eine Minute vor neun ihren Platz als Verteidigerin eingenommen zu haben. Es blieben also noch drei Minuten. Sie hätte die doppelte Zeit gehabt, hätte sie nicht noch in ihrem Büro vorbeischauen müssen.

Wie hätte sie auch wissen sollen, dass ihr Chef mit einem neuen Fall aufwartete.

Zwei Jahre arbeitest du nun schon als Strafverteidigerin, überlegte sie, während sie die zahlreichen Türen aufstieß und die Treppen hinaufeilte, da die Fahrstühle ständig besetzt waren. Sie nahm den letzten Bissen ihres Bagels und wünschte sich sehnlichst eine Tasse Kaffee, mit der sie ihr improvisiertes Frühstück hinunterspülen könnte.

Sie blieb vor der Tür des Gerichtssaals stehen, rückte ihre blaue Jacke zurecht und glättete ihr halblanges, schwarzes Haar. Noch ein letzter Blick auf die Uhr und einmal tief durchgeatmet.

Pünktlich auf die Minute, Stanislaski, lobte sie sich und betrat gefasst den Gerichtssaal. Während sie ihren Platz einnahm, wurde ihr dreiundzwanzig Jahre alter Mandant in Begleitung eines Wachmannes in den Saal geführt.

Rachel hatte ihrem Mandanten bereits erklärt, dass er nicht auf Verständnis hoffen könne, wenn er seine Mitmenschen um zweihundert Dollar und eine Scheckkarte erleichterte.

„Erheben Sie sich von Ihren Plätzen!“

Der große, massige Richter trat in seiner schwarzen Robe ein. Sein kugelrundes, unfreundliches Gesicht entsprach farblich einem guten Cappuccino. Richter Snyder duldete keine Verspätung, keine Aufsässigkeiten und keinen Widerspruch in seinem Gerichtssaal.

Rachel tauschte einen freundlichen Blick mit dem stellvertretenden Bezirksstaatsanwalt, der die Anklage vertrat, und ging ans Werk.

Mit einer Verurteilung zu neunzig Tagen Haft kam ihr Mandant vergleichsweise schlecht davon. So war es nicht verwunderlich, dass er sich nicht gerade überschwänglich bei ihr bedankte, als er von einem Gerichtsdiener aus dem Saal geführt wurde.

Etwas mehr Glück bescherte ihr der nächste Fall, bei dem es um tätliche Beleidigung ging ...

„Euer Ehren, mein Mandant bezahlte die Bestellung in dem guten Glauben, ein heißes Essen zu erhalten. Als die Pizza eiskalt serviert wurde, wies er auf das Problem hin, indem er der Bedienung ein Stück derselben zukommen ließ. Unglücklicherweise führte seine Offenherzigkeit dazu, dass er dem Kläger die Pizza zu heftig empfahl und das Objekt im darauf folgenden Handgemenge fahrlässigerweise auf dem Kopf desselben landete ...“

„Ein ausgesprochen amüsanter Vortrag der Verteidigung. Fünfzig Dollar erscheinen mir eine angemessene Strafe.“

Rachel hangelte sich durch die morgendlichen Sitzungen. Taschendiebstahl, Trunkenheit in Verbindung mit Ruhestörung, zwei weitere Beleidigungen und ein Bagatelldelikt. Gegen Mittag schlossen sie mit einem Fall von Ladendiebstahl ab. Rachel musste all ihre juristischen Fähigkeiten aufbieten, um den Richter davon zu überzeugen, dass zunächst ein psychiatrisches Gutachten eingeholt werden sollte.

„Nicht übel.“ Der Staatsanwalt war nur wenige Jahre älter als die sechsundzwanzigjährige Rachel, zählte sich aber im Geschäft bereits zu den alten Hasen. „Schätze, der Vormittag ist unentschieden ausgegangen.“

Rachel lächelte und schloss die Aktenmappe.

„Keineswegs, Spelding. Bei der Sache mit dem Ladendiebstahl habe ich dich ganz schön alt aussehen lassen."

„Möglich." Spelding begleitete sie zum Gerichtsgebäude hinaus. „Dein Mandant wird bald wieder zurechnungsfähig sein."

„Aber sicher. Der Typ ist zweiundsiebzig, stiehlt bevorzugt Einweg-Rasierer und lässt Glückwunschkarten mitgehen, auf denen Blümchen abgebildet sind. Zweifellos handelt er bei klarem Verstand."

„Ihr Strafverteidiger seid einfach zu mitleidig", erwiderte er freundlich. Rachels Fähigkeit, juristisch zu argumentieren, fand seine ungeteilte Bewunderung. Diese Einschätzung traf übrigens auch auf ihre Beine zu. „Weißt du was? Ich werde uns etwas zum Essen besorgen, und du kannst dabei versuchen, meine Einstellung zur Gesellschaft zu ändern."

„Tut mir Leid." Sie lächelte ihm zu und stieg die Treppen hinunter. „Ich muss noch zu einem Mandanten."

„Ins Gefängnis?"

Sie zuckte mit den Schultern. „Üblicherweise treffe ich sie dort. Also, viel Glück bei unserem nächsten Zusammentreffen, Spelding."

Das Untersuchungsgefängnis war ein Gebäude mit

hohem Lärmpegel, in dem es ständig nach abgestandenem Kaffee roch. Rachel trat leicht fröstelnd ein. Dabei hatte der Wetterbericht einen heißen Sommertag angekündigt. Und jetzt hing eine dichte Wolkenschicht über Manhattan. Rachel ärgerte sich, dass sie weder einen Mantel noch einen Regenschirm mitgenommen hatte.

Vielleicht konnte sie in spätestens einer Stunde zurück im Büro sein, bevor es anfing zu regnen. Sie begrüßte ein paar der Polizisten, die sie kannte, und legte ihren Besucherausweis vor.

„Nicholas LeBeck", erklärte sie dem wachhabenden Sergeanten. „Versuchter Einbruch."

„Ja ja ..." Der Sergeant blätterte die Papiere durch. „Dein Bruder hat ihn eingelocht. LeBeck ist gerade erst zu uns gekommen."

Rachel seufzte. Die Tatsache, dass ihr Bruder Polizist war, machte ihr das Leben nicht gerade leichter. „Ich habe davon gehört. Hat er von seinem Recht zu telefonieren Gebrauch gemacht?"

„Nein."

„Hat ihn jemand besucht?"

„Nein."

„Na, großartig." Rachel hob die Aktenmappe hoch. „Dann lass ihn bitte holen."

„Sieht so aus, als bekämst du wieder einen waschechten Verlierertypen, Rachel. Raum A, wenn's beliebt."

„Danke." Sie wandte sich ab und ging zu dem kleinen Raum, der nur mit einem langen Tisch und vier Stühlen ausgestattet war. Unterwegs gelang es ihr, sich eine Tasse Kaffee zu besorgen. Sie setzte sich, öffnete die Mappe und nahm die Akte von Nicholas LeBeck heraus.

Ihr Mandant war neunzehn, arbeitslos und wohnte in einem Zimmer in der Lower East Side. Sie seufzte beim Anblick seines Vorstrafenregisters. Keine weltbewegenden Delikte, stellte sie fest, aber es reichte, um diesmal erheblich in Schwierigkeiten zu kommen. Mit dem versuchten Einbruch war er eine Stufe höher geklettert, und auch die Möglichkeit, ihn als Minderjährigen einzustufen, war nur ein schwacher Lichtblick. Immerhin hatte er elektronische Geräte im Wert von mehreren tausend Dollar in einem Seesack bei sich, als Detective Alexej Stanislaski ihn schnappte.

Alex würde ihr den Sachverhalt ausgiebig schildern, daran bestand kein Zweifel für Rachel. Ihr Bruder tat nichts lieber, als sie mit der Nase auf alle Einzelheiten einer Straftat zu stoßen, das wusste sie aus Erfahrung.

Sie nahm noch einen Schluck aus dem Pappbecher, als ihr Mandant von einem griesgrämigen Polizisten hereingeführt wurde.

Nicht übergroß, dafür etwas untergewichtig, dunkelblonde, struppige Haare, eigentlich ganz attraktiv, schätzte sie ihn auf den ersten Blick ein. Wenn er nicht so verbittert aussehen würde.

„Danke, Officer." Auf ihr Nicken hin verließ der Polizist den Raum und ließ sie allein. „Mr. LeBeck, ich bin Rachel Stanislaski, Ihre Pflichtverteidigerin."

„Ach ja?" Er ließ sich auf einen Stuhl fallen und lehnte sich zurück. „Mein letzter Verteidiger war klein, dürr und glatzköpfig. Scheint, dass ich diesmal mehr Glück habe."

„Ganz im Gegenteil. Sie wurden dabei ertappt, wie Sie aus dem zerbrochenen Fenster eines verschlossenen Lagerraumes kletterten. In Ihrem Besitz befand sich Ware im Wert von sechstausend Dollar."

„Unglaublich, was das Zeug wert ist." Nick lächelte hämisch. Er hatte keine sehr angenehme Nacht in der Zelle verbracht, aber sein Stolz war ungebrochen. „Haben Sie Zigaretten dabei?"

„Nein. Mr. LeBeck, ich möchte Ihre Anhörung vor dem Untersuchungsrichter möglichst bald ansetzen, damit wir die Kaution aushandeln können. Es sei denn, Sie möchten Ihre Nächte lieber hier in der Zelle verbringen."

Er zuckte mit den Schultern und versuchte, gleichgültig zu wirken. „Ich überlasse das alles Ihnen, Süße."

„Fein. Und nennen Sie mich ruhig Stanislaski", erwiderte sie freundlich. „Miss Stanislaski. Ich konnte Ihre Akte heute Morgen leider nur kurz einsehen. Deshalb hatte ich kaum Gelegenheit, mich mit dem zuständigen Staatsanwalt zu unterhalten. Angesichts der Vorstrafen und des Straftatbestands, dessen Sie hier beschuldigt werden, hat die Staatsanwaltschaft beschlossen, Sie nach dem Erwachsenenstrafrecht anzuklagen. Die Verhaftung war rechtens, Sie werden also keine Nachsicht erwarten können."

„Erwarte ich auch nicht."

Sie schloss die Akte. „Also, Mr. LeBeck, fassen wir zusammen: Sie wurden geschnappt, und falls Sie dem Gericht keine fantastische Geschichte wegen des zerbrochenen Fensters auftischen können, werden Sie sich mit dem Gedanken einer Haftstrafe anfreunden müssen."

Nick grinste herablassend. „Klingt doch gar nicht so übel."

„Die Sache stinkt. Sie haben sich schuldig gemacht. Und da der Officer bei Ihrer Verhaftung keinen Formfehler beging und Sie unglücklicherweise bereits ein Vorstrafenregister vorzuweisen haben, werden Sie um eine Strafe nicht herumkommen. Die Höhe der Strafe hängt allerdings von Ihnen ab."

Er schaukelte weiter mit dem Stuhl. Eine Zelle, dachte er. Diesmal werden sie dich richtig einsperren, in eine Zelle ... nicht für ein paar Stunden, sondern für Monate oder Jahre. „Die Gefängnisse sind doch überfüllt, soweit ich weiß. Das kostet die Steuerzahler eine Menge Geld. Der Staatsanwalt könnte sich doch auf einen kleinen Handel einlassen."

„Waren im Wert von fünfzehntausend Dollar sind verschwunden. Sie waren also nicht allein, LeBeck. Ich weiß das, Sie wissen das, die Polizei weiß es, und der Staatsanwalt ebenfalls. Geben Sie ihnen die Namen der Mittäter, einen Hinweis, wo sich die gestohlene Ware befinden könnte, und ich wäre in der Lage, einen Handel mit der Staatsanwaltschaft zu Ihren Gunsten abzuschließen."

„Den Teufel werde ich tun. Ich habe nie gesagt, dass jemand dabei war. Niemand kann das Gegenteil beweisen."

Rachel beugte sich vor und sah ihn herausfordernd an. „Ich bin Ihre Verteidigerin, LeBeck, und Sie sollten mich unter gar keinen Umständen anlügen, sonst lege ich den Fall nieder. Wenn Sie mitarbeiten, springen sechs Monate auf Bewährung heraus. Aber sitzen Sie nicht da und erzählen mir, Sie hätten das Ding allein gedreht."

Nick schüttelte den Kopf. „Ich werde meine Freunde nicht verraten. Also, kein Handel."

Rachel holte tief Luft. „Sie trugen bei der Verhaftung eine Jacke mit der Aufschrift Cobra."

„Und weiter?"

„Sie werden nach Ihren Freunden fahnden, denselben Freunden, die sich aus dem Staub gemacht haben und Sie die Suppe jetzt allein auslöffeln lassen. Die Staatsanwaltschaft wird aus der Sache einen vorsätzlich vollendeten Einbruch zimmern und Ihnen eine Zwanzigtausend-Dollar-Schuld aufladen."

„Keine Namen", erwiderte er stur. „Kein Handel."

„Ihre Loyalität ist bewundernswert, aber leider völlig fehl am Platz. Ich werde alles tun, die Strafe so gering wie möglich ausfallen zu lassen und eine Kaution zu erwirken. Aber ich glaube, es werden nicht weniger als fünfzigtausend werden. Könnten Sie zehn Prozent selbst zusammenkratzen?"

Keine Chance, dachte er und zuckte mit den Schultern. „Ich könnte ein paar Schulden eintreiben."

„Also gut. Ich komme wieder." Sie stand auf und nahm eine Visitenkarte aus ihrer Tasche. „Falls Sie mich vor der Anhörung sprechen wollen oder falls Sie Ihre Meinung geändert haben, rufen Sie mich an."

Sie klopfte gegen die Tür. Kaum hatte sich die Tür geöffnet, spürte sie, wie sich ein Arm um ihre Hüfte legte.

„Hallo, Rachel, lange nicht gesehen", begrüßte ihr Bruder sie mit einem freudigen Lächeln.

„Ja, das muss schon etwas mehr als vierundzwanzig Stunden her sein."

„Du bist gereizt." Er warf einen Blick auf Le-Beck. „Ach so, haben sie dir den Burschen angedreht?"

Sie stupste ihn mit dem Ellbogen in die Seite. „Lass deine Gehässigkeiten. Besorg mir lieber einen Kaffee."

Sie verließen das Gebäude und gingen zum Präsidium, das nur wenige Blocks entfernt war. Rachel setzte sich hinter Alex' Schreibtisch und wartete darauf, dass ihr Bruder mit den Pappbechern kam.

Am nächsten Schreibtisch saß ein kleiner, rundlicher Mann, der sich mit einem Taschentuch immer wieder über die verschwitzte Stirn wischte, während er kurzatmig eine Aussage zu Protokoll gab. Irgendwo ließ jemand eine laute Schimpfparade in Spanisch auf sein Gegenüber niederprasseln. Eine Frau mit einem Bluterguss im Gesicht saß auf einer Bank und wiegte ein Kleinkind in den Armen, während ihr unaufhörlich Tränen über die Wangen strömten.

Der Geruch von Verzweiflung, Wut, Hoffnungslosigkeit hing in der Luft, erfüllte das Revier. Rachel hatte schon immer gedacht, dass nur jemand, der einen ausgesprochen feinen Geruchssinn hatte, unter diesen erdrückenden Lagen auch den kaum wahrnehmbaren Hauch von Gerechtigkeit erkennen konnte. Es war auch nicht anders in den Räumen, in denen die Verteidiger arbeiteten.

Das Bild ihrer Schwester Natasha stieg in ihr auf, wie sie ihrer Familie in dem großen hübschen Haus in West Virginia das Frühstück in der gemütlichen Küche zubereitete. Oder wie sie die Tür zu dem wunderbaren Spielzeugladen aufschloss, um die ersten Kunden des Tages zu empfangen.

Das Bild ließ sie leise lächeln, so auch jenes, wenn sie sich vorstellte, wie ihr Bruder Mikhail in seinem hellen Atelier saß und leidenschaftlich an einem Holzblock schnitzte, um etwas unvergleichlich Schönes mit seinen Händen entstehen zu lassen. Vielleicht würde er eine schnelle Tasse Kaffee mit seiner großartigen Frau nehmen, bevor sie in ihr Büro im Stadtzentrum fuhr.

Und sie saß hier und wartete ungeduldig auf einen

Pappbecher mit unweigerlich schlechtem Kaffee, in einem muffigen Raum, angefüllt mit den Bildern und den Gerüchen und den Geräuschen, die so typisch für das großstädtische Elend waren.

„Danke." Rachel seufzte, als ihr Bruder zurückkam und ihr den Kaffee in die Hand drückte. „Was ist bloß los mit uns, Alex?"

Er grinste spitzbübisch und legte den Arm um ihre Schultern. „Was soll schon los sein? Wir schlagen uns so durchs Leben, schlecht bezahlt und ohne Dank."

Sie lachte leise und nahm einen Schluck von dem Kaffee, der verdächtig nach Motorenöl schmeckte. „Du bist immerhin gerade befördert worden, Detective Stanislaski."

„Ich kann eben nichts dazu, dass ich gut bin. Du dagegen sorgst dafür, dass die Ganoven wieder frei herumlaufen können, während ich mein Leben riskiere, um sie hinter Schloss und Riegel zu bringen."

Rachel warf ihm einen Blick über den Rand des Bechers zu und schnaubte abfällig. „Die meisten Leute, die ich vertrete, versuchen nur zu überleben."

„Sicher ... indem sie stehlen und betrügen."

Sie merkte, wie es in ihr zu brodeln begann. „Heute Morgen bei Gericht habe ich einen alten Mann verteidigt, der ein paar Einweg-Rasierer hat mitgehen lassen. Richtig gefährlich! Wahrscheinlich hätte man ihn wohl lebenslang in Einzelhaft stecken sollen, was?"

„Aha, es ist also in Ordnung, dass man stiehlt, solange es sich dabei um nichts Wertvolles handelt?"

„Der Mann braucht Hilfe, keine Gefängnisstrafe."

„Wie dieser Kerl, den du letztens rausgepaukt hast? Der die beiden alten Leutchen im Laden terrorisiert und das Geschäft zerlegt hat, um an die erbärmlichen sechzig Dollar in der Kasse zu kommen?"

Sie schämte sich für diesen Fall, ja, sie schämte sich jämmerlich dafür. Aber die Regeln des Gesetzes waren eindeutig. „Das habt ihr Jungs selbst zu verantworten. Der Officer, der ihn festgenommen hat, hätte dem Mann seine Rechte in seiner Muttersprache verständlich machen sollen oder einen Übersetzer besorgen müssen. Mein Klient verstand kaum Englisch." Sie schüttelte den Kopf, bevor Alex sich weiter über sein Lieblingsthema auslassen konnte. „Ich habe nicht die Zeit, mit dir über Recht und Ordnung zu diskutieren. Ich wollte von dir etwas über Nicholas LeBeck erfahren."

„Was ist denn mit ihm? Du hast doch schon den Bericht gelesen."

„Du hast ihn verhaftet.“

„Ja, und? Ich wollte gerade nach Hause, als ich das zerbrochene Fenster und das Licht sah. Er kam mit einem prall gefüllten Sack elektronischer Geräte geradewegs herausgeklettert. Ich habe ihm seine Rechte verlesen und ihn eingelocht.“

„Was ist mit seinen Komplizen?“

Alex zuckte mit den Schultern. „Außer LeBeck war niemand am Tatort.“

„Komm schon, Alex. Mehr als das Doppelte von dem, was mein Mandant mit sich führte, ist verschwunden.“

„Er hatte vermutlich Komplizen, aber ich habe niemanden gesehen. Dein Mandant hat von seinem Schweigerecht Gebrauch gemacht. Und er hat ein ansehnliches Vorstrafenregister.“

„Kinderkram.“

„Jetzt behaupte bloß noch, er hätte seine Kindheit als Pfadfinder verbracht.“

„Er ist ein Cobra.“

„Nach seiner Jacke zu schließen, ja“, stimmte Alex zu. „Und er verhält sich auch so.“

„Er ist ein verängstigtes Kind.“

Alex warf den leeren Becher in den Papierkorb. „Er ist kein Kind mehr, Rachel.“

„Es ist mir egal, wie alt er ist, Alex. Jetzt sitzt er

wie ein ängstliches Kind in seiner Zelle und spielt den starken Mann. Das könntest auch du sein, oder Mikhail, ja sogar Tash oder ich ... wenn wir andere Eltern gehabt hätten."

„Verdammt, Rachel."

„Wenn unsere Eltern nicht so hart für uns gearbeitet hätten, wären wir auch auf der Straße gelandet. Das weißt du."

Alex widersprach seiner Schwester nicht. Aber was glaubte sie, warum er Polizist geworden war? „Fakt ist, wir sind eben nicht da gelandet. Wir wussten immer zu unterscheiden, was richtig und was falsch ist. Und das ist der springende Punkt."

„Manchmal entscheiden sich die Menschen für den falschen Weg, weil sie niemanden haben, der ihnen den richtigen zeigt."

Sie hätten noch stundenlang weiterreden können, aber Alex musste zum Dienst. „Du bist zu weichherzig, Rachel. Pass auf, dass dein Verstand nicht ebenfalls aufweicht. Die Cobras sind eine der härtesten Gangs in Manhattan, und dein Mandant gehört zu ihnen."

Rachel sah ihren Bruder an. „Hatte er eine Waffe bei sich?"

„Nein."

„Hat er Widerstand geleistet?"

„Nein, aber das ändert nichts an dem, was er getan hat und was er ist."

„Das mag nichts an dem ändern, was er getan hat, aber das sagt doch möglicherweise eine Menge darüber aus, wer er ist. Die erste Anhörung ist um zwei."

„Ich weiß."

Sie küsste ihn und lächelte. „Wir sehen uns dort." Sie drehte sich um und verließ den Raum.

„Miss Stanislaski!"

Rachel blieb im Gang stehen und warf einen Blick über ihre Schulter. Hinter ihr stand ein großer, breitschultriger Mann in einem ausgebeulten Sweatshirt und abgetragenen Jeans. Er sah ziemlich verärgert aus. Seine dunkelblauen Augen verrieten, wie aufgebracht er war.

„Rachel Stanislaski?"

„Ja."

Er schüttelte ihre Hand und begleitete sie die Stufen hinunter. „Ich bin Zackary Muldoon", stellte er sich in einem Tonfall vor, als besage das bereits alles.

„Kann ich Ihnen helfen, Mr. Muldoon?"

„Das will ich schwer hoffen." Er strich sich mit der Hand durch das pechschwarze Haar. Er fasste sie am Ellbogen und nötigte sie die restlichen Treppen hinunter. „Wie kriegen wir ihn da raus? Und warum, zum Teufel, hat er Sie und nicht mich angerufen? Wozu muss er die ganze Nacht in der Zelle verbringen? Was für eine Anwältin sind Sie eigentlich?“

Rachel befreite sich aus seinem Griff und hob die Aktenmappe, bereit, sich gegen ihn zu schützen. „Mr. Muldoon, ich weiß nicht, wer Sie sind und wovon Sie sprechen. Und zufälligerweise bin ich ziemlich beschäftigt ...“

„Das interessiert mich nicht die Bohne. Antworten Sie mir. Wenn Sie keine Zeit haben, Nick zu helfen, werden wir einen anderen Anwalt nehmen. Ich möchte nur wissen, warum er sich eine so elegante, durchgestylte Tussi wie Sie aussuchen musste.“

Rachel hielt die Luft an und stieß ihm einen Finger auf die Brust. „Tussi? Sie sollten erst einmal richtig hinsehen, bevor Sie derartige Ausdrücke benutzen, oder ...“

„Oder Sie lassen mich durch Ihren Freund in eine Zelle sperren, stimmt's? Welche Art Verteidigung sollte Nick wohl von einer Frau erwarten, die ihre Zeit damit verbringt, Bullen zu küssen und sich mit ihnen zu verabreden?“

„Das geht Sie überhaupt nichts an.“ Sie holte tief Luft. Nick. „Sprechen Sie von Nicholas LeBeck?“

„Von wem denn sonst? Und jetzt erwarte ich klare Antworten, sonst sind Sie den Fall los.“

„Hallo, Rachel.“ Ein Polizist in Zivil stellte sich hinter Rachel und sah Zackary argwöhnisch an. „Bist du in Schwierigkeiten?“

„Nein.“ Sie lächelte ihn gezwungen an. „Nein, alles klar, Matt. Vielen Dank.“ Sie stellte sich neben Zackary und dämpfte ihre Stimme. „Ich bin Ihnen keine Erklärung schuldig, Mr. Muldoon. Und Beleidigungen sind kein Erfolg versprechender Weg, mich zur Mitarbeit zu bewegen.“

„Dafür werden Sie bezahlt“, erwiderte er. „Also, wie viel?“

„Wie bitte?“

„Was ist dein Preis, Süße?“

Rachel biss die Zähne zusammen. Süße war in ihren Augen nicht minder beleidigend als Tussi. „Ich bin Pflichtverteidigerin, Mr. Muldoon. Die Stadt New York hat mir den Fall LeBeck übertragen. Ich bin nicht sein Privatbesitz.“

„Sie sind Pflichtverteidigerin? Wozu braucht Nick einen Pflichtverteidiger?“

„Weil er völlig mittellos ist. Und jetzt entschuldigen Sie mich bitte.“

„Er hat seinen Job verloren? Aber ...“ Diesmal wirkte Zackary eher resigniert, verzweifelt. „Er hätte doch zu mir kommen können.“

„Und wer, zum Teufel, sind Sie?“

Zackary strich mit der Hand über sein Gesicht. „Ich bin sein Bruder."

Rachel schob die Lippen vor und hob eine Augenbraue. Sollte er etwa auch zu den Cobras gehören? „Gibt es bei den Cobras keine Altersbegrenzung?"

„Bitte? Sehe ich so aus, als wäre ich Mitglied einer Straßengang?"

Rachel betrachtete ihn von oben bis unten. Er sah so aus, als könne er sich mit seinen großen Fäusten den Weg freimachen. Das scharfkantige Gesicht und der hitzige Blick bestärkten sie in der Annahme, dass er es möglicherweise genoss, anderen den Schädel einzuschlagen. „Ihr Benehmen passt wie die Faust aufs Auge zu meiner Annahme. Sie sind unverschämt und primitiv."

Es kümmerte ihn nicht im Geringsten, was sie über sein Aussehen oder sein Benehmen dachte, aber es wurde Zeit, mit dieser Frau Klartext zu reden. „Ich bin Nicks Bruder – Stiefbruder, wenn Sie es genau nehmen wollen. Seine Mutter heiratete meinen Vater. Kapiert?"

„Aber er sagte, er habe keine Verwandten."

„Er hat mich, ob er will oder nicht. Und ich kann mir einen richtigen Anwalt leisten."

„Zufällig bin ich eine richtige Anwältin, stellen

Sie sich das vor, Mr. Muldoon. Und wenn LeBeck einen anderen Rechtsbeistand wünscht, so kann er das selbst bestimmen."

„Das hat noch Zeit." Er war sichtlich bemüht, seine Geduld wiederzufinden. „Im Augenblick möchte ich nur wissen, worum es eigentlich geht."

„Na schön." Rachel warf einen Blick auf die Uhr. „Ich gebe Ihnen fünfzehn Minuten meiner Zeit, und zwar, während ich etwas esse. Ich muss in einer Stunde wieder im Gericht sein."

2. KAPITEL

So wie sie aussah – elegant und sexy in einem Dreiteiler –, hätte Zackary darauf gewettet, dass Rachel ihn in eines der kleinen, beliebten Restaurants führen würde, in denen raffinierte Nudelgerichte und Weißwein serviert wurden. Stattdessen eilte sie mit großen Schritten – einmal brauchte er also sein Tempo nicht zu reduzieren! – den Gehweg entlang, blieb vor einem Imbissstand stehen und bestellte sich ein Hotdog.

Bei dem Gedanken, zu dieser Tageszeit etwas zu essen, das auch nur annähernd Ähnlichkeit mit einem Hotdog haben könnte, drehte sich ihm der Magen um. Also beschloss Zackary, sich mit einer Cola zu stärken und sich eine Zigarette anzuzünden.

Rachel nahm einen Bissen und leckte sich den Senf vom Daumen. Trotz eines intensiven Zwiebelgeruchs und diverser anderer Düfte nahm Zackary einen Hauch ihres Parfums wahr. Es war wie der Gang durch einen Dschungel, in dem sich süße Düfte überlagerten, um ganz plötzlich einem exotischen, verführerischen Aroma zu weichen.

„Die Anklage lautet auf Einbruchsdiebstahl“, erklärte Rachel mit vollem Mund. „Daran gibt es kaum etwas zu rütteln. Er wurde dabei ertappt, wie er aus einem Fenster kletterte, im Besitz von Waren, die mehrere tausend Dollar wert sind."

„Reine Dummheit." Zackary trank das Glas halb leer. „Er hat es nicht nötig zu stehlen."

„Sie können es drehen und wenden, wie Sie wollen. Er wurde erwischt, steht unter Anklage, und er leugnet die Tat auch nicht. Die Staatsanwaltschaft schlägt einen Handel vor. Wenn Nick mitmacht, dann könnte er mit einer Strafe auf Bewährung und einer Arbeit zum Wohl der Allgemeinheit rechnen."

Zackary stieß eine Rauchwolke aus. „Dann wird er also mitmachen."

Rachel zog eine Augenbraue hoch. Sie zweifelte nicht daran, dass Zackary Muldoon davon überzeugt war, immer seinen Willen durchzusetzen. „Ich habe so meine Zweifel. Er fürchtet sich zwar vor den Folgen, aber er ist auch sehr dickköpfig. Und er deckt die Cobras. Da es seine erste Straftat dieser Art ist, glaube ich, dass er mit drei Jahren davonkommen wird. Bei guter Führung könnte er nach einem Jahr entlassen werden."

Zackary zerdrückte den Pappbecher in seiner Hand. „Ich möchte, dass er überhaupt nicht ins Gefängnis muss."

„Mr. Muldoon, ich bin Anwältin, keine Magierin. Was erwarten Sie?"

„Sie haben die Waren doch zurückerhalten, oder?“

„Ja, aber das macht die Tat nicht ungeschehen. Außerdem fehlen noch Waren im Wert von mehreren tausend Dollar.“

„Ich bringe das wieder in Ordnung.“ Irgendwie, dachte Zackary und warf den Becher in einen Mülleimer. „Hören Sie, ich werde den Gegenwert des gestohlenen Guts ersetzen. Nick ist erst neunzehn. Wenn Sie den Staatsanwalt dazu bringen, ihn als Minderjährigen einzustufen, wäre alles viel einfacher.“

„Der Staat behandelt Bandenmitglieder besonders streng, und Nicks Vorstrafenregister wird ihn auch nicht gerade besänftigen.“

„Dann muss ich mir einen anderen Anwalt suchen.“ Zackary hob die Hand, bevor sie etwas erwidern konnte. „Ich weiß, ich habe Sie schon einmal angegriffen. Es tut mir Leid. Ich arbeite nachts und bin deshalb morgens nicht besonders gut drauf. Nick hat die ganze Nacht in der Zelle verbracht. Als ich mit ihm sprach, hat er mir die üblichen Antworten gegeben: ‚Ich brauche dich nicht. Ich brauche niemanden. Ich werde das schon schaukeln.‘“ Er warf die Zigarette auf den Boden und trat die Glut aus. „Ich weiß, dass er schreckliche Angst vor dem Knast hat.“

Zackary seufzte und steckte die Hände in die Hosentaschen. „Er hat niemanden außer mir, Miss Stanislaski, und ich möchte um jeden Preis verhindern, dass er ins Gefängnis muss."

Rachel wischte sich die Finger an einer Serviette ab. „Haben Sie denn genug Geld, um den Schaden zu begleichen? Fünfzehntausend Dollar?"

Zackary erschrak einen Moment, dann nickte er. „Kann ich besorgen."

„Das bringt uns schon einen Schritt weiter. Wie viel Einfluss üben Sie auf Nick aus?"

„So gut wie keinen." Er lächelte. „Aber das kann sich ja ändern. Ich habe ein gut gehendes Geschäft und ein großes Apartment. Ich kann jede Menge Referenzen vorweisen, und mein polizeiliches Führungszeugnis ist makellos. Ich saß zwar während meiner Dienstzeit bei der Marine dreißig Tage im Bau, aber das wird mir wohl kaum jemand ankreiden, da es zwölf Jahre her ist."

Rachel überlegte einen Moment. „Wenn ich Sie recht verstanden habe, dann wollen Sie dem Gericht vorschlagen, Nick in Ihre Obhut zu nehmen."

„Eine Bewährungsstrafe und die Arbeit zum Wohl der Allgemeinheit. Der Schaden wäre dann beglichen, und Nick erhielte die Chance, endlich ein Erwachsener zu werden, der bereit ist, Verantwortung zu übernehmen."

„Sie sollten nicht allzu gefällig sein, Mr. Muldoon."

„Er ist immerhin mein Bruder."

Für dieses Argument hatte sie vollstes Verständnis. Rachel warf einen Blick in die Wolken. Die ersten Regentropfen fielen. „Ich muss zurück ins Büro. Wenn Sie Zeit haben, können Sie mich begleiten. Ich werde ein paar Anrufe tätigen und sehen, was ich erreichen kann."

Eine Bar! Warum musste er ausgerechnet Besitzer einer Bar sein, überlegte Rachel, als sie sich Argumente für die Anhörung am Nachmittag überlegte. Irgendwie passte es zu ihm. Die breiten Schultern, die großen Hände, die gekrümmte Nase, die offensichtlich einmal gebrochen war, und natürlich sein raues, irisches Temperament.

Aber um wie viel angenehmer könnte es sein, wenn sie dem Richter erzählte, dass Zackary Muldoon Besitzer einer Herrenboutique in bester Geschäftslage sei. Stattdessen musste sie dem Richter einen ganz anderen Sachverhalt darlegen: Nicks zweiunddreißig Jahre alter Stiefbruder, Besitzer einer Bar – mit dem klingenden Namen „Lower the Boom"! – an der East Side wollte die Verantwortung für einen Neunzehnjährigen übernehmen.

Der Staatsanwalt bestand zwar darauf, dass Nick die Namen seiner Mittäter preisgab, aber der Ladenbesitzer war hocherfreut darüber, seinen Schaden ersetzt zu bekommen. Dass er dabei die Preise erhöhte, war Muldoons Problem. Immerhin bestand damit eine kleine Chance, das Gericht auf ihre Seite zu bringen.

Rachel blieb nicht viel Zeit, den Staatsanwalt dazu zu bringen, Nick als Jugendlichen einzustufen. Mit den Informationen, die Zackary ihr gegeben hatte, machte sie sich auf den Weg in einen der kleinen Konferenzräume des Gerichtsgebäudes.

„Kommen Sie, Haridan, verschwenden wir nicht unnötig unsere Zeit und das Geld der Steuerzahler. Den Jungen hinter Gitter zu bringen ist keine Lösung."

Haridan ließ seinen fülligen Körper in einem Sessel nieder. „Es ist meine Lösung, Stanislaski. Er ist ein Punk. Ein Bandenmitglied mit einer langen Vorgeschichte asozialen Verhaltens."

„Das waren harmlose Delikte."

„Tätlichkeiten."

„Er ist nicht kriminell. Er ist ein verängstigter Junge, der in einer Bande nach Sicherheit suchte. Wir wollen ihn da rausholen, keine Frage. Aber nicht, indem wir ihn ins Gefängnis stecken. Sein Stiefbruder bezahlt nicht nur den Schaden, sondern möchte in Zukunft die Verantwortung für ihn übernehmen. LeBeck wird eine Arbeit erhalten, ein Zuhause, jemanden, der auf ihn Acht gibt. Sie müssen nur zustimmen, dass er als Minderjähriger behandelt wird."

„Ich möchte Namen."

„Die wird er nicht preisgeben, ganz gleich, was geschieht. Er ist kein Krimineller, noch nicht. Also sollten wir auch keinen aus ihm machen."

Nachdem sie eine Zeit lang das Für und Wider verhandelt hatten, gab Haridan schließlich nach. „Aber die Anklage lautet auf Einbruch, darauf bestehe ich", erklärte er stur. „Doch selbst wenn wir ihn nach dem Jugendstrafrecht behandeln, so wird das Gericht einer Bewährung nicht zustimmen."

„Den Richter überlassen Sie ruhig mir. Mit wem haben wir es denn zu tun?"

Haridan grinste schelmisch. „Beckett."

Marlene C. Beckett war eine Exzentrikerin. Wie eine Magierin schüttelte sie überraschende Satzkonstruktionen aus den Ärmeln ihrer Robe, als seien es weiße Kaninchen. Sie war Mitte vierzig, ausgesprochen attraktiv, mit einzelnen weißen Haarsträhnen, die unter ihrer feuerroten Kappe hervorragten.

Als Privatperson mochte Rachel sie sehr gerne.

Richterin Beckett war eine unerschütterliche Feministin, die bewiesen hatte, dass eine unverheiratete Frau, die sich auf ihre Karriere konzentrierte, durchaus erfolgreich sein konnte. Mitten in einer von Männern dominierten Arbeitswelt hatte sie nichts von ihrer Fraulichkeit eingebüßt. Rachel respektierte und bewunderte sie. Vielleicht, so hoffte sie, trat sie eines Tages in ihre Fußstapfen.

Während Rachel ihr Gesuch vortrug, spürte sie, wie ihr Magen sich allmählich unangenehm bemerkbar machte. Richterin Beckett stülpte die Lippen vor. Ein schlechtes Zeichen. Mit einem ihrer perfekt manikürten Nägel klopfte sie auf den Tisch neben dem Hammer und wechselte ihren Blick zwischen dem Angeklagten und Zackary hin und her.

„Die Verteidigung erklärt also, dass der Angeklagte den Verlust der Sachwerte ersetzen wird, und beantragt, ihn nach dem Jugendstrafrecht zu behandeln sowie eine Verbringung in eine Strafanstalt auszusetzen."

„Euer Ehren, ich bitte auf Grund der familiären Vorgeschichte von einer Haftstrafe abzusehen. Mr. Muldoon erklärt die Bereitschaft, die Verantwortung für seinen Stiefbruder zu übernehmen. Die Verteidigung geht davon aus, dass die Situation des Angeklagten stabilisiert wird und die Verbringung meines

Mandanten in eine Strafanstalt nicht geeignet ist, ihn für einen Fehler büßen zu lassen, den er von ganzem Herzen bereut."

Richterin Beckett warf einen Blick auf Nick. „Trifft es zu, junger Mann, dass Sie die Straftat tief bereuen?"

Nick zuckte mit den Schultern und sah Rachel mürrisch an. „Sicher, ich ..." Ihr mahnender Blick machte ihm deutlich, sich die Chance nicht zu verderben. „Es war dumm von mir."

„Zweifellos", stimmte ihm Richterin Beckett zu. „Mr. Haridan, wie steht der Vertreter der Anklage dazu?"

„Die Staatsanwaltschaft ist nicht gewillt, die Anklage fallen zu lassen, Euer Ehren. Wir stimmen allerdings zu, den Angeklagten als Jugendlichen zu behandeln. Sollte er die Namen der Mittäter preisgeben, so bestünde die Möglichkeit, ganz auf die Anklage zu verzichten."

„Er soll also die Namen derer preisgeben, die er fälschlicherweise als seine Freunde betrachtet?" Richterin Beckett sah Nick herausfordernd an. „Würden Sie das in Erwägung ziehen?"

„Nein, Ma'am."

Sie flüsterte etwas Unverständliches und deutete auf Zackary. „Erheben Sie sich bitte, Mr. Muldoon."

Zackary folgte ihrer Aufforderung. „Ma'am. Euer Ehren."

„Mr. Muldoon, sind Sie davon überzeugt, Ihren Bruder aus allen Schwierigkeiten heraushalten zu können und ihn zu einem verantwortungsbewussten Staatsbürger zu machen?"

„Ich ... ich weiß nicht. Aber ich wünsche mir die Chance, es wenigstens versuchen zu dürfen."

Beckett klopfte mit den Fingern auf den Tisch. „Nehmen Sie wieder Platz. Miss Stanislaski, das Gericht schließt die Möglichkeit einer Haftstrafe nicht grundsätzlich aus ..."

„Euer Ehren ..."

Beckett unterbrach Rachel mit einer Handbewegung. „Ich bin noch nicht fertig. Das Gericht setzt eine Kaution in Höhe von fünftausend Dollar fest. Außerdem wird dem Angeklagten eine vorläufige Bewährungsfrist von zwei Monaten gewährt. Sollte er in diesem Zeitraum jeglichen Kontakt mit Mitgliedern der Cobras meiden und sich keine Straftat zu Schulden kommen lassen, ist das Gericht bereit, die Bewährungsstrafe zu verlängern."

„Euer Ehren", platzte Haridan heraus, „auf welche Weise können wir sichergehen, dass der Angeklagte in diesen zwei Monaten die Auflagen erfüllt?"

„Indem wir Mr. Muldoon eine Person zur Seite

stellen, die ihn bei seiner Aufgabe unterstützt und dem Gericht laufend einen Bericht über Mr. LeBeck zukommen lässt. Maßnahmen zur Resozialisierung, Mr. Haridan, müssen nicht unbedingt auf Strafanstalten beschränkt bleiben."

Rachel lächelte Haridan siegessicher zu. „Danke, Euer Ehren."

„An die Adresse der Verteidigung gerichtet – es wird mir ein Vergnügen sein, jeden Freitagnachmittag gegen drei Uhr Ihren Bericht in Empfang zu nehmen."

„Meinen ..." Rachel wurde kreidebleich und rang nach Luft. „Meinen Bericht? Euer Ehren, soll das etwa heißen, dass ich diese Aufsichtsperson sein soll?"

„Exakt das meine ich, Miss Stanislaski. Ich glaube, ein Mann und eine Frau als Autoritäten werden auf Mr. LeBeck einen positiven Einfluss haben."

„Ich stimme dem Vorschlag zu, Euer Ehren. Aber ich bin keine Sozialarbeiterin. Diese Aufgabe ..."

„Sie dienen der Rechtspflege, Miss Stanislaski, also erfüllen Sie Ihre Aufgabe." Sie klopfte mit dem Hammer auf den Tisch. „Der nächste Fall."

Rachel verließ sprachlos den Gerichtssaal.

„Da hast du den Salat", murrte ihr Bruder, als sie einen der Nebenräume betraten. „Ich werde nicht zulassen, dass du für diesen Burschen den Babysitter spielst. Beckett kann dich nicht zwingen." Wütend packte er sie am Ellbogen.

„Hör auf, an mir herumzuzerren, Alex. Ich muss nachdenken."

„Was gibt es da nachzudenken? Es ist schlimm genug für mich, mit ansehen zu müssen, wie du diese Kerle verteidigst. Jetzt spielst du auch noch die große Schwester für sie. Lass die Finger davon."

„Ich entscheide selbst, was ich tun werde. Und jetzt raus hier."

„Rachel, ich hätte gute Lust ..."

„Sie sollen verschwinden, haben Sie nicht verstanden?" Zackarys Stimme klang bedrohlich.

Alex drehte sich abrupt um. Er hatte alle Mühe, sich zu beherrschen. „Die Sache geht Sie nichts an."

„Das sehe ich anders."

Rachel stellte sich zwischen die beiden Streithähne. „Hört sofort auf damit. Muldoon, ist das Ihre Art, Verantwortung zu übernehmen, indem Sie Schlägereien provozieren?"

Zackary behielt Alex im Auge. „Ich sehe es eben nicht gern, wenn Frauen so grob behandelt werden."

„Ich kann auf mich selbst Acht geben." Sie wandte sich ihrem Bruder zu. „Und du willst Polizist sein? Du führst dich auf wie ein Raufbold. Ich werde versuchen, den Vorschlag des Gerichts erfolgreich umzusetzen."

„Verdammt, Rachel ..." Alex wandte sich Zackary zu. „Wenn Sie mir oder meiner Schwester Schwierigkeiten machen sollten, werden Sie in Zukunft Ihre Zähne in einem Glas auf dem Nachttisch aufbewahren."

„Schwester?" Zackary wechselte den Blick von Alex zu Rachel. Ja, die Familienähnlichkeit war eigentlich nicht zu übersehen. Beide sahen sehr gut und irgendwie auch sehr verwegen aus.

Das änderte natürlich eine ganze Menge. Seine Wut kühlte sofort ab. „Es tut mir Leid. Ich wusste nicht, dass es um einen Familienstreit ging. Dann machen Sie nur weiter, schreien Sie sich ruhig an."

Rachel seufzte und küsste ihren Bruder auf die Wange. „Geh jetzt, Alexej, und mach Jagd auf die wirklich schweren Jungs."

Alex gab auf. Es war unmöglich, mit seiner Schwester zu diskutieren. Er änderte die Taktik und fixierte Zackary. „Seien Sie auf der Hut, Muldoon, denn ich werde Sie während der ganzen Zeit nicht aus den Augen lassen."

„Sie sind jederzeit in meiner Bar willkommen, Officer. Der erste Drink geht auf Kosten des Hauses."

Alex brummte etwas Unverständliches und ging zur Tür. Er drehte sich noch einmal um und rief Rachel auf Ukrainisch etwas zu. Er lächelte, schüttelte den Kopf und verließ schließlich den Raum.

„Übersetzung?“ fragte Zackary.

„Er sagte nur, dass wir uns am Sonntag sehen. Haben Sie die Kaution bezahlt?“

„Ja, sie werden ihn gleich freilassen. Es sieht so aus, als sei es Ihrem Bruder nicht ganz geheuer, dass Sie mit mir und Nick zu tun haben.“

Rachel sah Zackary lange an. „Es ist der Wille des Gerichts. Fangen wir also an.“

„Anfangen?“

„Holen wir unser Mündel hier raus, und Sie bringen ihn in Ihrem Apartment unter.“

Nachdem er fast zehn Jahre mit zweihundert anderen Matrosen auf engstem Raum zusammengelebt hatte, verabschiedete Zack sich mit einem letzten schweren Seufzer von seiner Privatsphäre. Er nahm Rachel beim Arm, und sie bemühte sich redlich, den Arm nicht wegzuziehen.

„Sagen Sie, Sie haben nicht zufällig ein Seil in Ihrer Aktentasche, oder?“

Nein, sie brauchten Nick nicht zu fesseln, um ihn aus der Zelle zu holen. Aber viel hätte nicht gefehlt.

Er war alles andere als begeistert von seiner Situation. Er nörgelte, beschwerte sich und fluchte. Bis sie das Gerichtsgebäude verlassen hatten und am Straßenrand ein vorbeifahrendes Taxi anhalten konnten, erstickte Zack fast an seinem Ärger, und Nick ließ seine schlechte Laune an Rachel aus.

„Wenn Sie kein besseres Urteil herausschinden konnten, dann sollten Sie wieder auf die Universität gehen. Ich habe Rechte, und das erste ist, dass ich Sie feuern kann."

„Das steht Ihnen frei, LeBeck." Rachel warf einen Blick auf die Uhr. „Sie können jederzeit einen anderen Anwalt nehmen. Aber in meiner Funktion als gerichtlich bestellte Aufpasserin können Sie mich nicht feuern. In den nächsten beiden Monaten sind wir aneinander gebunden."

„Quatsch, wenn Sie und diese blöde Richterin glauben, ihr könntet mir in die Suppe spucken ..."

Zackary hob drohend den Arm, aber Rachel hielt ihn zurück. „Jetzt hör mir mal zu, du bemitleidenswerter, verwöhnter, launischer kleiner Idiot! Du hast die Wahl: Du kannst in den nächsten acht Wochen wie jeder andere Mensch leben oder für drei Jahre in den Knast gehen. Mir ist es herzlich egal, für welchen Weg du dich entscheidest. Du bildest dir also ein, ein ganz harter Kerl zu sein, ja? Und natürlich weißt du genau, was abgeht, ja? Dann lass dir eines von mir gesagt sein: Du sitzt noch nicht eine Woche ein, und die Kunde von deinem hübschen Gesicht wird im ganzen Bau die Runde gemacht haben. Deine Mithäftlinge werden sich auf dich stürzen wie der Hund auf den Knochen. Und dann wirst du ganz schnell bereit sein, mit uns zu kooperieren."

Rachel stellte zufrieden fest, dass ihre Worte genau ins Schwarze getroffen hatten. Der wütende Blick aus Nicks Augen wich – genauso wie alle Farbe aus seinem Gesicht. Er schwieg verbissen.

„So, und jetzt muss ich mich noch um andere Dinge kümmern." Sie wandte sich Zackary zu. „Gegen sieben werde ich vorbeikommen."

„Ich halte das Essen warm." Er lächelte und hielt Rachels Hand fest, bevor sie gehen konnte. „Danke. Und das meine ich ernst."

Sie hätte es mit einem Schulterzucken abgetan. Aber sein Händedruck war fest wie eine Eisenklammer, und sie konnte die Schwielen an seiner Hand spüren.

„Sie sind schwer in Ordnung, Frau Anwältin." Er grinste. „Für eine Tussi." Damit schob er Nick in den Wagen, kletterte hinter ihm hinein und winkte Rachel noch einmal zu, bevor der Wagen anfuhr.

„Mit dem Idioten hat sie Recht, Nick", sagte er

leichthin zu seinem Bruder. „Aber auf jeden Fall hast du dir eine Anwältin mit umwerfenden Beinen ausgesucht."

Nick sagte nichts dazu, warf aber noch mal einen Blick durch die Rückscheibe. Ja, Rachels Beine waren ihm auch schon aufgefallen.

Als sie zehn Minuten später bei Nicks Bude ankamen, musste Zack sich zusammenreißen, um nicht loszubrüllen. Es würde nichts helfen, den Jungen alle fünf Minuten anzuschreien. Aber warum, zum Teufel, hatte er sich ausgerechnet ein Zimmer in dieser Gegend nehmen müssen?

An jeder Straßenecke lungerten zwielichtige Gestalten herum, Drogendeals gingen ganz offen am helllichten Tag über die Bühne, Prostituierte posierten provozierend, um den nächsten Kunden anzulocken. Der Gestank von Müll, gemischt mit menschlichen Ausdünstungen, stieg Zack beißend in die Nase. Glasscherben knirschten unter ihren Füßen, als sie zusammen über den aufgerissenen Bürgersteig gingen und das alte, heruntergekommene Backsteingebäude, über und über beschmiert mit Graffiti, betraten.

Hier drinnen war der Gestank noch schlimmer, weil gefangen zwischen den Wänden. Zack schwieg beharrlich, während sie die knarrenden Treppen in die dritte Etage hochstiegen. Er ignorierte die Geräusche, die durch die geschlossenen Türen drangen – Geschrei, Weinen, lautes Scheppern.

Nick schloss eine Tür auf dem Gang auf und ließ Zack in das Zimmer eintreten. Das Mobiliar bestand aus einem Bett, dessen Matratze in dem verrosteten Eisenrahmen durchhing, einer zerkratzten Kommode und einem einzelnen wackeligen Stuhl, der nur durch ein zerrissenes Telefonbuch im Gleichgewicht gehalten wurde. Poster von Heavy Metal-Bands waren an die schmutzigen Wände gepinnt – ein Mitleid erregender Versuch, dem schäbigen Raum eine persönlichere Note zu verleihen.

Zack war machtlos gegen die Wut, die in ihm überbrodelte. Sie entlud sich in einer Reihe von saftigen Flüchen, die die abgestandene Luft erzittern ließen.

„Was, zum Teufel, hast du mit dem Geld gemacht, das ich dir jeden Monat geschickt habe, solange ich auf See war? Mit dem Gehalt, das du angeblich als Stadtkurier verdient hast? Du lebst mitten auf einer Müllhalde, und was noch schlimmer ist – du selbst hast es dir ausgesucht, hier zu leben!"

Niemals hätte Nick zugegeben, dass sein ganzes Geld in die Kasse der Cobras gewandert war. Genauso wenig, wie er zugegeben hätte, wie beschämt er war, dass Zack sah, wie und wo er lebte. „Das geht dich einen Dreck an", knurrte er. „Das ist mein Zimmer, genauso wie das mein Leben ist. Du hast dich doch die ganze Zeit woanders rumgetrieben, oder? Nur weil du keine Lust mehr hast, auf irgendeinem Zerstörer durch die Weltgeschichte zu gondeln, brauchst du dir nicht einzubilden, dass du zurückkommen und hier einfach den Ton angeben kannst."

„Ich bin seit zwei Jahren wieder zurück. Ein Jahr davon habe ich damit zugebracht, mich um unseren alten Herrn zu kümmern, bis er gestorben ist. Du hast dir nicht mal die Mühe gemacht vorbeizukommen."

Eine neuerliche Welle der Scham überkam Nick. Und die enttäuschende Gewissheit, dass Zack nicht verstehen würde. „Er war nicht mein alter Herr."

Zacks Kopf zuckte hoch, Nick ballte die Fäuste. Wäre noch jemand im Raum gewesen, er hätte die Spannung körperlich gespürt. Ein winziger Funke nur, und der Vulkan würde ausbrechen. Langsam und nur mit äußerster Anstrengung zwang Zack seinen Körper dazu, sich zu entspannen.

„Ich werde meine Zeit nicht damit verschwenden, dir klar zu machen, dass er getan hat, was er konnte."

„Und wie solltest ausgerechnet du das wissen können?" fragte Nick voller Verachtung. „Du warst doch nicht hier. Du hast deinen Weg gewählt, Bruder.“ Er betonte das Wort sarkastisch. „Ich habe meinen gewählt.“

„Was uns wieder an den Ausgangspunkt bringt. Pack zusammen, was du mitnehmen willst, und dann lass uns gehen.“

„Ich lebe hier, und das ist ...“

Zack bewegte sich so schnell, dass Nick der restliche Satz in der Kehle stecken blieb. Er fühlte sich von Zacks großen Händen an die Wand gepresst, so fest, dass er sich nicht mehr rühren konnte. Das Zittern, das seinen mageren Körper durchlief, war die einzige Bewegung, die der feste Griff ihm erlaubte. Zacks Gesicht stand direkt vor seinem, er konnte nur noch diese harten, unerbittlichen Augen sehen.

„Für die nächsten zwei Monate lebst du bei mir, ob es dir nun passt oder nicht. Und jetzt hör mit dem Mist auf und such deine Klamotten zusammen. Ab jetzt ist die Freifahrt vorüber.“ Er gab Nick frei, wohl wissend, dass es ihm mit seiner Kraft und seiner Ausbildung ein Leichtes wäre, seinen trotzigen Bruder mit Gewalt zu zwingen. „Du hast zehn Minuten. Und heute Abend deine erste Schicht.“

Gegen sieben Uhr erging Rachel sich in einer Fantasie, wie sie in ein duftendes warmes Schaumbad stieg, mit einem Glas gekühlten Weißweins und einem guten Buch. Es half ihr dabei, die Unbequemlichkeiten in der überfüllten U-Bahn zu ignorieren.

Sie stemmte die Beine fester auf den Boden, um das Gleichgewicht besser halten zu können, und schaute blicklos vor sich hin. Hier fuhren ein paar fragwürdig aussehende Gestalten mit, solche, die man besser auf Abstand hielt. Hinter ihr auf dem Sitz schnarchte ein Mann, eine Zeitung über das Gesicht gelegt. Offensichtlich ein Betrunkener, denn er roch wie eine ganze Kneipe.

An der Haltestelle kämpfte sie sich zum Ausgang durch und legte die kurze Strecke bis zu Zackarys Bar durch Regen und Wind zu Fuß zurück.

Sie öffnete die schwere Glastür und betrat den großen, holzgetäfelten Raum. Ihr Blick fiel auf die spiegelblanke Mahagonitheke. Die lederbezogenen, burgunderroten Barhocker waren besetzt. Zierliche Tische, die im ganzen Raum verteilt waren, boten zahlreichen Gästen Platz. Es roch nach Whisky, Bier und Zigaretten. Der Duft gebratener Zwiebeln lag in der Luft. Aus einer Musikbox ertönte ein Blues, der die Gespräche der Gäste überdeckte.

Zwei Kellnerinnen in weißen Hosen und Matrosenhemden bahnten sich ihren Weg durch die Reihen der Kundschaft. Rachel war einigermaßen beruhigt. Also immerhin keine Netzstrümpfe und großzügigen Dekolletees.

Zackary stand hinter der Theke und zapfte gerade ein Bier. Auch er ähnelte in seinem blauen Rollkragenpulli einem Matrosen. Rachel konnte sich ihn gut an Bord eines Schiffes vorstellen. Immerhin wusste sie aus seinen Akten, dass er eine zehnjährige Dienstzeit bei der Marine verbracht hatte. Die Schiffsglocken und Anker, mit denen die Bar dekoriert war, passten sehr gut zu diesem Image.

Sie sah Zackary in Uniform an Bord eines Schiffes, das Gesicht in den Wind gedreht. Und fand dieses Bild so faszinierend, dass sie es schnellstens verdrängte.

Schließlich war sie kein verträumter Typ, wie sie sich ermahnte. Und ganz bestimmt keine Romantikerin. Sie gehörte nicht zu dem Typ Frau, der in eine Bar ging und sich zu irgendeinem an Land gegangenen Seemann mit breiten Schultern und rauen Händen hingezogen fühlte.

Sie war als Vertreterin des Gerichts hier, das war der einzige Grund. Und wie unangenehm es auch sein mochte, sich für die nächsten zwei Monate mit Zackary Muldoon abgeben zu müssen – sie würde natürlich ihre Pflicht erfüllen.

Aber wo war Nick?

„Möchten Sie einen Tisch, Miss?"

Rachel betrachtete die Blondine, die ein großes Tablett mit Sandwiches und Bier balancierte. „Nein, danke. Ich gehe an die Bar. Ist es hier immer so voll?"

Die Bedienung sah sich erstaunt im Raum um. „Voll? Das ist mir noch gar nicht aufgefallen." Sie lachte laut auf und ging weiter, während Rachel sich der Bar näherte. Sie stellte sich zwischen zwei besetzte Stühle und wartete darauf, dass Zackary sie bemerkte.

„Na, mein Schatz ..." Der Mann zu ihrer Linken hatte ein molliges, freundliches Gesicht. Er verschob den Hocker, um seine Nachbarin besser sehen zu können. „Kann mich nicht erinnern, Sie hier schon einmal getroffen zu haben."

„Ganz richtig beobachtet." Sie lächelte den Mann, der alt genug war, ihr Vater zu sein, an.

„So hübsche junge Damen wie Sie sollten hier nicht allein herkommen." Er klopfte dem Mann, der rechts von Rachel saß, auf die Schulter. „He, Harry, wir sollten der Dame einen Drink spendieren."

Harry, der an seinem Bier nippte und in ein Kreuzworträtsel vertieft war, nickte kaum merklich. „Klar, Pete. Bestell schon. Ich brauche ein Wort mit sechs Buchstaben für Gefahr oder Wagnis."

Rachel sah auf. Zackary betrachtete sie regungslos. Sie spürte, wie es ihr eiskalt den Rücken hinunterlief. „Risiko“, flüsterte sie und schüttelte sich.

„Klar! Besten Dank!“ Harry setzte die Lesebrille auf und sah Rachel erfreut an. „Der erste Drink geht auf meine Rechnung. Was möchten Sie haben, Süße?“

„Pouilly-Fumé.“ Zackary stellte ein Glas Weißwein auf die Theke. „Und der erste geht auf Kosten des Hauses.“ Er hob eine Augenbraue. „Ist es Ihnen genehm, Frau Anwältin?“

„Ja, danke.“

„Zackary bekommt immer die hübschesten Frauen ab“, erklärte Pete seufzend. „Gib mir noch einen aus, Junge. Das ist das Mindeste, was du für mich tun kannst, nachdem du mir meine Freundin ausgespannt hast.“ Er blinzelte Rachel zu.

Rachel lächelte ihm zu. „Und wie oft hat er Ihnen Ihre Freundinnen ausgespannt, Pete?“

„Ein- bis zweimal die Woche. Es ist geradezu demütigend. Erinnerst du dich an Rosemary, Zackary? Sie ist jetzt verheiratet und erwartet ihr zweites Kind.“

Zackary wischte mit einem Tuch über die Theke. „Sie hat mir das Herz gebrochen.“

„Ich kenne keine Frau, die dein Herz auch nur

angekratzt, geschweige denn gebrochen hätte.“ Die blonde Bedienung kam mit einem leeren Tablett zurück. „Zwei Weißwein, Hausmarke, und einen Scotch.“

„Du hast mir das Herz gebrochen, Lola.“ Zackary stellte Gläser auf das Tablett. „Oder weshalb, glaubst du, bin ich wohl zur Marine gegangen?“

„Weil du genau wusstest, wie gut dir die weiße Uniform steht.“ Sie lachte, nahm das Tablett und sah Rachel an. „Nehmen Sie sich vor diesem Burschen in Acht, er ist gefährlich.“

Rachel nippte an ihrem Weinglas und versuchte die verführerischen Düfte, die aus der Küche kamen, zu ignorieren. Ihr Magen knurrte erbarmungslos. „Haben Sie eine Minute Zeit?“ fragte sie Zackary. „Ich müsste mir einmal ansehen, wie Sie wohnen.“

Pete verdrehte die Augen. „Wie macht er das bloß?“

„Die Frauen scheinen auf mich zu fliegen. Ich kann mich kaum noch wehren.“ Er gab einem Kellner das Zeichen, ihn zu vertreten.

Rachel trank ihr Glas leer. „Ich bin die Strafverteidigerin seines Bruders“, klärte sie Pete auf.

„Im Ernst?“ Pete schien sehr beeindruckt. „Sie sind es also, die ihm den Knast erspart hat?“

„Vorerst. Muldoon?“

„Bin schon unterwegs.“ Zackary verließ die Bar und führte Rachel durch eine schwere Schwingtür in die Küche.

Ihr Blick fiel sofort auf einen in Weiß gekleideten Zwei-Meter-Mann, der gerade ein delikates Sandwich zusammenstellte.

„Rio, das ist Rachel Stanislaski, Nicks Anwältin.“

„Freut mich. Der Junge wird es noch zum Weltmeister im Geschirrspülen bringen. Die paar Teile, die er Abend für Abend zerbricht, sind kaum der Rede wert.“

Nick, der vor einer riesigen Spüle stand, die Arme in das Abwaschwasser getaucht, drehte sich um und murrte. „Wenn du meinst, anderer Leute Dreck waschen wäre ein akzeptabler Job, dann kannst du meinetwegen ...“

„Keine unflätigen Bemerkungen in Gegenwart einer Dame.“ Rio hob ein großes Messer und teilte das Sandwich in vier Teile. „Meine Mutter sagte immer, nur beim Abwaschen findet der Körper genug Zeit, um die Seele zu entdecken. Also wasch weiter und such, mein Junge.“

Nick hätte zu gern einen Kommentar abgegeben, aber es war unklug, mit einem Zwei-Meter-Mann zu streiten, der ein Tranchiermesser in der Hand hielt.

Rio lächelte, als er bemerkte, wie sehnsüchtig Rachel das Sandwich anstarrte. „Vielleicht sollte ich Ihnen ein richtiges warmes Essen zubereiten. Wenn Sie das Geschäftliche erledigt haben, könnten Sie es zu sich nehmen."

„Ich ... ich sollte eigentlich nach Hause gehen."

„Zackary wird Sie heimbringen. Um diese Zeit sollten Sie nicht mehr allein herumlaufen."

„Ich brauche keinen ..."

„Mach ihr ein Chili con carne, Rio." Zackary gab Rachel ein Zeichen, ihm zur Treppe zu folgen. „Das hier wird nicht lange dauern."

Noch ehe sie etwas erwidern konnte, fand sie sich auf Tuchfühlung mit Zackary in dem engen Treppenhaus. Er riecht wie das Meer, dachte sie. Die ungebändigte, fast elektrisierende Energie, kurz bevor ein Unwetter am Horizont aufzieht. „Das ist wirklich sehr nett, Mr. Muldoon, aber ich brauche weder ein Essen noch eine Eskorte."

„Sie werden beides bekommen, ob Sie es brauchen oder nicht."

Er drehte sich zur Seite und drängte sie dabei leicht gegen die Wand. Der Kontakt fühlte sich gut an. Wie er es vorausgesehen hatte.

„Ich an Ihrer Stelle würde mich nicht mit Rio anlegen. Ich habe ihn vor ungefähr sechs Jahren auf Jamaika getroffen. Bei einer Kneipenschlägerei. Ich habe gesehen, wie er einen Kerl von hundert Kilo einfach hochgehoben und durch die Holzwand geschmissen hat. Sehen Sie, Rio ist ein sehr friedliebender Mensch, aber wenn man ihn reizt, kann keiner voraussagen, was passieren wird.“ Er hob die Hand und nahm eine Strähne von Rachels Haar zwischen die Finger. „Ihre Haare sind ja ganz feucht.“

Sie wehrte seine Hand ab. „Es regnet.“

„Ja, ich kann den Regen förmlich an Ihnen riechen, Rachel.“

Sie konnte nicht vor und nicht zurück, also musste sie sich mit dem einzigen Ausweg begnügen, der ihr offen blieb: Sie fauchte wie eine in die Ecke gedrängte Katze.

„Sie stehen mir im Weg, Muldoon. Sparen Sie sich Ihren irischen Charme für jemanden, bei dem er wirkt, und machen Sie endlich Platz.“

„Nur einen Moment noch. War das Russisch, was Sie heute Ihrem Bruder nachgerufen haben? Es schien mir jedenfalls so.“

„Ukrainisch“, presste sie zwischen den Zähnen hervor.

„Aha, Ukrainisch also.“ Er schien darüber nachzudenken. „Bis in die Sowjetunion bin ich nie gekommen.“

„Ich auch nicht“, erwiderte sie trocken. „Könnten

wir diese Unterhaltung vielleicht verschieben, bis ich mir Ihren Wohnbereich angesehen habe?"

„Ja, natürlich." Mit einer Hand an ihrem Rücken führte er sie weiter die Stufen hinauf. „Es ist nichts Besonderes, aber für Nick ist es ein gewaltiger Fortschritt im Vergleich zu dem, was er vorher gewöhnt war. Ich weiß wirklich nicht, warum er ..." Zackary brach ab und blieb auf der oberen Stufe stehen. „Nun, das ist jetzt vorbei."

Rachel allerdings hatte das unbestimmte Gefühl, dass jetzt alles erst richtig losging.

3. KAPITEL

Rachel nahm ihre neue Aufgabe sehr ernst. Obwohl Nick weiterhin ziemlich missmutig reagierte, kam sie mit den Schwierigkeiten gut zurecht. Am meisten aber beschäftigte sie, dass Zackary Muldoon ständig in ihrer Nähe war.

Sie konnte ihn nicht fortschicken, aber auch nicht in seiner Gegenwart arbeiten. Tag für Tag war sie gezwungen, mit ihm umzugehen. Und das hatte schon fast gesundheitsschädliche Auswirkungen auf ihren Stresspegel.

Wenn ich ihn nur irgendwie aus meinem Kopf ausblenden könnte, überlegte sie, während sie nach dem sonntäglichen Essen mit ihrer Familie von der U-Bahn-Station zu ihrem Apartment ging. Das hätte vieles erleichtert. Aber selbst nach einer Woche war sie diesem Ziel nicht einen Schritt näher gekommen.

Er war barsch, ungeduldig und – so nahm sie zumindest an – potenziell gewalttätig. Trotzdem war er bereit, sich für seinen Stiefbruder einzusetzen, Geld und – was viel wichtiger war – Zeit und Energie zu investieren, um den Jungen wieder auf die richtige Bahn zu lenken. In seiner Freizeit kleidete er sich so lässig, dass man es schon fast als schlampig bezeichnen konnte, doch wann immer Rachel in die Wohnung über der Bar kam, war alles blitzblank aufgeräumt und sauber. Ständig berührte er sie, legte seine Hand auf ihren Arm, ihre Schulter, in die Mulde an ihrem Rücken, doch immer in durchaus akzeptablen Grenzen, so dass sie bisher noch keinen Grund gehabt hatte, ihn zurückzuweisen.

Er flirtete offen mit den weiblichen Barbesuchern, doch dabei blieb es auch. Er war nie verheiratet gewesen, und auch wenn er monate-, ja, jahrelang nicht bei seiner Familie gewesen war, so hatte er doch die Seefahrt aufgegeben, um seinen kranken Vater zu pflegen.

Er irritierte und verwirrte sie maßlos. Und irgendwo tief in ihrem Innern verwandelte sich gerade diese Irritation in eine seltsame Hitze, die Rachel, wenn sie ehrlich war, nur als pure Lust bezeichnen konnte.

Sie versuchte diese Hitze zu ersticken, indem sie sich daran erinnerte, dass sie nicht der Typ war, der auf Lust reagierte. Natürlich war sie leidenschaftlich. Wenn es um ihre Familie und ihren Ehrgeiz ging. Aber Männer, auch wenn sie deren Gesellschaft durchaus genoss, standen ganz sicher nicht im oberen Teil ihrer Prioritätenliste.

Und Sex stand noch weiter unten. Genau deshalb

war es ja so lästig, dass sie dieses seltsame Prickeln verspürte.

Was für ein Mensch war dieser Zackary Muldoon? War es vielleicht besser, die Antwort darauf nie herauszufinden?

„Wo, zum Teufel, sind Sie gewesen?"

Zackary stand plötzlich vor ihr und versperrte ihr den Weg.

„Ich ... Verdammt, Sie haben mich fast zu Tode erschreckt. Müssen Sie unbedingt vor meiner Wohnung herumlungern?"

„Ich habe Sie überall gesucht. Sind Sie denn nie zu Hause?"

„Muldoon, ist es Ihnen noch nicht aufgefallen? Bei mir folgt eine Party auf die andere." Sie stieg die Treppen hinauf und öffnete die Haustür. „Was wollen Sie von mir?"

„Nick hat den Abflug gemacht."

Rachel blieb abrupt stehen. „Was soll das heißen?"

„Er ist heute Nachmittag aus der Küche verschwunden. Ich kann ihn nicht finden, und dabei suche ich bereits seit fünf Stunden."

„Nur keine Panik." Rachel ging den Flur entlang zum Fahrstuhl. „Es ist doch erst zehn Uhr. Er wird schon wissen, was er tut."

„Das ist ja das Problem.“ Sie betraten den Fahrstuhl. „Wir hatten vereinbart, dass er sagt, was er vorhat. Ich nehme an, dass er sich mit den Cobras trifft.“

„Ich glaube nicht, dass Nick seine Verpflichtungen so schnell bricht.“ Während der Fahrstuhl zum vierten Stock fuhr, überlegte Rachel, wie sie weiter vorgehen konnten. „Wir könnten versuchen, ihn selbst zu finden, oder auch schwerere Geschütze auffahren.“

„Schwerere Geschütze?“

Rachel verließ den Fahrstuhl und ging den Flur entlang. „Alex.“

„Keine Polizei.“ Zackary fasste ihren Arm. „Ich werde ihm nicht die Polizei auf den Hals schicken.“

„Alex ist mein Bruder.“ Sie schüttelte seine Hand ab. „Außerdem bin ich dem Gericht verpflichtet, Zackary. Wenn Nick die Auflagen bricht, kann ich das nicht ignorieren.“

„Ich möchte aber nicht, dass er wieder ins Gefängnis muss, nachdem ich ihn vor einer Woche da rausgeholt habe.“

„Wir haben ihn herausgeholt“, verbesserte sie ihn und schloss die Wohnungstür auf. „Wenn Sie meinen Rat und meine Hilfe nicht wünschen, so hätten Sie erst gar nicht zu kommen brauchen.“

Zackary zuckte mit den Schultern und trat ein. „Wir sollten ihn gemeinsam suchen."

Er betrachtete den Raum, der kaum größer war als der, den Nick gemietet hatte. Sein Blick fiel auf das Sofa, das mit bunten Kissen dekoriert war. An einer Wand hing ein riesiger ovaler Spiegel, dessen Glas dringend einer Erneuerung bedurft hätte. Bücherregale und Dutzende von Fotografien und Skulpturen rundeten das Bild ab.

Zackary fühlte sich etwas unbeholfen und völlig fehl am Platz. Er steckte die Hände verlegen in die Taschen und betrachtete die zahlreichen Kerzen. Seine Mutter hatte Kerzen geliebt, erinnerte er sich. Kerzen und Blumen und chinesische Vasen.

„Ich werde uns einen Kaffee kochen." Rachel legte die Handtasche ab und ging in die Kochecke.

„Ja, gut." Zackary besah sich die Familienfotos an der Wand und setzte sich schließlich auf das Sofa. „Was mache ich da eigentlich? Wie konnte ich auf die Idee kommen, für Nick den Vater spielen zu wollen? Sein halbes Leben lang hat er mit mir nichts zu tun gehabt. Er hasst mich."

„Sie haben richtig gehandelt", entgegnete Rachel und stellte die Tassen auf den Tisch. „Sie spielen nicht den Vater für ihn. Sie sind sein Bruder. Und er hasst Sie nicht, sondern ist zornig und voller Groll.

Das hat mit Hass nichts zu tun. Jetzt hören Sie schon auf mit Ihren Selbstvorwürfen und holen Sie lieber die Milch."

Zackary stand auf und öffnete den Kühlschrank. „Es ist keine Milch da."

Rachel seufzte. „Dann müssen wir ihn schwarz trinken. Haben Sie sich mit Nick gestritten?"

„Nein, das heißt, nicht mehr als sonst. Er beschimpft mich, ich gebe ihm Kontra. Er flucht, ich fluche noch lauter. Wir haben uns gestern unterhalten und noch einen alten Film im Fernsehen angesehen, nachdem die Bar geschlossen war."

„Das wäre doch schon einmal ein Fortschritt ..." Rachel reichte ihm die Kaffeetasse.

„Mittags war er in der Küche. Sonntags kommen immer viele Familien zum Essen. Ich dachte, er hätte sich etwas früher zurückgezogen, um ein wenig allein zu sein. Als ich gegen vier Uhr nach ihm sah, war er nicht mehr da. Rio wollte ihn nicht bei mir anschwärzen, also hat er gut eine Stunde oder so den Mund gehalten. Ich hatte gehofft, er würde einfach nur eine kurze Pause brauchen ... Dann habe ich ihn gesucht ..." Zackary trank seinen Kaffee aus und füllte seine Tasse selbst nach. „In den vergangenen Tagen war ich wohl etwas zu streng mit ihm."

„Hören Sie auf, sich Vorwürfe zu machen.

Schließlich haben Sie ihn nicht am Hauptmast aufgehängt, oder?“ Sie konnte sich nicht zurückhalten und legte eine Hand auf seinen Arm. „Lassen Sie mich mit Alex reden.“

Zackary setzte sich widerwillig und stellte die Tasse auf den Tisch. Da er keinen Aschenbecher entdeckte, verkniff er es sich, eine Zigarette anzuzünden.

Er hörte nur mit einem Ohr dem Telefongespräch zu, das Rachel mit ihrem Bruder führte. Er lächelte ein wenig. Diese Frau war ein Energiebündel, das sicherlich voller Leidenschaften steckte. Wie oft hatte er sich in den vergangenen Tagen beherrschen müssen, sie nicht anzurufen?

Viel zu oft. Irgendetwas an Rachel faszinierte ihn. Er fühlte sich zu ihr hingezogen, und Zack hatte nicht die geringste Ahnung, ob er diesen Drang schnellstens ersticken oder ihm nachgeben sollte.

Allerdings war seine Libido jetzt wirklich das Letzte, mit dem er sich beschäftigen sollte. Schließlich ging es hier um Nick.

Offenbar war Rachels Bruder nicht begeistert, sich einzuschalten. Sie redete hitzig auf Ukrainisch auf ihn ein. Zack griff nach einer kleinen Statuette, die auf dem Kaffeetisch stand, und betrachtete sie mit zusammengezogenen Brauen. Es machte ihn wahnsinnig, wenn sie ukrainisch sprach.

Aber offenbar hatte sie damit mehr Erfolg. „*Tak*", erwiderte sie zufrieden. Alex hatte nachgegeben. „Ich schulde dir was, Alexej." Sie lachte, ein herzliches, sattes Lachen, ein Klang, der Zack direkt in die Lenden fuhr. „Na schön, ich schulde dir viel." Sie legte den Hörer auf. „Alex sieht sich mit seinem Partner ein wenig um. Er benachrichtigt uns, falls er etwas herausfindet."

„Dann warten wir einfach?"

„Wir warten." Rachel nahm ein Notizbuch vom Schreibtisch. „Um uns die Zeit zu vertreiben, sollten Sie mir etwas über Nicks Werdegang erzählen. Sie sagten, seine Mutter starb, als er ungefähr fünfzehn war. Was ist mit seinem Vater? Hat er danach für Nick gesorgt?"

„Seine Mutter war nicht verheiratet." Zackary griff automatisch nach einer Zigarette, dann fiel es ihm wieder ein, und er ließ den Arm wieder sinken. Rachel hatte die Geste bemerkt und holte aus einer Schublade den einzigen Aschenbecher hervor, den sie besaß.

„Danke." Erleichtert zündete er sich eine Zigarette an und fuhr fort: „Nadine muss ungefähr achtzehn gewesen sein, als sie schwanger wurde. Der Typ wollte von dem Baby nichts wissen und ließ sie sitzen. Also bekam sie Nick und tat, was sie konnte.

Eines Tages kam sie in unsere Bar, auf der Suche nach einem Job. Dad hat sie eingestellt."

„Wie alt war Nick damals?"

„Vier, fünf. Manchmal konnte sie niemanden finden, der während ihrer Arbeitszeit auf den Kleinen aufpasste, also schlug Dad ihr vor, ihn mitzubringen. Ich habe mich dann um ihn gekümmert. Er war ganz in Ordnung." Zack lächelte schwach. „Er war still, beobachtete viel und war ziemlich clever. Er konnte schon lesen, bevor er in die Schule kam. Auf jeden Fall ... ein paar Monate danach heirateten Nadine und mein Vater. Dad war gute zwanzig Jahre älter als sie, aber ich vermute, sie beide waren einfach einsam. Meine Mutter war damals schon fast zehn Jahre tot. Also zogen Nadine und der Kleine zu uns."

„Wie war es für Sie? Für Nick?"

„Es schien ganz gut zu gehen. Himmel, ich war doch selbst noch ein halbes Kind." Rastlos geworden, stand er auf und begann im Zimmer auf und ab zu gehen. „Nadine hat sich überschlagen, um es jedem recht zu machen. Das lag in ihrer Natur. Und mein Vater ... nun, er war kein einfacher Mensch. Und er hat viel Zeit in seiner Bar verbracht. Wir waren nicht gerade eine Bilderbuchfamilie, aber es war okay." Er warf einen Blick auf die vielen Familienfotos und war erstaunt über den Stich der Eifersucht, der ihn durchzuckte. „Ich hatte nichts dagegen, dass der Kleine ständig um mich herum war. Dann bin ich zur Marine gegangen, direkt nach der Schule. Das ist so eine Art Familientradition. Es war hart für meinen Vater, als Nadine starb. Noch härter für Nick. Man könnte sagen, sie haben es aneinander ausgelassen."

„Und zu dieser Zeit fing das mit Nicks Schwierigkeiten an?"

„Er hatte vorher schon mal kleinere Probleme gehabt, aber nach Nadines Tod wurde es schlimmer. Bei jedem Landurlaub beschwerte sich mein Vater mehr und mehr über ihn. Der Junge tat dies nicht, dafür das, geriet ständig in Schwierigkeiten, hing mit Gesindel herum ... und so weiter. Und wenn ich mich einmischte und mit Nick darüber reden wollte, fluchte er und beschimpfte mich, und dann haute er meist einfach ab."

Rachel begann zu verstehen: Ein kleiner Junge, von seinem leiblichen Vater nicht gewollt, fängt an, in seinem großen Bruder ein Vorbild zu sehen, fühlt sich dann von ihm allein gelassen, als dieser zur See geht. Die Mutter stirbt, und mit dem Stiefvater, der alt genug ist, sein Großvater zu sein, gibt es keinen richtigen Kontakt. Nichts in seinem Leben ist von Bestand – nur die Ablehnung.

„Ich bin kein Psychologe, Zack, aber mir scheint, der Junge braucht Zeit, um wieder Vertrauen zu fassen. Und ich halte es auch nicht für falsch, wenn Sie streng mit ihm sind. Im Gegenteil, gerade dafür wird er Sie mit der Zeit respektieren lernen. Man muss nur den richtigen Gegenpol finden." Sie seufzte und legte den Block beiseite. „Und das ist der Punkt, wo ich ins Bild komme. Wahrscheinlich war ich bisher zu harsch mit ihm. Wir sollten es vielleicht anders versuchen. Ich werde die mitfühlende Schulter sein, an die er sich anlehnen kann. Glauben Sie mir, ich verstehe Flegel und Hitzköpfe. Ich bin mit ihnen aufgewachsen. Wir sollten damit anfangen ..."

Das Klingeln des Telefons unterbrach sie. Rachel nahm den Hörer ab. „Hallo. Ah, ja. Gut. Danke, Alex." Sie legte auf. „Sie haben ihn entdeckt. Er ist auf dem Weg zur Bar."

Die Erleichterung in Zacks Blick wandelte sich innerhalb von Sekundenbruchteilen in Ärger. „Wenn ich den Burschen in die Finger kriege ..."

„Sie werden ihn ganz sachlich fragen, wo er gewesen ist", schnitt sie ihm das Wort ab. „Und damit das auch wirklich klappt, begleite ich Sie."

Nick schlich sich in Zackarys Apartment. Er war überzeugt, dass er es besonders schlau angestellt hatte, indem er Rio überlistet und sich unbemerkt entfernt hatte.

Er holte sich ein Bier aus der Küche. Irgendwie ging alles schief. Dabei hatte er nur kurz nachsehen wollen, was die Jungs so auf der Straße trieben.

Und jetzt behandelten sie ihn wie einen Außenseiter. Sie trauten ihm nicht. Reece nahm an, dass er nur deshalb so schnell aus dem Gefängnis entlassen worden war, weil er irgendetwas verraten hatte. Als Nick ihnen erzählte, wie es wirklich war, dass er für Zackary in der Bar das Geschirr spülte, hatten sie ihn ausgelacht. Und nicht einer der Cobras hatte es für nötig befunden, ihm zu erklären, warum sie ihn bei dem Einbruch im Stich gelassen hatten.

Danach war er bei Marla vorbeigegangen. In den letzten Monaten hatten sie sich regelmäßig getroffen. Er war sicher gewesen, wenigstens bei ihr auf Verständnis zu stoßen. Aber sie war nicht da gewesen – ausgegangen, mit irgendeinem anderen Kerl.

Also hatte jeder ihn fallen gelassen. Wieder mal. Das war ja nichts Neues. Aber das machte es nicht einfacher, es zu ertragen.

Verdammt, sie sollten doch angeblich seine Familie sein. Sie sollten sich für ihn einsetzen, zu ihm halten. Nicht ihn bei dem ersten kleinen Problem abwimmeln. Er hätte das keinem von ihnen angetan.

Er trank den letzten Schluck und warf die leere Flasche mit Schwung in den Abfalleimer. Das Klirren des brechenden Glases befriedigte ihn nur wenig. Nein, er war sicher, er hätte so was nie getan.

Als er die Wohnungstür hörte, verließ er missmutig die Küche. Zackary hatte er erwartet, aber auf Rachel war er nicht vorbereitet.

Zackary zog die Jacke aus. Er konnte nur hoffen, dass es ihm gelang, sein Temperament zu zügeln. „Ich nehme an, dass du einen guten Grund hattest, dich heute Nachmittag aus dem Staub zu machen."

„Ich wollte frische Luft schnappen." Nick zündete sich eine Zigarette an. „Ist das etwa verboten?"

„Wir haben eine Vereinbarung", erwiderte Zackary ruhig. „Du solltest dich vorher mit mir absprechen und mir sagen, wohin du gehst."

„Nein, das ist deine Vereinbarung. Wir leben in einem freien Land, und ich kann gehen, wohin ich will." Er zeigte auf Rachel. „Wie ich sehe, hast du dir gleich einen Rechtsbeistand mitgebracht, nicht wahr?"

„Hör zu, Kleiner ..."

„Ich bin kein Kind mehr", platzte Nick heraus. „Als du in meinem Alter warst, hast du auch niemandem gesagt, wohin du gehst."

„Ich war in deinem Alter kein Einbrecher." Er

ging einen Schritt auf Nick zu, aber Rachel hielt ihn zurück.

„Warum gehen Sie nicht in die Bar und holen mir ein Glas Wein, Muldoon? Ich wäre gern einen Moment mit meinem Mandanten allein."

„Also schön." Zackary ging zur Tür. „Aber was auch immer sie zu dir sagen wird, Bürschchen, ab der nächsten Woche weht hier ein anderer Wind. Notfalls werde ich Rio anweisen, dich an die Spüle zu ketten." Er schlug die Tür heftig hinter sich zu.

Nick nahm einen Zug aus der Zigarette und ließ sich auf das Sofa fallen. „Große Sprüche", murrte er. „Er glaubt, er kann mich herumkommandieren. Seit Jahren stehe ich auf eigenen Füßen. Das sollte er endlich kapieren."

Rachel setzte sich neben ihn. Sie verkniff es sich, eine Bemerkung über das Bier zu machen, das sie in Nicks Atem riechen konnte, auch wenn der Junge noch minderjährig war. Wieso hatte Zack nicht dieses Bedürfnis nach Nähe in Nicks Augen gesehen? Warum war ihr es erst jetzt aufgefallen? „Muss schwer sein für dich, hier leben zu müssen, nachdem du doch eine eigene Bude hattest."

„Ja, aber ich glaube, die zwei Monate werde ich das schon durchstehen."

„Ich war nur wenig älter als du, als ich von zu

Hause fortging. Und ich habe zwei Brüder, die ständig auf mich aufgepasst haben. Einerseits hat es mich wütend gemacht, auf der anderen Seite gab es mir ein Gefühl der Sicherheit."

Nick starrte auf die Zigarette. „Er ist nicht mein richtiger Bruder."

Gott, er sieht so jung aus, dachte sie. Und so verletzt. „Das hängt davon ab, was du mit richtig meinst." Sie legte eine Hand auf sein Knie, darauf gefasst, dass er sie abweisen würde, aber er sah nur erstaunt auf ihre Finger. „Zackary macht sich Sorgen um dich, Nick."

Nick räusperte sich verlegen. „Warum sollte er das? Ich bedeute ihm gar nichts."

„Warum sollte er dich sonst so anschreien? In meiner Familie galten solche Ausbrüche immer als ein Zeichen dafür, dass wir uns mochten. Zackary möchte auf dich aufpassen."

„Ich kann auf mich selbst Acht geben."

„Aber manchmal ist es ganz gut, eine helfende Hand anzunehmen. Er wird zwar nicht begeistert sein, wenn ich es dir erzähle, aber ich glaube, du solltest es wissen." Sie wartete, bis Nick sie ansah. „Zackary musste einen Kredit aufnehmen, um den Gesamtschaden, der bei dem Einbruch entstanden ist, bezahlen zu können."

„Quatsch. Hat er Ihnen diesen Bären aufgebunden?“

„Ich habe mich selbst davon überzeugen können. Die Bar steht zwar auf einer soliden finanziellen Basis, wirft aber nicht so viel ab, dass er damit alles hätte bezahlen können. Und kein Mann brächte sich in eine solche Situation, wenn es nicht um jemanden ginge, der ihm etwas bedeutet.“

Nick drückte hastig die Zigarette aus. „Er fühlt sich nur irgendwie verpflichtet, das ist alles.“

„Möglich, aber mir scheint, dass du ihm etwas schuldig bist, Nick. Zumindest solltest du dich in den nächsten Wochen ein bisschen kooperativer zeigen. Er macht sich wirklich große Sorgen um dich.“

„Zackary macht sich um nichts und niemanden Sorgen.“

„Er zeigt es nur nicht offen. Zackary glaubte, dass du dich aus dem Staub gemacht hast.“

„Wo, zum Teufel, hätte ich denn hingehen sollen? Es gibt niemanden ... Wir haben einen Deal“, flüsterte er. „Ich werde nicht abhauen.“

„Ich freue mich, das zu hören. Und ich werde dich auch nicht fragen, wo du warst“, fügte sie lächelnd hinzu. „In meinem Bericht für das Gericht wird nur stehen, dass du spazieren warst und dich in der Zeit vertan hast. Wenn du wieder einmal den

Drang verspürst, frische Luft zu schnappen, kannst du mich anrufen."

„Wozu?"

„Weil ich das Gefühl kenne, sich von allem freizumachen und auszubrechen." Sie fuhr mit der Hand durch sein Haar. „Es ist kein Verbrechen, mit seinem Verteidiger befreundet zu sein. Also, was ist? Gib dir einen Ruck und versuch besser mit Zackary zurechtzukommen, während ich dir ein wenig den Rücken freihalte. Ich kenne alle Tricks und Kniffe, wie man mit neugierigen älteren Brüdern umgeht."

Sie duftet so wundervoll, überlegte Nick. Warum war ihm nicht schon viel früher aufgefallen, was für schöne Augen sie hatte? „Vielleicht könnten wir ja mal zusammen irgendwohin gehen?"

„Sicher." Sie hielt seinen Vorschlag für ein Zeichen seines Vertrauens.

„Ich kann Sie also jederzeit anrufen? Sie haben nichts dagegen?"

„Aber klar." Sie drückte ihm die Hand.

Als die Tür aufging und Zackary hereinkam, stand Nick wie von der Tarantel gestochen auf.

Zackary gab Rachel das Weinglas und reichte Nick eine Flasche Ginger Ale, dann nahm er einen Schluck aus seinem Bierglas. „So, habt ihr zwei eure Besprechung beendet?"

„Vorerst, ja." Rachel nippte an dem Wein und blinzelte Nick zu.

„Es tut mir Leid, dass ich einfach so weggelaufen bin", erklärte Nick und hielt Zackarys Blick stand.

Zackary schluckte. Nicks Reaktion kam völlig überraschend. „Okay. Wir könnten einen Plan erstellen, der dir mehr Freizeit gewährt. Ach ja, Rio könnte Hilfe in der Küche gebrauchen."

„Klar, kein Problem." Nick ging zur Tür. „Also, bis dann, Rachel."

Als Nick gegangen war, setzte sich Zackary neben Rachel und schüttelte verwundert den Kopf.

„Was haben Sie mit ihm gemacht? Ihn hypnotisiert?"

„Nicht ganz."

„Was, in aller Welt, haben Sie ihm gesagt?"

Rachel seufzte zufrieden. „Das ist nur für Eingeweihte bestimmt. Er braucht nur jemanden, der ein bisschen sein Ego streichelt. Ihr seid euch sehr ähnlich."

Zackary legte den Arm über die Sofalehne, so dass er ihr Haar berühren konnte. „Wie soll ich das verstehen?"

„Ihr seid zwei leidenschaftliche Dickschädel. Ich erkenne diesen Typ sofort, denn ich bin in einer Familie aus Dickschädeln aufgewachsen." Sie lächelte und schloss kurz die Augen. „Fehler werden nur ungern zugegeben, und ein Problem wird vorzugsweise mit den Fäusten geregelt, bevor man sich auf eine vernünftige Aussprache einlässt.“

„Wollen Sie damit andeuten, das seien Charakterschwächen?“

Sie öffnete die Augen wieder und lachte. „Lassen Sie uns einfach sagen, dass es Charaktereigenschaften sind. In meiner Familie wimmelt es von temperamentvollen Charakteren. Diese Menschen brauchen ein Ventil, um ihr hitziges Temperament ablassen zu können. Für meine Schwester Natasha war es erst das Ballett, dann ihr Laden und ihre Familie. Mein Bruder Mikhail hat seine Kunst, Alexej ist ein Streiter für die Gerechtigkeit, und ich habe das Gesetz, für das ich mich einsetze. So wie ich das sehe, war es für Sie die Marine und jetzt ist es die Bar. Nick hat sein Ventil noch nicht gefunden, aber er wird es sicher noch entdecken.“

Er fuhr mit einem Finger leicht über ihren Hals, spürte den Schauer, der sie durchzuckte. „Sind Paragraphen wirklich das richtige Ventil für Leidenschaft?“

„Für mich schon.“ Aber als sie ihn ansah, merkte sie, wie nahe sein Gesicht dem ihren war. Gefährlich nah. Er hatte seine Hand bereits um ihre Schulter gelegt. Die Alarmsirenen in ihrem Kopf waren eindeutig zu spät losgegangen.

„Ich muss jetzt nach Hause“, erklärte sie schnell. „Um neun Uhr muss ich wieder im Gericht sein.“

„Ich werde Sie in einer Minute begleiten.“

„Ich kenne den Weg, Muldoon.“

„Es muss sein.“ Er nahm ihr das Weinglas ab und stellte es beiseite. „Wir sprachen gerade über Leidenschaften.“ Seine Finger griffen in ihr Haar. „Und Ventile.“

Sie presste die Hand gegen seine Brust, aber er zog sie immer näher zu sich. „Ich bin gekommen, um Ihnen zu helfen, Muldoon.“ Sein Mund war bereits gefährlich nah. „Nicht, um mich auf irgendwelche Spielereien einzulassen.“

„Ich teste nur Ihre Theorie, Frau Anwältin.“ Er berührte sanft mit dem Mund ihre Unterlippe. Einmal, zweimal. Dann bedeckte er ihren Mund mit leidenschaftlichen Küssen und presste sie gegen das Sofa.

Natürlich hätte sie ihn aufhalten können. Sie würde ihn auch aufhalten. Sie wusste, wie man sich gegen unerwünschte Avancen zur Wehr setzte. Das Problem war nur, wie setzte man sich gegen Avancen zur Wehr, die man sich nicht wünschen wollte?

Sein Mund war so ... so hungrig. So ungeduldig.

So leidenschaftlich. Er küsste meisterlich. Wenn es eine Sekunde gegeben hatte, in der sie Widerstand hätte leisten können, dann war diese längst vorbei. Sie wurde von ihrer eigenen Leidenschaft davongetragen, und sie riss ihn mit sich.

Er war auf Widerstand vorbereitet gewesen, auf Kratzen und Fauchen und sogar eine Ohrfeige. Er hätte es akzeptiert und sich zurückgezogen. Sicher, er war ein viriler Mann, aber er hatte Prinzipien. Er nahm sich nicht mit Gewalt, was ihm nicht freiwillig geboten wurde.

Und sie bot ihm nicht nur, sie explodierte geradezu. In dem Moment, als er seine Lippen auf ihre gepresst hatte, hatte er auch das Feuer in ihre Augen schießen sehen. Das gleiche Feuer, das in ihm tobte. Sie hatte den Kuss nicht nur mit der gleichen Glut erwidert, sie hatte ihn weiter angeheizt. Den Kuss und ihn. Viel weiter, als er vorgehabt hatte zu gehen.

Und dann der leise Seufzer. Dieser Laut, ein ungemein weiblicher Ausdruck von Triumph und Kapitulation, schickte unzählige Schauer über seinen Rücken. Sie schmiegte sich an ihn, mit diesem unbeschreiblich weichen, schlanken Körper, dass er meinte, in Flammen zu stehen.

Sie vernahm sein raues Stöhnen, fühlte, wie sie in die Kissen der Couch gedrückt wurde, und für einen wunderbar freien, überwältigenden Moment konnte sie nur ein Wort denken: Ja! Das war es, wonach sie sich immer gesehnt hatte, diese wilde Sturmflut von Gefühlen, dieses ungebändigte, zügellose Verlangen, den Körper des anderen zu spüren. Sie bog sich ihm entgegen, als sein Mund verlangend über ihren Hals wanderte.

Und dann murmelte er ihren Namen. Stöhnend, heiser, rau. Es war wie ein Schwall eiskalten Wassers. Ein Schock, der sie in die Wirklichkeit zurückholte.

Sie lag auf einer Couch in einer fremden Wohnung und fummelte mit einem Mann herum, den sie kaum kannte!

„Nein." Rachel versuchte sich zu befreien. „Aufhören! Ich sagte nein."

Zackary hob den Kopf und atmete heftig. „Warum?"

„Weil das verrückt ist. Und jetzt lass mich endlich los!"

Er hätte sie erwürgen können. Weil sie ihn fast dazu gebracht hätte zu betteln. „Wie du willst, Lady." Er ballte die Fäuste, um das Zittern zu verbergen. „Sagtest du nicht, du hältst nichts von Spielchen?"

Sie fühlte sich erniedrigt, war wütend auf sich selbst und unendlich frustriert. Und in so einem Fall war Angriff immer die beste Verteidigung. „Tue ich auch nicht. Du hast dich mir aufgedrängt. Um es ein für alle Mal klar zu machen: Ich bin nicht interessiert."

„Sicher. Deshalb hast du mich auch so hart geküsst, dass mir fast die Zähne ausgefallen sind."

„Du hast mich geküsst!" Sie stieß ihm mit dem Finger in die Brust. „Du bist so verflucht groß und stark, dass ich dich nicht aufhalten konnte."

„Ein einfaches Nein hätte gereicht", erinnerte er sie und zündete sich eine Zigarette an. „Lass uns doch bei der Wahrheit bleiben, Frau Anwältin. Ich wollte dich küssen, seit ich dich zum ersten Mal gesehen habe, als du wie eine Königin in dieser schäbigen kleine Wache gesessen hast. Kann ja sein, dass das bei dir nicht so gewesen ist, aber als ich dich gerade geküsst habe, hast du mich zweifelsfrei zurückgeküsst."

Ein Rückzug zum richtigen Zeitpunkt war auch eine gute Verteidigung. Rachel stand auf und nahm Jacke und Handtasche. „Vergessen wir es."

„Nein." Er stellte sich Rachel in den Weg. „Wir werden das auf dem Nachhauseweg besprechen."

„Ich möchte nicht, dass du mich nach Hause bringst." Sie legte sich die Jacke über die Schultern. „Und komm nicht auf die Idee, mir zu folgen, sonst werde ich dich wegen Belästigung einsperren lassen."

„Versuch es." Er griff nach ihrem Arm, aber Rachel tat das, was sie schon längst hätte tun sollen: Sie schlug ihm mit der Faust in den Magen.

Zackary stöhnte und sah sie mit zusammengekniffenen Augen an. „Ein Schlag ist umsonst. Und jetzt gehen wir zur U-Bahn."

„Was ist los mit dir?" fauchte sie. „Kannst du kein Nein akzeptieren?"

Statt einer Antwort drückte Zackary sie gegen die Tür und küsste sie auf den Mund. „Wenn ich ein Nein nicht akzeptieren könnte, dann würde ich dich jetzt nicht nach Hause bringen, nachdem du mich so angeheizt hast, dass ich die nächste Woche wahrscheinlich die meiste Zeit unter der kalten Dusche verbringen muss." Er riss die Wohnungstür auf. „Also. Gehst du jetzt freiwillig mit, oder muss ich dich mir über die Schulter werfen?"

Sie hob herausfordernd ihr Kinn und segelte hoch erhobenen Hauptes an ihm vorbei und zur offenen Tür hinaus.

Also schön, dachte sie. Gehen wir.

Aber sie würde kein Wort mit ihm reden.

4. KAPITEL

Rachel verließ das Gerichtsgebäude. Ein quälend langer Zehnstundentag lag hinter ihr.

Eigentlich hatte sie allen Grund, glücklich zu sein, denn ihr Mandant war freigesprochen worden, aber es gelang ihr nicht, sich über diesen Sieg zu freuen. Als sie zudem Zackary auf der untersten Treppe entdeckte, wäre sie um ein Haar über ihre eigenen Füße gestolpert.

„Frau Anwältin." Er reichte ihr die Hand.

„Was gibt es denn?" fragte sie. „Auch wenn uns das Gericht als Aufpasser für Nick bestimmt hat, wäre ich nicht abgeneigt, ein Stündchen ohne deine Gegenwart verbringen zu dürfen."

„Vielleicht kann ich dich damit umstimmen." Er streckte ihr die rechte Hand, die er hinter dem Rücken versteckt hatte, entgegen und überreichte ihr einen bunten Blumenstrauß.

Rachel besah sich argwöhnisch das Geschenk. „Und wofür sind die?"

„Sie sollen die traurigen Pflanzen ersetzen, die in deiner Wohnung vor sich hin welken." Als sie keine Anstalten machte, den Strauß entgegenzunehmen, wurde er ungeduldig. „Okay, ich wollte mich für mein Verhalten entschuldigen." Er drückte ihr wütend die Blumen in die Hand.

„Dein Verhalten? Du hast dich wie ein Irrsinniger auf mich geworfen. Warum nimmst du nicht einfach deine Blumen und deine charmante Entschuldigung und ..."

„Jetzt mach mal halblang! Ich sagte, dass es mir Leid tut, obwohl ich dich nur geküsst habe."

Als kluge Anwältin wusste Rachel, wann sie einen Kompromiss eingehen und die Taktik ändern musste. Sie schmunzelte und betrachtete den Blumenstrauß. „Wollen Sie mich damit bestechen, Mr. Muldoon?"

Die Art, wie sie seinen Namen aussprach, gab ihm zu verstehen, dass er die erste Hürde genommen hatte. „Ja."

„Schön, dann nehme ich sie."

„Danke." Er hakte die Daumen in seine Hosentaschen. „Übrigens war ich vor etwa einer Stunde im Gerichtssaal und habe dich beobachtet ..."

„Oh!" Sie war noch im Nachhinein froh, dass sie ihn nicht bemerkt hatte. „Und?"

„Nicht schlecht. Wie du die Anklage wegen Wandalismus gegen den anderen Typ gedreht hast ..."

„Den Kläger", berichtigte sie. „Mein Mandant war berechtigterweise frustriert, nachdem er alle

Möglichkeiten ausgeschöpft hatte, seinen Vermieter dahin zu bewegen, die im Mietvertrag vereinbarten Konditionen auch einzuhalten."

„Dass er dann die Villa des Vermieters in der Upper West Side mit „Hier lebt der Vermieter aus der Hölle" voll gesprüht hat, war nur ein Ausdruck seiner Frustration, was?"

„Nun, er hat eben von seinem Recht auf freie Meinungsäußerung Gebrauch gemacht. Mein Mandant hat immer pünktlich seine Miete gezahlt, in dem guten Glauben, dass der Vermieter schließlich seine Pflichten hinsichtlich Reparatur und Instandsetzung wahrnehmen würde. Laut Mietvertrag ist der Vermieter verpflichtet ..."

„He, Süße", Zack hob abwehrend die Hand, „mir brauchst du nichts zu erzählen. Als du mit ihm fertig warst, wollten die Leute oben in der Besuchergalerie den Vermieter lynchen." Kein Muskel regte sich in seinem Gesicht, aber seine Augen funkelten belustigt.

Sie lächelte durchtrieben. „Ich liebe Gerechtigkeit."

Er streckte die Hand aus und streichelte flüchtig über ihren Hals. „Vielleicht hast du Lust, deinen Sieg für die Unterprivilegierten dieser Welt zu feiern. Wollen wir spazieren gehen?"

Fehler. Das Wort blinkte in Neonfarben in ihrem Kopf auf. Aber der Blumenstrauß roch so gut, und der Abend war wunderbar lau. „Keine schlechte Idee, solange wir in Richtung zu meinem Apartment bleiben. Ich sollte die Blumen in eine Vase stellen."

„Ich trage das für dich." Er nahm ihr die Aktentasche ab und fasste sie am Arm. „Was trägst du da mit dir herum? Ziegelsteine?"

„Die Juristerei ist ein schweres Geschäft, Muldoon. Übrigens, wie kommst du mit Nick zurecht?"

„Besser. Glaube ich zumindest. Er sträubt sich noch gegen die Idee, von Rio das Kochen zu lernen, ansonsten macht er sich sehr nützlich. Er möchte immer noch nicht mit mir reden, ich meine, sich so richtig aussprechen. Aber was will ich nach einer Woche schon verlangen?"

„Und es bleiben noch sieben übrig."

„Ja." Er griff in die Jackentasche, nahm etwas Kleingeld heraus und warf es in den Hut eines Bettlers. „Ich nehme an, wenn sie es bei der Marine geschafft haben, im gleichen Zeitraum aus mir einen richtigen Seemann zu machen, so habe ich vielleicht ganz gute Karten."

„Vermisst du die Seefahrt manchmal?"

„Nicht sehr. Aber manchmal wache ich nachts auf und denke, ich bin an Bord eines Schiffes." Und dann waren da noch diese Albträume, aber das war etwas, das ein Mann einer Frau nicht unbedingt mitteilen musste. „Sobald sich die Situation gebessert hat, werde ich mir ein Boot kaufen und damit für ein paar Monate herumsegeln. Vielleicht mit einer Fünfzehn-Meter-Yacht.“ Zackary konnte sich Rachel gut an Bord eines Segelschiffes vorstellen. „Warst du schon einmal auf See?“

„Nur wenn du die Überfahrt mit der Fähre nach Liberty Island dazu rechnest.“

„Es würde dir gefallen.“ Er strich leicht mit den Fingern über ihren Arm. „Man könnte es auch als Ventil ansehen.“

Rachel hielt es für besser, keinen Kommentar dazu abzugeben.

Sie hatten das Gebäude, in dem Rachel wohnte, erreicht. Sie blieb stehen und nahm die Aktentasche an sich. „Vielen Dank für die Blumen und deine Begleitung. Ich werde wahrscheinlich morgen nach der Arbeit in der Bar vorbeikommen, um nach Nick zu sehen.“

Zackary fasste ihre Hand. „Rachel, ich habe heute Abend frei. Und ich würde diesen Abend gerne mit dir verbringen.“

„Wie bitte?“ Sie sah ihn völlig verdutzt an.

„Ich würde gern einen Abend mit dir verbringen.“ Er spielte gedankenverloren mit einer Strähne ihres Haars. „Ein gutes Essen, Musik. Ich kenne einen Ort, an dem wir beides haben könnten. Wenn dich der Gedanke an ein Rendezvous nicht zu nervös macht ...“

„Ich bin nicht nervös.“ Ein bisschen doch, dachte sie bei sich.

„Lass es uns betrachten wie zwei Menschen, die gemeinsame Interessen haben und ein paar Stunden miteinander verbringen wollen. Es kann überhaupt nicht schaden, wenn wir uns etwas besser kennen lernen.“ Zackary zog seine Trumpfkarte. „Alles zu Nicks Wohl.“

Rachel betrachtete ihn eine Zeit lang. „Du willst mit mir zum Wohl von Nick den Abend verbringen?“

Zackary gab auf und grinste schelmisch. „Verdammt, nein. Um ehrlich zu sein, entspringt mein Wunsch ganz eigennützigen Zielen.“

„Das dachte ich mir bereits. Aber vielleicht könnten wir eine Abmachung treffen. Ich mache mich jetzt ein wenig zurecht, und du versprichst, dass du nicht anmaßend wirst.“

„Du bist eine ganz schön harte Nuss.“

„Endlich hast du mich verstanden.“

„Also abgemacht.“

„Schön. Komm in zwanzig Minuten zurück. Dann bin ich so weit, dass wir gehen können.“

Eigentlich wirkte der Ort, an den Zackary sie geführt hatte, eher wie ein Klub und nicht wie eine Bar. Eine Drei-Mann-Band spielte auf einer kleinen Bühne einen Blues, während sich eine Hand voll Gäste auf der winzigen Tanzfläche, die von Tischen umgeben war, tummelte. Die Art, wie Zackary von dem Ober begrüßt wurde, ließ darauf schließen, dass er hier kein Fremder war.

Augenblicklich hatten sie einen Tisch in einer dunklen Ecke, und kurz darauf bekamen sie ein Glas Wein und ein Bier serviert.

„Ich komme wegen der Musik hierher“, erklärte Zackary. „Aber das Essen ist auch sehr gut. Das ist allerdings etwas, das ich gegenüber Rio nie erwähnen dürfte.“

Rachel warf ein Auge auf die Speisekarte. „Was schlägst du vor?“

„Versuch einmal die gegrillten Hühnerschenkel. Da kannst du mir vertrauen.“

Sie stellte fest, dass sie ihm zumindest in dieser Beziehung tatsächlich trauen konnte. Sie genoss jeden Bissen, ließ sich von der Musik anregen und begann sich langsam zu entspannen. „Du sagtest mir, dass es in eurer Familie Tradition war, zur Marine zu gehen. Bist du deshalb zur See gefahren?"

„Ich wollte einfach weg und etwas von der Welt sehen. Eigentlich sollten es nur vier Jahre werden, aber dann habe ich verlängert."

„Warum?"

„Ich war Teil einer Mannschaft, und ich liebte das Leben an Bord. Du stehst an der Reling und siehst um dich herum nur Wasser. Du lernst alle Gegenden dieser Welt kennen."

„In zehn Jahren hast du vermutlich viel von der Welt gesehen und kennen gelernt."

„Das Mittelmeer, den Südpazifik, den Indischen Ozean, den Persischen Golf. Ich habe mir im Nordatlantik die Finger abgefroren und Haie in der Karibik gefüttert."

Rachel stützte die Ellbogen auf den Tisch. „Ist dir aufgefallen, dass du bisher kein Land erwähnt hast? Sieht das Meer vom Deck eines Schiffes nicht überall gleich aus?"

„Nein." Er glaubte nicht, dass es ihm gelingen könnte, Rachel in Worten zu beschreiben, wie unterschiedlich die Weltmeere waren, das Gefühl, die Delfine und Wale bei ihren Streifzügen zu beobachten. „Die Meere haben ihre eigenen Charakteristiken, genau wie Landmassen."

„Dir fehlt das Meer, nicht wahr?“

„Es ist ein Teil von mir geworden. Was ist mit dir? Ist die Juristerei eine Familientradition der Stanislaskis?“

„Nein. Mein Vater ist Zimmermann, genau wie mein Großvater.“

„Wie bist du dann zur Rechtswissenschaft gekommen?“

„Weil ich in einer Familie aufgewachsen bin, die Unterdrückung kennen gelernt hat. Sie sind aus der Ukraine geflohen, mit der Habe, die sie auf ein Fuhrwerk laden konnten. Im Winter durchquerten sie das Gebirge, um nach Österreich zu kommen. Ich bin die Erste in unserer Familie, die hier zur Welt kam.“

„Das klingt fast so, als würdest du es bereuen.“

„Ich fühle mich beiden Seiten verbunden. Meine Familie hat nie vergessen, wie es war, endlich in Freiheit leben zu können. Freiheit und Gerechtigkeit gehören zusammen.“

„Manche Leute könnten sagen, du hättest die Chance, der Gerechtigkeit in einer bequemen Kanzlei zu dienen.“

„Manche Leute könnten das sagen, ja.“

„Du hattest die Chance. Ich habe mich über dich erkundigt. Du hast das New Yorker College als Jahrgangsbeste abgeschlossen, mehrere Angebote von

Top-Firmen abgelehnt, um für ein Taschengeld als Pflichtverteidigerin zu arbeiten. Ich könnte auf die Idee kommen, dich entweder für verrückt zu halten oder für eine Frau, die sich berufen fühlt."

Rachel schluckte ein wenig und nickte. „Und du hast die Marine verlassen, dekoriert mit Orden, darunter die Tapferkeitsmedaille. Deine Akte enthält aber auch Einträge wegen Ungehorsams sowie eine Belobigung eines Admirals für deinen mutigen Einsatz während einer Rettungsaktion bei stürmischer See." Rachel genoss es, dass er sie verblüfft ansah. Sie hob das Glas und toastete ihm zu. „Ich habe ebenfalls Erkundigungen eingeholt."

„Wir sprachen gerade von dir", entgegnete Zackary.

„Nein, du hast von mir gesprochen." Rachel lächelte. „Also, Muldoon, warum hast du eine Ausbildung zum Offizier ausgeschlagen?"

„Ich hatte keine Lust, Offizier zu werden." Er fasste ihre Hand. „Komm, lass uns tanzen."

„Du bist viel zu bescheiden." Sie lachte leise, als er doch tatsächlich ein wenig rot wurde, und ließ sich auf die Tanzfläche führen.

„Kein Wort mehr darüber."

„Es muss verdammt schwer sein, ein Held zu sein", fuhr Rachel unbeirrt fort.

„Hör zu. Du vergisst jetzt die Sache mit den Medaillen und der Admiralität, und ich werde mit keinem Wort erwähnen, dass du als Jahrgangsbeste die Abschlussrede halten durftest. Und jetzt hör auf, darüber nachzudenken."

Es hätte gar nicht seiner Aufforderung bedurft, denn in dem Augenblick, als Zackary sie fest in seine Arme schloss, schien sich ihr Verstand von selbst abzuschalten. Rachel überließ sich ganz dem Klang der Musik, den verführerischen Tönen des Saxofons, den gleichförmigen Rhythmen der Bassgitarre und der Melodie des Pianospiels.

Sie tanzten nicht wirklich. Sie wiegten sich eng umschlungen zu den Klängen der Musik, und niemand auf der winzigen Tanzfläche wäre auf die Idee gekommen, dies Tanzen zu nennen.

Rachel hatte gar nicht die Absicht gehabt, ihre Arme so fest um seinen Nacken zu legen, aber in diesem Gedränge blieb kein Raum, sich etwas Bewegungsfreiheit zu verschaffen.

„Du passt sehr gut zu mir." Zackary legte den Mund an ihr Ohr.

„Das liegt daran, dass ich auf den Zehenspitzen stehe."

„Ich meinte nicht wegen deiner Größe." Er rieb seine Wange an ihrem Haar. „Es ist schön, dich zu spüren. Du riechst verführerisch, du fühlst dich gut an, du schmeckst genau richtig ..."

Rachel drehte den Kopf zur Seite, bevor Zackary sie küssen konnte. „Mich in aller Öffentlichkeit zu verführen könnte strafrechtliche Folgen für dich haben."

„Nein, ich kenne eine gute Anwältin." Er strich sanft mit den Händen über ihren Rücken.

„Sie werden uns beide einsperren."

„Ich werde die Kaution stellen." Er bemerkte, dass Rachel unter ihrem Sweater nichts anhatte. „Ich möchte mit dir allein sein." Er unterdrückte ein Stöhnen und küsste ihren Hals. „Weißt du, was ich jetzt täte, wenn ich mit dir allein wäre?"

Rachel schüttelte den Kopf. „Wir sollten uns lieber wieder setzen. Und wir sollten uns nicht so verhalten."

„Ich möchte dich streicheln, dich spüren."

„Zwei Schritte zurück", ermahnte sie ihn und holte tief Luft. Sie wusste, dass sie etwas tun musste, um sie beide zu bremsen, bevor sie die Kontrolle über die Situation verlor. „Du willst zu viel auf einmal und zu schnell, Muldoon." Sie sah ihm in die Augen und atmete heftig vor Aufregung. „Ich bin kein so spontaner Mensch."

„Du brauchst also Zeit? Gut, ich gebe dir eine

Stunde, auch zwei, falls du mein Leiden verlängern möchtest."

Sie schüttelte den Kopf und ging zurück zum Tisch. „Ich möchte es einmal so ausdrücken: Wenn ich so weit bin, werde ich es dir mitteilen. Falls ich diese Möglichkeit weiter in Erwägung ziehen sollte."

„Sie möchte, dass ich leide." Zackary stöhnte leise. „Dann lass uns jetzt gehen."

„Es ist noch früh am Abend", erinnerte sie ihn. Und sie sehnte sich danach, nach draußen zu kommen, um etwas frische Luft zu schnappen.

„Wir haben eine Abmachung getroffen." Er nahm seine Brieftasche und legte ein paar Dollarnoten auf den Tisch. „Lass uns doch zu Fuß zurückgehen. Ein wenig Bewegung hilft uns vielleicht, dass wir beide heute Nacht schlafen können."

Ein wenig Bewegung? Rachel dachte daran, was für einen gewaltigen Fußmarsch sie vor sich hatten.

„Kalt?" fragte Zackary kurz darauf.

„Nein, es ist ganz angenehm." Dennoch legte Zackary den Arm um Rachels Schultern. „Ich komme aber nur selten dazu, einfach nur spazieren zu gehen. Meistens hetze ich zwischen zu Hause, Büro und Gericht hin und her."

„Und was machst du, wenn du nicht umherhetzt?“

„Ich gehe ins Kino, mache Schaufensterbummel oder besuche meine Familie. Ich habe schon daran gedacht, Nick an einem der Sonntage mitzunehmen. Er kann Mamas gute Hausmannskost genießen, kann sich Papas Geschichten anhören und zusehen, wie meine Brüder mich ärgern.“

„Nur Nick?“

Sie warf ihm einen Seitenblick zu. „Wahrscheinlich ließe sich diese Einladung auch auf Nicks Bruder ausdehnen.“

„Es ist ewig her, dass einer von uns an einem Familienessen teilgenommen hat. Was ist mit dem Cop? Ich kann mir nicht vorstellen, dass er vor Begeisterung überschäumen würde.“

„Überlass Alex ruhig mir.“ Jetzt, da sie es vorgeschlagen hatte, überschlug sich alles in ihrem Kopf. „Weißt du, Natasha und ihre Familie sollen in zwei Wochen kommen. Es wird fürchterlich voll und genauso laut werden. Ja, das wird die perfekte Gelegenheit sein, um Nick mit einer ungewöhnlichen Familiensituation bekannt zu machen. Ich werde sehen, was ich tun kann.“

„Ich kann dir gar nicht sagen, wie dankbar ich dir dafür bin, was du für ihn tust.“

„Das Gericht ...“

„Hat damit überhaupt nichts zu tun, Rachel, und das weißt du.“ Sie waren bei ihrem Apartmenthaus angekommen, und Zack blieb stehen und drehte sich zu ihr hin. „Es geht dir längst nicht mehr darum, wöchentliche Berichte bei Gericht abzuliefern oder einen Mandanten zu vertreten. Du hast dich von Anfang an persönlich für Nick eingesetzt.“

„Okay, ich geb's zu, ich habe eben eine Schwäche für harte Jungs. Sag's aber nicht weiter.“

„Was du hast, ist Klasse und ein gutes Herz.“ Ihm gefiel es, wie sie in dem schwachen Licht, das dunkle Schatten warf, aussah. Sie strahlte Energie und Lebensfreude aus, und er konnte auch die Verlegenheit in ihrem Blick sehen. „Eine solche Kombination ist selten.“

Sie schüttelte seine Hände von ihren Schultern. „Bring mich nicht dazu, dass ich rot werde, Muldoon. Wenn alles so läuft, wie wir uns das vorstellen, kannst du mir am Ende der zwei Monate noch einen Blumenstrauß schenken, und dann sind wir quitt.“ Sie wich einen Schritt zurück, aber Zackary hielt sie fest.

„Ich nehme an, dass du mich nicht in die Wohnung bitten wirst?“

„Richtig“, entgegnete sie bestimmt. Sie erinnerte

sich nur zu genau, wie heftig ihr Körper auf der engen Tanzfläche reagiert hatte.

„Aber ich werde dich nicht gehen lassen, ohne dich geküsst zu haben, Rachel.“ Er berührte mit den Lippen flüchtig ihr Kinn. „Unsere Lippen werden sich ganz einfach berühren, und dann lassen wir uns überraschen, was geschieht.“

Diesmal wusste Rachel, was sie zu erwarten hatte. Dieselbe Leidenschaft und ein unbändiges Verlangen. Jetzt war sie besorgt, dass sie nicht genug bekommen konnte. Wie hatte sie bis heute leben können, ohne zu wissen, was wirkliches Verlangen war?

„Ich werde mich nicht darauf einlassen“, flüsterte sie und berührte sanft seine Lippen. „Nicht so. Nicht mit dir. Mit niemandem.“

„Na fein.“ Er stöhnte leise, als sie ungeduldig an seiner Unterlippe knabberte. Bilder schossen ihm durch den Kopf. In seiner Fantasie trug er sie hinauf in die Wohnung, legte sie auf das Bett und liebte sie.

„He, Kumpel.“

Zackary nahm die Stimme hinter ihm zunächst kaum wahr. Er hätte sie auch ignorieren können, aber er spürte ganz deutlich die Spitze eines Messers in seinem Rücken. Er blieb schützend vor Rachel stehen, drehte sich langsam um und sah in das blasse Gesicht des Angreifers.

„Wie wär's, wenn ich dir die Kleine überlasse und du mir dafür deine Brieftasche rausrückst? Und ihre auch." Er hielt das Messer hoch. „Und zwar schnell, wenn ich bitten darf."

Zackary fasste in seine Hosentasche. Er hörte, wie Rachel ihre Handtasche öffnete. In dem Augenblick, als der Gangster einen Blick auf Rachel warf, stürmte Zackary vor.

Rachel unterdrückte einen Schrei. Sie beobachtete, wie Zackary mit dem Gangster kämpfte. Sie sah das Messer aufblitzen, hörte den Faustschlag und das metallene Geräusch, als die Waffe auf dem Gehweg aufschlug. Dann war der Gangster so schnell in der Dunkelheit verschwunden, wie er aufgetaucht war, und sie war wieder mit Zackary allein.

Er drehte sich ruhig zu ihr um. Er atmete heftig und sah sie aus wild entschlossenen Augen an. „Wo waren wir stehen geblieben?"

„Du bist verrückt!" Rachel hatte Mühe zu sprechen. Etwas benommen hielt sie immer noch die Spraydose in der Hand. „Hast du nichts Verrückteres im Kopf, als einfach ins Messer zu laufen? Er hätte dich töten können."

„Ich hatte keine Lust, meine Brieftasche loszuwerden." Er warf einen Blick auf die Dose in ihrer Hand. „Was ist das denn?"

„Tränengas.“ Rachel merkte erst jetzt, dass sie nicht einmal den Sicherheitsverschluss entfernt hatte, und steckte die Dose missmutig zurück in ihre Handtasche. „Ich hätte ihm eine Ladung ins Gesicht gesprüht, wenn du dich nicht eingemischt hättest.“

„Beim nächsten Mal werde ich beiseite treten und dir die Sache überlassen.“ Er sah verdutzt auf sein blutiges Handgelenk und fluchte. „Ich glaube, der Bursche hat mich verletzt.“

Rachel wurde kreidebleich. „Du blutest.“

„Ich dachte, es wäre sein Blut.“ Zackary steckte verärgert einen Finger in den Riss in seinem Pullover. „Den habe ich mir bei meinem letzten Aufenthalt auf Korfu gekauft. So ein Mist.“ Er warf einen Blick in die Richtung, in die der Gangster verschwunden war. Hatte es einen Sinn, ihn zu verfolgen?

„Zeig her.“ Mit zitternden Händen schob sie den Ärmel hoch, um sich den Schnitt anzusehen. „Dummkopf!“ Sie suchte nervös in der Handtasche nach ihrem Hausschlüssel. „Du solltest mit nach oben kommen, damit ich die Wunde verbinden kann. Es ist kaum zu glauben, dass du im Stande bist, etwas so Dummes zu tun!“

„Es ging um das Prinzip“, entgegnete er gereizt, wurde aber sofort von einem Schwall ukrainischer Flüche unterbrochen.

„Sprich bitte in meiner Gegenwart nicht russisch“, protestierte er.

„Das ist kein Russisch!“ Sie fasste seinen unverletzten Arm und zog ihn ins Haus. „Du musstest ja unbedingt den starken Mann markieren!“

„Es tut mir Leid.“ Zackary versuchte sich ein Grinsen zu verkneifen, während sie zum Fahrstuhl gingen. Er bemühte sich, einen niedergeschlagenen Eindruck zu machen. „Ich weiß überhaupt nicht, was in mich gefahren ist.“

„Ein Überschuss an männlichen Hormonen.“ Sie führte ihn in ihr Apartment. „Setz dich“, erklärte sie energisch und ging ins Badezimmer.

Er nahm gehorsam Platz und legte die Füße auf den kleinen Tisch vor dem Sofa. „Ich könnte jetzt glatt einen Brandy vertragen“, rief er hinter Rachel her. „Als vorbeugendes Mittel gegen den Schock.“

Sie kam eilig mit Verbandszeug und einer Schüssel Wasser zurück. „Fühlst du dich nicht wohl?“ Sie legte die Hand auf seine Stirn. „Ist dir schwindlig?“

„Mal sehen.“ Er nutzte die willkommene Gelegenheit, nahm Rachels Kopf zwischen beide Hände, zog sie an sich und küsste sie auf den Mund. „Ja“, bestätigte er seufzend und ließ sie widerstrebend wieder los. „Man könnte sagen, ich fühle mich tatsächlich ein wenig ... beschwingt.“

„Hohlkopf!“ Sie stieß seine Hand beiseite und setzte sich neben ihn, um die Wunde zu verbinden. „Das hätte übel ausgehen können.“

„Das war schon übel genug. Ich mag es nicht sonderlich, wenn mir jemand ein Messer an den Rücken hält, während ich eine Frau küsse. Liebling, wenn du nicht aufhörst zu zittern, werde ich dir Brandy bringen müssen.“

„Ich zittere gar nicht ... und wenn, dann nur deshalb, weil mich die Sache ziemlich mitgenommen hat.“ Sie strich sich die Haare aus der Stirn und sah Zackary an. „Mach so etwas nie wieder.“

„Aye, aye, Sir.“

Rachel trug ein Desinfektionsmittel auf die Wunde auf. Als er zusammenzuckte und leise fluchte, lächelte sie befriedigt. „Sei nicht so zimperlich. Und jetzt halt still, damit ich dich verbinden kann.“

Es war angenehm, ihre Finger auf der Haut zu spüren. Zackary schien es ganz natürlich, sich vorzubeugen und an ihrem Ohrläppchen zu knabbern.

„Lass das. Nicht hier und nicht jetzt.“ Sie zog den Ärmel über den fertigen Verband.

„Aber ich sehne mich nach dir, Rachel.“ Er fasste ihre Hand. „Ich möchte jetzt mit dir schlafen.“

„Ich weiß. Aber ich weiß auch sehr genau, was ich will und was nicht.“

„Aber vorhin auf der Treppe war doch alles ganz klar.“

„Für dich vielleicht.“ Rachel holte tief Luft und stand auf. „Ich sagte doch bereits, dass ich kein spontaner Mensch bin. Und vor allem schlafe ich nicht mit einem Mann, nur weil mir im Moment danach ist. Wenn ich mich auf dich einlasse, weil ich etwas für dich empfinde, so mache ich das bei klarem Verstand.“

„Ich bezweifle, dass ich in deiner Gegenwart noch einen klaren Verstand bewahren kann.“ Er stand auf. „Ich weiß, welchen Ruf wir Seeleute genießen. Aber das hat mit der Wirklichkeit nichts zu tun, zumindest nicht mit meiner. Und das, was ich mit Frauen erlebt habe, hatte für mich bisher keine Bedeutung.“ Zackary war erstaunt über seine eigenen Worte. Er konnte sich nicht dagegen wehren, ihr seine Gefühle mitzuteilen. Es war wie ein innerer Zwang. „Verdammt, bisher hat mir niemand so viel bedeutet wie du.“

„Ich muss Prioritäten setzen ...“, begann sie. „Und ich weiß nicht, ob ich derartige Komplikationen zurzeit gebrauchen kann. Wir müssen vor allem an Nick denken. Und es wäre besser, was uns betrifft, sehr langsam und behutsam vorzugehen.“

„Langsam und behutsam? Das kann ich dir nicht

versprechen. Bei der erstbesten Gelegenheit werde ich versuchen, deine Prioritäten zu erschüttern."

„Die Warnung ist bei mir angekommen, Muldoon. Aber ich bin nicht so leicht zu erschüttern."

„Gut." Er lächelte und ging zur Tür. „Ein leichter Sieg wäre auch sehr unbefriedigend. Vielen Dank für die erste Hilfe, Frau Anwältin. Und schließ die Tür ab." Er verließ die Wohnung und entschied sich, nach Hause zu gehen.

Wenn das so weiterging, hatte er noch so manche schlaflose Nacht vor sich.

5. KAPITEL

Nein, sie ging ihm nicht aus dem Weg. Sie war einfach nur zu beschäftigt. Ihr blieb keine Zeit, um Abend für Abend in Zackarys Bar vorbeizuschauen und sich mit den Gästen zu unterhalten. Ihre Pflichten vernachlässigte sie aber nicht. Sie war ein- oder zweimal in die Küche geschlüpft, um mit Nick zu reden. Wenn sie dabei Zackary nicht begegnet war, dann war das auf puren Zufall zurückzuführen.

Und auf ihren Überlebensinstinkt.

Wenn sie ihren Anrufbeantworter eingeschaltet ließ, um die Anrufer vorher zu überprüfen, dann nur aus dem Grund, weil sie nicht unnötig gestört werden wollte.

Außerdem hatte er sowieso nicht angerufen. Der Idiot.

Immerhin machte sie mit Nick Fortschritte. Er hatte sie angerufen. Einmal im Büro und ein andermal zu Hause. Seinen Vorschlag, sich gemeinsam einen Film anzusehen, hielt sie für ein ermutigendes Zeichen. Wenn er einen Abend mit ihr verbrachte, so konnte er sich nicht mit den Cobras treffen und würde sich an die gerichtlichen Auflagen halten.

Nach neunzig Minuten Verfolgungsjagden und

Schießereien eines Krimis, den er sich ausgesucht hatte, saßen sie jetzt in einer hell erleuchteten Pizzeria.

„Also, Nick, jetzt sind zwei Wochen vergangen. Erzähl mir, wie du dich zurzeit fühlst." Auf sein gleichgültiges Schulterzucken hin drückte sie seinen Arm. „Komm schon, erzähl's mir ruhig."

„Es könnte schlimmer sein." Er zündete sich eine Zigarette an. „Ich habe immer ein bisschen Kleingeld in der Tasche, und Rio ist kein übler Bursche. Er spioniert nicht ständig hinter mir her."

„Und Zackary?"

Nick blies den Rauch in die Luft und betrachtete Rachel durch den Qualm. Im blauen Dunst wirkte sie noch geheimnisvoller und exotischer. „Vielleicht ist er ein bisschen ruhiger geworden, aber nicht viel. So wie heute, zum Beispiel. Ich habe heute meinen freien Abend, und was macht er? Er will wissen, wo ich hingehe, mit wem ich ausgehe, wann ich zurückkomme, und so einen Mist. Ich werde bald zwanzig. Ich brauche keinen Aufpasser."

„Er macht sich Sorgen um dich. Das ist mehr, als nur auf Grund eines Gerichtsbeschlusses die Verantwortung für dich zu übernehmen. Er ist ein etwas rauer Bursche, aber seine Absichten sind wirklich gut. Was hast du ihm wegen heute Abend gesagt?"

„Ich habe gesagt, ich hätte ein Rendezvous und er

solle sich da raushalten." Nick grinste gewitzt, als er sah, wie freudig Rachel ihn anlächelte. „Ich führe mein Leben und er seins. Verstehen Sie, was ich damit sagen will?"

„Ja." Rachel atmete erleichtert auf, als die Pizza serviert wurde. „Und was willst du mit deinem Leben anfangen, Nick?"

„Ich nehme alles so, wie es kommt."

„Keine Ziele? Keine Träume?" Sie nahm einen Bissen, ohne den Blick von Nick zu lassen.

Etwas flackerte in seinen Augen auf, bevor er den Blick wieder senkte. „Ich habe jedenfalls keine Lust, meinen Lebensunterhalt damit zu verdienen, andere Leute zu bedienen. Das überlasse ich gerne Zackary." Er drückte die Zigarette aus und begann seine Pizza zu essen. „Und zur Marine gehe ich auch nicht. Neulich hat er mir das vorgeschlagen, aber ich habe ihn abgeschmettert."

„Nun, du scheinst dir zumindest darüber im Klaren zu sein, was du nicht willst. Damit bist du schon einen Schritt weiter."

Nick fasste Rachels Hand und spielte mit dem kleinen Silberring an ihrem Ringfinger. „Wollten Sie immer schon Anwältin werden?"

„Eigentlich ja. Mit fünf wollte ich Ballerina werden, wie meine Schwester. Nach drei Übungsstunden habe ich festgestellt, dass es da wesentlich mehr gibt als nur Tutus und Spitzenschuhe. Dann wollte ich Schreiner werden, wie die Männer in meiner Familie. Also habe ich mir zu meinem achten Geburtstag einen Werkzeugkasten gewünscht. Ich habe sogar ein ziemlich stabiles Bücherregal gebaut, bevor ich mich zur Ruhe setzte." Sie lächelte, und sein Herzschlag beschleunigte sich rasant. „Es hat einige Zeit gedauert, um herauszufinden, dass ich meinen eigenen Weg gehen muss." Sie sagte es so lässig, und dabei hoffte sie so stark, dass er dieses Konzept verstehen würde.

„Und dann haben Sie Jura studiert."

„Ja." Sie sah ihn eindringlich an. „Kannst du ein Geheimnis für dich bewahren?"

„Klar."

„Perry Mason." Sie lachte und nahm sich noch ein Stück Pizza. „Diese alten Filme haben mich fasziniert. Du weißt doch, da gibt es immer einen Mörder, und Perry übernimmt den Fall immer in dem Augenblick, in dem die Lage seines Mandanten aussichtslos erscheint. Für die Polizei ist die Sache sonnenklar, aber Perry Mason schafft es mit Hilfe seiner beiden Mitarbeiter doch noch, Beweise für die Unschuld seiner Mandanten aufzubringen."

„Ja, und dann bringt er den echten Mörder in den Zeugenstand und bearbeitet ihn so lange, bis er ein

Geständnis ablegt. Und am Ende erklärt er, wie er das alles geschafft hat. Und Sie wollten also wie Perry Mason werden."

„Auf jeden Fall!" Sie biss herzhaft in ihre Pizza. „Bis mir klar geworden war, dass alles längst nicht nur schwarz und weiß und erst recht nicht so einfach ist, war ich dem Ganzen schon so verfallen, dass ich nicht mehr loskam."

„Ray Charles", murmelte Nick, mehr zu sich selbst.

„Wie bitte?"

„Ich musste nur eben daran denken, dass ich immer Ray Charles gehört habe. Seine Musik hat mich zum Klavierspiel geführt."

Rachel stützte das Kinn auf die Hand und sah Nick interessiert an. Vielleicht war das ja eine Tür, die sich womöglich weiter öffnen ließ. „Du spielst Klavier?"

„Nicht richtig. Aber das wäre eine tolle Sache gewesen. Manchmal habe ich in Musikgeschäften herumgeklimpert, bis sie mich rausgeworfen haben." Die Verlegenheit brachte ihn dazu, das Thema verächtlich abzutun. „Jetzt bin ich darüber hinweg."

Aber wenn Rachel sich erst einmal etwas in den Sinn gesetzt hatte, ließ sie sich nicht so leicht abschütteln. „Ich hätte es auch gerne gelernt. Tash hat meiner Mutter vor ein paar Monaten ein Klavier geschenkt –

nachdem wir herausgefunden hatten, dass sie eigentlich schon immer Klavierspielen lernen wollte. Die ganzen Jahre, als wir noch alle zu Hause waren, hat sie nie davon gesprochen. Nie ein Sterbenswörtchen davon erwähnt, all die Jahre ..." Ihre Stimme wurde leiser, dann schüttelte sie die Nachdenklichkeit ab und erinnerte sich daran, weshalb sie hier saß, mit Nick. „Meine Schwester hat einen Musiker geheiratet. Spence Kimball."

„Kimball?" Nick sah sie aus großen Augen an. „Den Komponisten?"

„Du kennst seine Musik?"

„Ja. Ein bisschen", fügte er hinzu, um nicht zugeben zu müssen, dass ihn außer Heavy Metal auch noch andere Musik interessierte.

Rachel war über Nicks Begeisterung für Musik sehr glücklich, aber sie fuhr genauso lässig wie er fort: „Bei einem Besuch bei Tash und ihrer Familie haben wir Mama am Klavier erwischt. Sie war fürchterlich verlegen und meinte immer wieder, sie wäre dafür schon zu alt und es sei doch albern. Aber dann setzte sich Spence zu ihr ans Klavier und brachte ihr ein paar Akkorde bei. Man konnte ihr ansehen, wie viel Spaß sie hatte und wie gerne sie es lernen wollte. Also haben wir uns für den Muttertag diesen Plan ausgedacht, wie wir sie für ein paar Stunden aus dem Haus lotsen konnten, und als sie zurückkam, stand das Klavier im Wohnzimmer. Seither ist sie nicht mehr zu bremsen. Sie nimmt zweimal die Woche Unterricht und übt jeden Tag. Demnächst hat sie sogar ihren ersten öffentlichen Auftritt."

„Das ist cool", murmelte Nick, auf seltsame Weise angerührt.

„Ja, das ist wirklich cool." Sie lächelte ihm zu. „Du siehst, für einen Versuch ist es nie zu spät." Sie streckte ihm als Zeichen ihrer Freundschaft und Zustimmung die Hand hin. „Und jetzt lass uns gehen, ja?"

„Ja." Er hielt ihre Hand fest umschlossen.

Nicholas LeBeck flog in den Wolken. Er war glücklich, ihr zuhören zu dürfen, sich von ihrem Lachen anstecken zu lassen. Alle Erinnerungen an die Mädchen, die er bisher kennen gelernt hatte, verblassten neben der Frau, die jetzt an seiner Seite ging.

Sie hörte ihm zu, wenn er etwas erzählte. Sie war tatsächlich interessiert an dem, was er sagte. Und wenn sie ihn anschaute und anlächelte, fühlte er, wie sein Magen Achterbahn fuhr.

Er hätte noch stundenlang mit ihr spazieren gehen können.

„Da wären wir."

Nick hielt fast an der gleichen Stelle, an der sein Bruder vor ein paar Abenden gestanden hatte. Aufgeregt fragte er sich, ob sie ihn wohl in die Wohnung bitten würde. Sie würden erst einen Kaffee trinken, und dann würde sie die Schuhe von den Füßen streifen und diese endlos langen Beine auf den Sessel ziehen, auf dem sie saß.

Er würde sehr behutsam mit ihr umgehen, zärtlich. Nachdem seine Nerven sich wieder beruhigt haben würden.

„Ich freue mich, dass wir etwas zusammen unternommen haben. Wenn du wieder jemanden brauchst, dann ruf mich ruhig an. Richterin Beckett wird über meinen morgigen Bericht sicher sehr erfreut sein."

„Und Sie?" Er hob die Hand, um über ihr Haar zu streichen. „Sind Sie auch froh darüber, wie die Dinge sich entwickeln?"

„Sicher." Sie stutzte alarmiert, aber dann schalt sie sich selbst albern. „Ich denke, du hast einen Schritt in die richtige Richtung getan."

„So sehe ich das auch."

Die kleine Alarmglocke hörte nicht auf zu schrillen, also machte Rachel einen Schritt zurück. „So, Nick, und jetzt muss ich gehen. Ich habe morgen früh einen Termin."

„Gut, ich rufe Sie an."

Sie blinzelte verwundert, als er die Hand um ihren Nacken legte. „Äh, Nick ..."

Er schloss mit den Lippen ihren Mund, warm und fest. Rachel riss schockiert die Augen auf und drückte mit einer Hand gegen seine Schulter. Der Griff an ihrem Hals wurde fester, bevor sie es schaffte, sich von ihm frei zu machen.

Sie wich zurück. „Nein, Nick."

„Ist schon okay." Er lächelte und steckte ihr eine Haarsträhne hinters Ohr. Eine Geste, die sie sehr an seinen Bruder erinnerte. „Also, bis dann. Wir sehen uns bald, Rachel."

„Ach du lieber Himmel!" Rachel sah ihm fassungslos nach. Dann schloss sie die Haustür auf und lief eilig zum Fahrstuhl, während ihre Gedanken sich überschlugen. Was sollte sie jetzt tun? Wie hatte sie nur so dumm sein können? Sie hatte versucht, seine Freundschaft zu gewinnen, während er ganz anders über ihre Beziehung dachte.

Ohne die Jacke auszuziehen, ging sie in ihrem Apartment unruhig hin und her.

Es muss einfach einen vernünftigen, diplomatischen Weg geben, um mit dieser Situation fertig zu werden, sagte sie sich. Schließlich war er erst neunzehn, er hatte sich in sie verknallt, mehr nicht, und sie machte zu viel aus der ganzen Sache.

Dann fielen ihr wieder diese schlanken, starken Finger an ihrem Nacken ein, der feste Druck dieser warmen Lippen auf ihrem Mund, die Art, wie er sie zu sich herangezogen hatte.

Nein, hier ging es nicht um das erste Aufflammen einer Teenagerliebe, das waren das Verlangen und die Leidenschaft eines erwachsenen Mannes gewesen.

Sie ließ sich gegen die Couchlehne sinken und fuhr sich nervös durchs Haar. Du hättest es ahnen können, warf sie sich vor. Du hättest ihn aufhalten müssen, bevor es zu spät war.

Nach zwanzig Minuten gab sie sich einen Ruck und nahm den Telefonhörer ab. Wenn sie schon so tief im Schlamassel steckte, so wollte sie nicht allein untergehen.

„Lower the Boom."

„Ich möchte gerne Muldoon sprechen. Hier ist Rachel Stanislaski."

„Alles klar. He, Zackary, Telefon für dich. Es ist die Kleine."

Kleine? Rachel traute ihren Ohren nicht. „Kleine?" wiederholte sie laut, als Zackary sich am Telefon meldete.

„He, Süße, für die Bemerkungen meiner Angestellten bin ich nicht verantwortlich." Er nahm einen Schluck Mineralwasser. „Dir ist also endlich klar geworden, dass du es ohne mich nicht aushältst, was? Warum hat das so lange gedauert?"

„Spar dir deine Bemerkungen, Muldoon. Wir müssen miteinander reden. Heute Abend noch."

Das Grinsen verschwand von seinem Gesicht, und er griff den Hörer fester. „Ist etwas passiert?"

„Allerdings."

„Nick ist vor wenigen Minuten hier eingetroffen. Er ist freudestrahlend in seinem Zimmer verschwunden."

„Er ist zu Hause?" Rachel überlegte einen Augenblick. „Dann sorge dafür, dass er dort auch bleibt. Ich komme sofort rüber."

Bevor Zackary etwas erwidern konnte, hatte sie bereits den Hörer aufgelegt und machte sich auf den Weg.

Es läuft nicht so, wie ich es geplant hatte, überlegte Zackary, während er ein paar Whisky Soda mixte. Er hatte sich vorgenommen, Rachel einige Tage schmoren zu lassen, bis sie von selbst zu ihm kam.

Aber sie hatte weder einsam noch nachgiebig am Telefon geklungen, im Gegenteil, ihre Stimme hatte sich angehört, als sei sie so wütend wie eine aufgescheuchte Hornisse. Offenbar hatte es etwas mit Nick zu tun. Verdammt, wo war der Junge den ganzen Abend gewesen? Welches Problem hatte er sich jetzt schon wieder eingehandelt?

Zackary nahm mit einem Ohr die nächsten Bestellungen entgegen. Er warf einen Blick zur Decke, über der sich das Apartment befand. Nick war entspannt und gut gelaunt nach Hause gekommen. Seine Verabredung war also ein voller Erfolg gewesen. Aber den Namen seiner Freundin hatte er nicht preisgegeben.

Er ging davon aus, dass Nick bereits wusste, wie das mit den Blumen und den Bienen war, aber es konnte ja nichts schaden, noch ein paar Bemerkungen darüber fallen zu lassen, welche Rolle Verantwortungsbewusstsein und Respekt in einer Beziehung spielten.

Eine feste Freundin, ein fester Job, ein solides Zuhause. So langsam kam alles zusammen. Was, zum Teufel, war also los?

Zackarys Gedankenflüge wurden unterbrochen, als er aufsah. Rachel kam gerade auf die Theke zu. Sie zog die Jacke aus und gab damit den Blick frei auf einen dieser eleganten Sweater, die sie so oft trug. Diesmal war es ein burgunderroter, mit einem tiefen Ausschnitt, der die Rundungen ihrer Brüste betonte. Die schwarzen Leggings umschlossen ihre wundervoll geformten, schlanken Beine.

„In deinem Büro“, erklärte sie kurz angebunden und ging weiter.

„Nanu?“ Lola sah hinter Rachel her. „Scheint, dass die Dame etwas auf dem Herzen hat.“

„Tja." Zackary stellte das letzte Glas auf Lolas Tablett. „Falls Nick runterkommt, sag ihm, dass ich beschäftigt bin."

„Du bist der Boss."

Das hatte er auch vor zu bleiben. „Genau." Er ging durch die Bar, holte tief Luft und betrat sein Büro, in dem Rachel schon wartete.

Sie hatte Jacke und Tasche abgelegt und marschierte energisch im Raum auf und ab. Als Zack eintrat, schwang sie herum und funkelte ihn herausfordernd an.

„Redest du eigentlich auch mal mit dem Jungen?" setzte sie sofort empört an. „Interessiert es dich überhaupt nicht, was in seinem Kopf vorgeht? Sag mal, was bist du für ein Aufpasser?"

„Was soll das?" Er warf die Arme in die Luft. „Wir sehen uns ein paar Tage nicht, dann platzt du hier herein und giftest mich an. Jetzt beruhigen Sie sich erst einmal, Frau Anwältin. Ich stehe hier nicht im Zeugenstand."

„Wozu sollte ich mich beruhigen?" erwiderte sie barsch. Es tat gut, ihre Schuldgefühle und die Frustrationen mit Hilfe einer kleinen Auseinandersetzung loszuwerden. „Was für ein Bruder bist du eigentlich? Du hättest es wissen müssen. Und du hättest mich warnen können."

„Jetzt setz dich erst einmal und erzähl mir alles von Anfang an. Ich vermute, dass es um Nick geht."

„Natürlich geht es um Nick! Worüber sollten wir sonst reden?"

„Die Antwort hebe ich mir für später auf. Also, was hätte ich wissen müssen und wovor hätte ich dich warnen können?"

„Dass er ..." Sie stieß geräuschvoll den Atem aus und suchte nach den richtigen Worten. „Dass er begonnen hat, mich als Frau zu betrachten."

„Als was sollte er dich denn sonst sehen? Als Tunfisch?"

„Verstehst du denn nicht? Als Frau! Soll ich es dir auch noch buchstabieren?"

Zackary zog die Brauen hoch und steckte sich eine Zigarette an. „Unsinn, Rachel. Er ist neunzehn. Sicher ist er nicht blind und weiß dein Aussehen zu schätzen, aber er hat eine Freundin. Er war heute Abend mit ihr verabredet."

„Idiot!" Sie sprang auf und versetzte ihm einen Knuff mit der Faust vor die Brust. „Er war heute Abend mit mir zusammen."

„Mit dir?" Zackary sah sie erstaunt an. „Und weiter?"

„Wir waren im Kino und haben danach eine Pizza gegessen. Ich wollte ein wenig mit ihm plaudern. Ich hielt das alles für ein Zeichen dafür, dass wir uns ganz gut verstehen. Ich meine, auf einer freundschaftlichen Ebene."

„Klingt doch ganz vernünftig. Wo liegt da das Problem? Gab es eine Auseinandersetzung?" Zackary überlegte einen Moment. „Du hast doch nicht etwa die Cobras getroffen?"

„Nein, nein." Rachel lief nervös im Zimmer auf und ab. „Hör mir doch endlich genau zu. Er hat mich geküsst."

„Was heißt das, geküsst?"

„Du weißt verdammt gut, was das heißt." Sie wandte sich ab. „Ich hätte es ahnen müssen. Aber bevor ich zur Besinnung kam ... bum!"

„Bum." Zackary versuchte Ruhe zu bewahren. Allerdings lief auch er jetzt unruhig im Zimmer umher. „Hör zu, ich glaube, du machst hier aus einer Mücke einen Elefanten. Er hat dir einen Gutenachtkuss gegeben. Es war eine nette Geste. Er ist noch ein Kind."

„Ist er nicht. Okay, er hat mich geküsst. Aber mir geht es nicht um die Tatsache, dass er es getan hat, sondern wie er mich geküsst hat. Ich kann sehr wohl zwischen einem Gutenachtkuss und ... und einer Zärtlichkeit unterscheiden. Und ich kann dir versichern, dass Nick sehr zärtlich ist."

„Freut mich zu hören“, erwiderte Zackary missmutig.

Rachel setzte sich auf die Kante seines Schreibtisches. „Wie soll es jetzt weitergehen?“

„Ich bringe das wieder in Ordnung.“

„Und wie?“

„Keine Ahnung.“ Er drückte die Zigarette aus. „Verdammt, das fehlte mir noch, mit meinem kleinen Bruder in Konkurrenz zu treten.“

Rachel sah ihn vernichtend an. „Ich bin keine Trophäe, Muldoon.“

„Das wollte ich damit auch nicht gesagt haben.“ Er lehnte sich ebenfalls gegen den Schreibtisch. „Sieh mal, ich weiß im Moment auch noch nicht so genau, was zu machen ist. Ich dachte, Nick wäre mit einem hübschen Teenager unterwegs, einem Mädchen, das um zwölf Uhr zu Hause sein muss. Und jetzt finde ich heraus, dass er sich an dich heranmacht. Wäre er nicht mein Bruder, würde ich ihm einen anständigen Denkzettel verpassen.“

„Typisch“, murmelte sie verächtlich.

Er ignorierte ihre Bemerkung und dachte nach. „Ist es nicht ganz normal, dass er für dich ... nun, irgendwelche Gefühle entwickelt?“

„Möglich.“ Sie sah Zackary an. „Aber ich möchte ihm wirklich nicht wehtun.“

„Ich auch nicht. Du könntest dich ja zurückziehen, so wie du es bei mir gemacht hast."

„Ich hatte viel zu tun." Würdevoll hob sie das Kinn. „Und wir reden hier nicht über uns. Ich kann mich nicht um Nick kümmern und gleichzeitig auf Distanz zu ihm gehen. Er hat heute Abend mit mir geredet und sich da zum ersten Mal geöffnet. Wenn ich ihm jetzt einen Dämpfer versetze, nachdem er angefangen hat, mir zu vertrauen, weiß ich nicht, was ich in ihm zerstören könnte."

„Du kannst ihn zu nichts zwingen, Rachel."

„Ich weiß." Sie betrachtete nachdenklich ihre Hände. „Irgendwie muss ich einen Weg finden, der ihn erkennen lässt, dass ich eine Freundin bin, mehr nicht, und ohne dabei sein Selbstverständnis zu verletzen."

Zackary nahm ihre Hand und drückte sie zärtlich. „Ich werde mit ihm reden. In aller Ruhe", fügte er hinzu, als Rachel ihn argwöhnisch ansah.

„Aber ich habe kein gutes Gefühl bei der Sache", entgegnete sie.

„Es ist nicht richtig, hinter Nicks Rücken über seine Gefühle zu reden. Ich glaube, es wäre besser, wenn ich die Geschichte mit ihm selbst ins Reine bringe." Zackary führte ihre Hand an die Lippen und küsste sie sanft.

„Ich muss jetzt gehen", erklärte Rachel unruhig.

„Ich werde dir ein Taxi bestellen."

„Das kann ich schon selbst tun."

„Na schön. Einen Augenblick noch." Er hob sie hoch und setzte sie auf den Schreibtisch. „Ich habe dich vermisst", flüsterte er und rieb die Nase an ihrem Nacken.

Rachel hob den Kopf und genoss seine Zärtlichkeiten. „Ich hatte viel zu tun."

„Das bezweifle ich nicht." Er knabberte sanft an ihrem Ohrläppchen. „Aber du bist ziemlich dickköpfig, und das mag ich an dir, Rachel. Ich glaube, ich mag so ziemlich alles an dir."

„Du möchtest mit mir schlafen, nicht wahr?"

„Oh ja." Er küsste ihren Mund und stöhnte leise, als sie ihm entgegenkam.

„Du machst es mir nicht gerade leicht."

„Gut, sehr gut."

„Und wir würden miteinander schlafen, wenn ich heute Abend bliebe, das weiß ich." Sie schüttelte den Kopf, als wollte sie auf diese Weise ihren Verstand zur Ordnung rufen. „Deshalb ist es das Beste, wenn ich jetzt den Raum verlasse und nach Hause gehe."

Zackary hob sie vom Tisch herunter und nahm sie fest in seine Arme. „Was hast du jetzt vor?"

„Ich verlasse diesen Raum und gehe nach Hause." Sie seufzte und holte tief Luft. „Vorerst", fügte sie hinzu, nahm ihre Jacke und Handtasche und ging zur Tür.

„Sonntag.“

„Sonntag?“

„Ja, ich möchte gern den Sonntag mit dir zusammen verbringen. Wir könnten ein Museum besuchen oder eine Ausstellung, in den Park gehen, irgendwo etwas essen. Wenn ich mich nicht täusche, haben wir uns meist nach Einbruch der Dunkelheit getroffen. Wie wäre es denn mit Sonntagnachmittag?“

„Ich ...“ Rachel fiel keine Ausrede ein, weshalb sie nicht auf seinen Vorschlag eingehen sollte. „Also gut. Komm einfach um elf bei mir vorbei.“

„Das werde ich.“

Sie öffnete die Tür. „Und du willst wirklich in ein Museum?“

„Zufällig interessiere ich mich für Kunst.“ Er küsste sie schnell auf den Mund. „Und für alles Schöne auf dieser Welt.“

Rachel eilte aus der Bar. Als sie die Straße entlangging, um ein Taxi zu suchen, dachte sie besorgt darüber nach, wie sie in Zukunft mit Nick umgehen sollte.

Und sie hatte auch noch keine Idee, wie es mit Nicks großem Bruder weitergehen sollte.

6. KAPITEL

Rachel fluchte leise, als es Punkt elf Uhr am Sonntagmorgen an der Haustür klingelte. Sie legte einen Ohrring an und nahm den Hörer der Gegensprechanlage ab. „Muldoon?“

„Du bist ja ganz außer Atem, Süße. Soll ich das als Kompliment auffassen?“

„Komm rauf“, erwiderte sie knapp. „Und nenn mich nicht Süße.“

Sie öffnete die Sicherheitsschlösser und warf noch einen Blick in den Spiegel. Sie hatte den zweiten Ohrring vergessen. Nach einer kurzen Suchaktion fand sie ihn auf der Spüle in der Küche neben der leeren Kaffeetasse.

Heute war eigentlich ihr freier Tag. Und sie ärgerte sich, dass sie jetzt doch noch arbeiten musste. Dieser Ärger hatte natürlich nichts damit zu tun, dass sie sich etwa darauf gefreut hätte, den Tag mit Zack zu verbringen. Nein, es war einfach nur so, dass sie schon lange keine Gelegenheit mehr gehabt hatte, durch Museen und Galerien zu schlendern, und ...

Das Klopfen an der Tür riss sie aus ihren trüben Gedankengängen.

„Komm rein, es ist offen.“

„Und? Freust du dich?“ bemerkte Zackary, als er hereinkam. Dann blieb er stehen und betrachtete Rachel eine Zeit lang. Sie stand mitten im Raum, schlank und wundervoll anzusehen in ihrer bronzefarbenen Wildlederjacke, dem kurzen Rock und der blauen Seidenbluse. Sie war barfuß, und Zackary spürte, wie heftig sein Körper reagierte. „Du siehst fabelhaft aus.“

„Danke, du auch.“ Nein, du siehst richtig sexy aus, dachte sie. Verdammt sexy in der schwarzen Jeans, dem dunkelblauen Sweater und der schwarzen ledernen Pilotenjacke. „Hör zu, Zackary, ich habe vorhin versucht, dich zu erreichen, leider umsonst.“

„Ist etwas?“ Er sah fasziniert zu, wie sie ihre Pumps anzog. Als sie in den zweiten Schuh schlüpfte, waren seine Handflächen feucht und er hatte nicht mitbekommen, was sie gesagt hatte. „Entschuldige, was meintest du?“

„Ich sagte, mein Chef hat vor einer halben Stunde angerufen. Ich muss mich um einen Mandanten kümmern, der wegen Mordversuchs festgenommen wurde.“

Das Wort wirkte auf ihn wie ein Eimer kalten Wassers. Die erotischen Fantasien, denen er sich eben noch hingegeben hatte, verpufften mit einem Schlag. „Ein was?“

„Ein Mordversuch. Alex hat ihn festgenommen. Ich muss heute noch mit dem Mann reden, damit ich morgen früh mit dem Staatsanwalt verhandeln kann. Es tut mir wirklich Leid, dass ich dich nicht mehr erreichen konnte."

„Kein Problem. Ich komme mit."

„Du kommst mit mir?" Ihr gefiel der Vorschlag. Ein bisschen zu sehr sogar. „Du willst doch nicht etwa den Rest des Tages auf einer Polizeiwache verbringen?"

„Wir wollten den Tag zusammen verbringen", erinnerte er sie. „Außerdem wird die Sache doch nicht den ganzen Tag dauern, oder?"

„Nein, wahrscheinlich nur eine Stunde, aber ..."

„Also, dann los." Er ging auf sie zu und reichte ihr den Arm. Dann beugte er sich vor und sog den Duft ihres Parfums ein. „Hast du das für den Übeltäter aufgetragen oder für mich?"

Rachel wich zurück. „Für mich selbst." Sie nahm ihre Aktentasche und hielt sie wie einen Schutzschild zwischen sich und Zackary. „Ich muss zuerst ins Büro. Von dem Burschen existiert bereits eine Akte."

„Okay, Frau Anwältin." Er nahm Rachel die Aktentasche ab und fasste ihre Hand. „Gehen wir."

Alex bemerkte seine Schwester genau in dem Augenblick, als sie die Wache betrat. Da auch er nur äußerst ungern den Sonntagmorgen mit Arbeit verbrachte, war ihre Anwesenheit ein Lichtblick für ihn. Wenn er Rachel eins auswischen konnte, hob sich seine Laune immer erheblich.

Grinsend schlenderte er zu ihr hinüber, doch als er den Mann an ihrer Seite erblickte, war es vorbei mit der Schadenfreude. Mit einem Schlag befiel ihn das Misstrauen. „Rachel."

„Hallo, Alex. Haben sie dich heute auch eingespannt?"

„Sieht ganz so aus. Muldoon, nicht wahr?"

„Stimmt." Zackary nickte ihm zu. „Freut mich, Sie zu sehen."

„Ich habe nichts davon gehört, dass LeBeck wieder eingesperrt wurde", entgegnete Alex erstaunt.

„Ich bin nicht wegen Nick hier." Rachel erkannte sofort die missmutige, aggressive Haltung ihres Bruders. Schon als sie fünfzehn war, hatte er so auf alle Jungen reagiert, mit denen sie sich verabredete. „Mir ist der Fall Victor Lomez übertragen worden."

„Ein widerlicher Typ, dieser Lomez." Aber Alex interessierte sich weniger für Rachels Mandanten. Vielmehr beunruhigte ihn der große Ire, der die Aktentasche seiner Schwester trug. „Seid ihr euch zufällig über den Weg gelaufen?"

„Nein, Alexej." Rachel nahm ihm die Kaffeetasse aus der Hand und sah ihn warnend an. Auch wenn sie wenig Hoffnung hatte, dass das Wirkung zeigen würde. „Zackary und ich haben uns heute etwas vorgenommen, das ist alles."

„Und das wäre?"

„Nichts, das dich etwas angehen könnte." Sie küsste ihn auf die Wange, nicht ohne die Chance zu nutzen, ihm etwas ins Ohr zu flüstern. „Halt dich zurück." Sie wandte sich Zackary zu. „Setz dich, Muldoon, und nimm dir etwas von dem scheußlichen Kaffee. Es wird nicht lange dauern."

„Ich habe den ganzen Tag Zeit", rief er ihr nach, als sie in den Besucherraum ging. Dann drehte er sich zu Alex um. „Also, Sie werden doch sicher die Chance nutzen wollen, mich zu verhören."

Alex setzte sich hinter den Schreibtisch. Die Position gefiel ihm, da Zackary auf dem Stuhl saß, auf dem normalerweise die Beschuldigten verhört wurden. „Was gibt es denn so zu erzählen, Muldoon?"

Zackary zündete sich eine Zigarette an. „Es interessiert Sie sicher, was ich mit Ihrer Schwester zu schaffen habe." Er zog genüsslich den Rauch ein. „Als Detective sollte es Ihnen nicht schwer fallen, das herauszufinden. Sie ist eine wundervolle Frau, schön, intelligent, mit einem Herzen aus Gold. Und sehr sexy." Er bemerkte, wie herausfordernd Alex ihn ansah. „Also, frei heraus, Sie erwarten doch nicht, dass ich Ihnen erzähle, ich sei an Rachel nur deshalb interessiert, weil ich einen Rechtsbeistand brauche, oder?"

„Passen Sie auf, was Sie tun."

Weil er das Bedürfnis nachempfinden konnte zu schützen, was man liebte, lehnte Zackary sich vor. „Stanislaski, wenn Sie Rachel kennen, dann wissen Sie doch, dass sie auf sich selbst aufpassen kann. Niemand auf dieser Welt wird sie dazu bringen, etwas zu tun, das sie nicht will."

„Und Sie nehmen an, dass Rachel bereits am Haken zappelt?"

„Soll das ein Scherz sein?" Als er sah, dass Alex an ihm vorbeisah, drehte er sich um und bemerkte einen kleinen, drahtigen Mann, der von einem Polizisten in den Besucherraum geführt wurde. „Ist er das?"

„Ja, das ist Lomez."

Rachel sah von den Akten auf. Sie hatte Lomez schon einmal wegen einer anderen Straftat verteidigt und sich kurz seine Akte angesehen.

„Nun, Lomez, so sieht man sich wieder."

„Sie haben sich verdammt viel Zeit gelassen, um herzukommen." Er setzte sich und tat so, als sei sein uniformierter Begleiter Luft für ihn. Aber er schwitzte. Dadurch, dass man ihn festgenommen hatte, hatte er seinen Dealer verpasst. Seit vierzehn Stunden hatte er jetzt schon keinen Schuss mehr gehabt. „Haben Sie mir Zigaretten mitgebracht?“

„Nein. Danke, Officer.“ Sie wartete, bis sie mit ihrem Mandanten allein war. „Diesmal haben Sie das große Los gezogen.“ Sie zeigte auf die Unterlagen. „Die Frau, die Sie angegriffen haben, ist dreiundsechzig. Ich habe mich im Krankenhaus erkundigt. Es dürfte Sie beruhigen, dass sich der Zustand Ihres Opfers gebessert hat. Sie schwebt nicht mehr in Lebensgefahr.“

Lomez zuckte gleichgültig mit den Schultern und starrte Rachel unentwegt aus kleinen dunklen Augen an. Er konnte seine Finger nicht ruhig halten und trommelte ununterbrochen auf dem Tisch herum. Auch mit den Füßen klopfte er einen wilden Rhythmus auf den Boden. „Hätte sie mir die Handtasche gleich gegeben, hätte ich nicht grob werden müssen, oder?“

Gott, dieser Typ macht mich krank! dachte sie. Dann erinnerte sie sich wieder daran, dass sie eine Staatsbeamtin war. „Wenn Sie ältere Bürgerinnen dieser Stadt mit Messerstichen schwer verletzen, wird Ihnen diese Stadt wohl kaum zu Füßen liegen. Das ist vielmehr eine Freikarte für einen langen Gefängnisaufenthalt. Verdammt, Lomez, sie hatte nur zwölf Dollar bei sich."

Sein Mund war trocken, Schweiß stand auf seiner Haut. Kalter Schweiß. „Dann hätte es ihr umso leichter fallen müssen, mir den Kies auszuhändigen. Aber Sie pauken mich da raus. Das ist Ihr Job." Und sobald er draußen war, würde er einen der Hombres um einen Fix anhauen. „Ich musste die ganze Nacht in dieser stinkenden Zelle verbringen."

„Sie sind wegen versuchten Mordes angeklagt", erwiderte Rachel barsch.

Lomez rieb die feuchten Handflächen an seinen Oberschenkeln ab. Selbst seine Knochen schmerzten unerträglich. „Ich hab die alte Hure nicht umgelegt."

Rachel wünschte sich einen Schluck Kaffee, um den faden Beigeschmack in ihrem Mund hinunterspülen zu können. „Sie haben dreimal zugestochen. Der Polizist, der Sie festnahm, hat Sie auf der Flucht mit Ihrem Messer und der Brieftasche des Opfers angetroffen. Diesmal sind Sie kaltgestellt, Lomez. Ihr Vorstrafenregister beinhaltet Tätlichkeiten, Schlägereien, Einbrüche und Eigentumsdelikte."

„Ich brauche diese Auflistung nicht. Ich brauche eine Kaution."

„Selbst wenn der Staatsanwalt dem zustimmen

sollte, so wird die Summe Ihre Möglichkeiten weit übersteigen. Ich werde tun, was in meiner Macht liegt, um die Anklage wegen Mordversuchs umzuändern. Wir werden auf schuldig plädieren wegen ...“

„Schuldig?“

„Diesmal werden Sie nicht davonkommen, Lomez. Ganz gleich, was ich aus meinem Hut zaubere, werden Sie eine Strafe absitzen müssen. Sie werden sich schuldig bekennen wegen Raub und schwerer Körperverletzung. Eine andere Chance werden Sie vor Gericht nicht haben.“

Dicke Schweißtropfen standen ihm jetzt auf Stirn und Oberlippe. „Zum Teufel mit dem ganzen Mist!“

Rachel war am Ende ihrer Geduld. Sie schloss den Aktenordner. „Wenn Sie mitarbeiten, könnte es gelingen zu verhindern, dass Sie die nächsten zwanzig Jahre hinter Gittern verbringen.“

Lomez schrie auf, hechtete über den Tisch und stieß Rachel zurück. Noch ehe sie etwas unternehmen konnte, war ihr Stuhl umgefallen. Sie lag auf dem Boden und Lomez auf ihr.

„Sie werden mich da rausholen!“ Er drückte die Hände um ihren Hals. Dass ihre Fingernägel sich tief in seine Handgelenke gruben, merkte er gar nicht mehr. „Du wirst mich sofort hier rausholen, oder ich bringe dich um!“

Rachel konnte nur sein wutverzerrtes Gesicht sehen. Sie versuchte sich zu befreien, aber es gelang ihr nur, ihm einen Faustschlag gegen den Nasenrücken zu versetzen. Das Blut tropfte auf sie, und unter wilden Flüchen würgte er sie noch fester, bis sie das Bewusstsein verlor.

Wie aus weiter Ferne hörte sie laute Schreie, die Lomez' Fluchen übertönten. Dann konnte sie endlich wieder atmen. Irgendjemand rief ihren Namen, hob sie auf und nahm sie in die Arme. Sie glaubte kurz, den Geruch des Meeres wahrnehmen zu können, dann fiel sie wieder in die Dunkelheit zurück, die sie den Schmerz nicht mehr spüren ließ.

Kühle Hände auf ihrem Gesicht. Ein wundervolles Gefühl. Starke Arme, die sich schützend um sie legten. Rachel fühlte sich geborgen.

Sie öffnete die Augen und sah in die Gesichter der beiden Männer. Sie sah die Wut, die Sorge bei beiden. Benommen hob sie die Hand und strich Zackary und ihrem Bruder Alex über die Wange. „Es geht mir gut." Ihre Stimme klang heiser, und ihr Kehlkopf schmerzte. Blutergüsse zeichneten sich bereits an ihrem Hals und Kinn ab.

„Bleib jetzt ganz ruhig liegen", flüsterte Alex auf Ukrainisch und streichelte ihr Haar. Seine Hand schmerzte immer noch von dem Faustschlag, den er Lomez versetzt hatte. „Möchtest du etwas Wasser?"

Rachel nickte. „Ich möchte mich aufsetzen." Sie blickte sich im Raum um und stellte fest, dass sie auf dem Sofa im Büro ihres Bruders lag. Sie bedankte sich bei Alex und nahm einen Schluck aus dem Pappbecher, den er ihr an die Lippen führte. „Lomez?"

„Hinter Gittern, wo er auch hingehört." Alex küsste ihre Stirn, ihre Wangen und versuchte zur Ruhe zu kommen. Er setzte sich neben Rachel und hielt ihre Hand. „Entspann dich. Ein Krankenwagen ist unterwegs."

„Ich brauche keinen Krankenwagen." Sie betrachtete ihre zerrissene, blutbespritzte Bluse. Die Wildlederjacke ist auch hin, dachte sie angewidert. „Das ist sein Blut, nicht meines", betonte sie.

„Du hast dem Mistkerl die Nase gebrochen", bemerkte Alex.

„Dann war der Selbstverteidigungskurs also doch nicht umsonst." Als er laut zu fluchen begann, hielt sie seine Hand fest. „Alexej, kannst du dir jetzt vorstellen, wie es für mich ist, wenn ich weiß, dass du jeden Tag dein Leben riskierst?" sagte sie eindringlich. „Weißt du nicht, dass ich es nur akzeptieren kann, weil ich dich liebe?"

„Komm mir bloß nicht so!" gab er wütend zurück.

„Der Kerl hätte dich fast umgebracht! Wir mussten ihn zu dritt überwältigen, so durchgedreht war er."

Darüber wollte sie nicht nachdenken. Konnte es im Moment einfach noch nicht. „Ich bin falsch an die Sache herangegangen, Alex."

„Du ..."

„Doch, doch. Aber so bin ich nun einmal. Und ich werde mich nicht ändern, nicht einmal für dich. Jetzt bestell bitte den Krankenwagen ab und tu mir einen Gefallen."

Er belegte sie mit einem Schimpfwort in seiner Muttersprache, was Rachel dazu veranlasste zu lächeln. „Das bin ich nicht mehr und nicht weniger als du. Aber jetzt muss ich mein Büro anrufen. Unter diesen Umständen bin ich nicht in der Lage, Lomez zu vertreten."

„Das wirst du ganz sicher nicht!" Mit diesem Hoffnungsschimmer von Einsicht würde er sich zufrieden geben müssen. Er strich ihr vorsichtig über den geschwollenen Hals. „Diesmal ist er zu weit gegangen, Rachel. Das wird er teuer bezahlen müssen. Hierbei kann ihm niemand mehr helfen."

„Das muss das Gericht entscheiden." Sie stand vorsichtig auf. „Und du wirst Mama und Papa nichts davon sagen. Ist das klar?" Als er stumm blieb, hob sie eine Augenbraue. „Sonst erzähle ich ihnen ein bisschen von deinen verdeckten Ermittlungen. Zum Beispiel von der, als du vom zweiten Stock aus dem Fenster gefallen bist."

„Geh nach Hause." Er gab auf. „Und ruh dich erst einmal aus." Alex drehte sich zu Zackary um und betrachtete ihn nachdenklich. Er hatte seine Meinung über ihn ein wenig geändert, da er eine entscheidende Rolle gespielt hatte, als es darum ging, Lomez zu überwältigen. Zackary hatte sich wie ein Tiger auf Lomez gestürzt, Rachel befreit und sie fest in die Arme geschlossen. „Du bringst sie nach Hause", erklärte Alex, als sei es das Selbstverständlichste von der Welt, und verließ das Büro.

„Du kannst dich auf mich verlassen", erwiderte Zackary und wandte sich Rachel zu. „Kannst du laufen?"

„Natürlich." Sie ging etwas benommen durch den Raum. „Es tut mir Leid, dass sich die Dinge so entwickelt haben. Du musst mich wirklich nicht ..."

„Tu mir einen Gefallen", unterbrach er sie und führte sie zur Tür. „Halt einfach den Mund."

Rachel folgte ihm kommentarlos. Dennoch hätte es sie gereizt, ihm zu sagen, wie töricht sie es fand, ein Taxi zu nehmen, um die kurze Strecke zu ihrer Wohnung zurückzulegen.

In wenigen Minuten bist du allein zu Hause, überlegte sie. Sie konnte sich gehen lassen und ihren Schock verarbeiten. Aber in Zackarys Gegenwart wollte sie sich nicht ausweinen. Niemand sollte ihre Tränen sehen.

Mit zitternden Knien verließ sie das Taxi und wankte auf die Treppe zu. „Danke", begann sie. „Es tut mir Leid ..."

„Ich bringe dich nach oben."

„Hör mal, ich habe dir bereits den Morgen verdorben. Du musst wirklich nicht ..."

„Hatte ich dir nicht gesagt, du sollst den Mund halten?" Zackary ließ sich nicht abschütteln und führte sie mit einem stützenden Arm zur Haustür.

Seine Finger zitterten immer noch vor Wut, während er in Rachels Handtasche nach dem Schlüssel suchte. Wusste sie denn nicht, wie blass und mitgenommen sie aussah? Konnte sie nicht ahnen, was es ihm antat, ihre Stimme so rau und heiser zu hören?

Er öffnete die Haustür und führte sie zum Aufzug, presste übertrieben hart und oft auf den Knopf für ihr Stockwerk.

„Ich weiß nicht, warum du so wütend bist", murmelte sie und zuckte vor Schmerz zusammen, als sie schluckte. „Du hast zwei Stunden deiner Zeit vergeudet, sicher, aber weißt du eigentlich, was mich dieses Kostüm gekostet hat? Und ich habe es erst zweimal getragen, und jetzt ist es ruiniert.“ Tränen traten ihr in die Augen, sie blinzelte sie ärgerlich fort, während Zack sie über den Korridor zu ihrem Apartment schob. „Ein Pflichtverteidiger bekommt nicht gerade ein fürstliches Gehalt.“ Sie rieb die kalten Hände gegeneinander und sah zu, wie Zackary die Tür aufschloss. „Ich musste mich einen Monat lang von Jogurt ernähren, um es mir leisten zu können. Dabei mag ich das Zeug überhaupt nicht.“

Die erste Träne rann über ihre Wange. „Selbst wenn ich es reinigen lasse, könnte ich es nicht mehr tragen, weil ...“ Um Himmels willen, dachte sie, du stehst hier und plapperst unentwegt über dieses dumme Kostüm. „Okay.“ Sie holte tief Luft. „Du hast mich nach Hause gebracht. Ich weiß das zu schätzen. Aber jetzt geh bitte.“

Er stellte ihre Aktentasche ab und zog ihr die Jacke von den Schultern. „Setz dich, Rachel.“

„Ich will mich aber gar nicht setzen.“ Noch eine Träne. „Ich will jetzt allein sein.“ Ihre Stimme überschlug sich. „Bitte, lass mich allein.“

Zackary hob sie auf seine Arme und setzte sich mit ihr auf das Sofa. Er hielt sie fest, zwang sich dazu, ruhig und sanft zu bleiben, während unbändige Wut und Angst in ihm tobten. Streichelte ihr über den Rücken und flüsterte beruhigende Worte.

Die Schleusen öffneten sich. Sie weinte heftig, aber nicht lange. Das unkontrollierbare Zittern war stark, aber es ließ bald nach. Sie schob ihn auch nicht fort. Er hätte es sowieso nicht zugelassen. Vielleicht tröstete er sie, aber dass sie hier mit ihm saß, auf seinem Schoß, zu wissen, dass sie in Sicherheit war, spendete ihm unglaublichen Trost.

„Verdammt." Rachel legte den Kopf gegen seine Schulter. „Du solltest mich doch allein lassen."

„Wir hatten eine Verabredung. Erinnerst du dich? Wir wollten den Tag zusammen verbringen." Er merkte, wie seine Hände sich verspannten. Er ermahnte sich, die Finger zu lockern. „Du hast mir einen Riesenschreck eingejagt."

„Ja, den hatte ich auch."

„Und wenn ich jetzt ginge, könnte ich mich nicht mehr beherrschen. Ich müsste zur Wache, um den Kerl in Stücke zu reißen."

Seltsam, dass eine sachlich vorgebrachte Drohung viel gefährlicher klang als jedes wütende Schreien. „Dann solltest du lieber bleiben, bis du dich wieder beruhigt hast. Es geht mir wieder gut." Sie kuschelte sich enger an ihn. „Das ist nur die Schockreaktion."

Ja, diese eiskalte Wut, die seinen ganzen Körper und einen Großteil seiner Gedanken beherrschte, war seine Schockreaktion. Aber damit würde er später umgehen. „Vielleicht ist es sein Blut, Rachel, aber du hast die blauen Flecke."

Mit gerunzelter Stirn fuhr sie sich über die Wange. „Ist es sehr schlimm?"

Trotz allem musste er grinsen. „Du meine Güte, ich wusste gar nicht, dass du eitel bist."

Sie schnaubte pikiert. „Das hat nichts mit Eitelkeit zu tun. Ich habe morgen früh einen Termin und keine Lust, mir all die dummen Fragen anzuhören. Was soll ich nur tun?"

Er strich sanft mit der Hand über ihre Wange. „Lass dir es von jemandem gesagt sein, der seinen fairen Anteil an blauen Flecken im Leben gehabt hat: Die Fragen werden sich nicht vermeiden lassen. Aber jetzt denk erst mal nicht an morgen." Er strich vorsichtig mit seinen Lippen über den großen Bluterguss am Kinn. „Hast du Tee und Honig im Haus?"

„Vermutlich. Warum?"

„Da du nicht ins Krankenhaus willst, wirst du mit Muldoons erster Hilfe vorlieb nehmen müssen." Zackary stand auf und legte Rachel bequem auf das Sofa. Die farbenfrohen Kissen ließen sie umso blasser wirken. „Warte."

Der Tränenausbruch hatte sie erschöpft und ausgelaugt, sie widersprach ihm nicht.

Als Zackary fünf Minuten später aus der Küche

mit einer Tasse Tee zurückkam, schlief sie bereits tief und fest.

Rachel fühlte sich wie erschlagen, als sie erwachte, ihre Kehle brannte wie Feuer. Der Raum war abgedunkelt und merkwürdig still. Sie stützte sich auf den Ellbogen und sah, dass die Vorhänge zugezogen waren. Die Wolldecke, die ihre Mutter vor Jahren für sie gehäkelt hatte, lag auf ihr.

Rachel stöhnte leise, schlug die Decke beiseite und stand auf. Sie stand sicher, wie sie befriedigt bemerkte. So leicht ließ eine Stanislaski sich nicht unterkriegen.

Aber diese Stanislaski brauchte jetzt erst einmal Wasser. Viel Wasser, um das Brennen in ihrer Kehle zu löschen. Sie rieb sich die Augen und tappte auf bloßen Füßen in die Küche. Dann stieß sie einen Schrei aus, der ihrer verletzten Kehle alles andere als gut tat, als sie Zackary entdeckte, der sich gerade am Herd zu schaffen machte.

„Was, zum Teufel, machst du denn hier? Ich dachte, du wärst längst gegangen."

„Nein." Er rührte noch einmal im Kochtopf und wandte sich schließlich Rachel zu, um sie zu mustern. Sie hatte wieder Farbe im Gesicht, der glasige Ausdruck war aus ihren Augen verschwunden. Die Blutergüsse würden allerdings länger brauchen, bis sie fort wären. „Ich habe Rio gebeten, eine Suppe vorbeizubringen. Hast du denn Appetit?“

„Ich glaube schon.“ Rachel presste die Hand auf den Magen. Sie hatte zwar entsetzlichen Hunger, wusste aber nicht, ob sie mit ihren Halsschmerzen überhaupt einen Bissen schlucken konnte. „Wie spät ist es?“

„Etwa drei Uhr.“

Also hatte sie fast zwei Stunden geschlafen. Die Vorstellung, dass Zack die ganze Zeit hier gewesen war und in der Küche hantiert hatte, war sowohl peinlich wie auch irgendwie anrührend. „Du musst wirklich nicht hier bleiben.“

„Dein Hals wird sich schneller erholen, wenn du nicht so viel redest. Also geh wieder ins Wohnzimmer und setz dich.“

Rachel nahm seinen Vorschlag an, zog zunächst die Vorhänge auf und setzte sich an den kleinen Klapptisch am Fenster. Sobald sie sich an Rios Suppe gestärkt hatte, wollte sie duschen und sich umziehen.

Offensichtlich kennt er sich schon gut in meiner Wohnung aus, überlegte Rachel, als Zackary das Tablett mit der Suppe hereintrug.

„Danke.“ Sie erhaschte kurz seinen dunklen Blick, der über ihre befleckte Bluse glitt, dann war der Moment wieder vorbei.

„Ich bin deine Plattensammlung durchgegangen,

während du schliefst." Er war unheimlich stolz auf sich, dass er so gelassen Konversation machen konnte, während alles in ihm danach drängte, Aggressionen auszuleben. „Hast du was dagegen, wenn ich eine auflege?"

„Nein, mach nur."

Sie starrte in die dampfende Suppe, während Zack ein altes B.B. King-Album auflegte.

„Und du behauptest, wir hätten nichts gemeinsam."

Sie lächelte. „Die habe ich von Mikhail stibitzt. Sein Geschmack in Musik umspannt wirklich alle Genres."

Nachdem er sich ihr gegenüber gesetzt hatte, begann sie genüsslich die Suppe zu löffeln. „Großartig. Was ist da alles drin?"

„Ich habe nicht danach gefragt, und Rio verrät seine Kochgeheimnisse nicht."

„Dann werde ich ihn bestechen müssen, um das Rezept zu erfahren. Meine Mutter wäre begeistert davon." Sie nahm vorsichtig einen Schluck von dem heißen Tee und riss die Augen auf.

„Ich habe in der Küche keinen Honig gefunden. Dafür hattest du Brandy im Haus."

„Alkohol betäubt die Nerven."

„So hatte ich es mir auch gedacht." Er langte über

den Tisch und fasste ihre Hand. „Geht es dir jetzt besser?“

„Viel besser. Es tut mir nur Leid, dass dein Sonntag verdorben ist.“

„Zwing mich nicht, dich zum Schweigen zu bringen.“

Rachel lächelte. „Langsam glaube ich, dass du gar kein so übler Bursche bist, Muldoon.“

„Vielleicht hätte ich dir schon früher eine Suppe anbieten sollen.“

„Die Suppe hilft tatsächlich. Aber es liegt mehr an der Tatsache, dass du mich nicht wie eine Idiotin behandelt hast, als ich mich vorhin so gehen ließ.“

„Du hattest guten Grund, so zu reagieren. Warum musst du immer beweisen, wie stark du bist?“

Sie nahm noch einen Schluck von dem Tee. „Ich wollte mich in Alex’ Gegenwart zusammenreißen. Er macht sich schon genug Sorgen um mich.“ Ihre Lippen verzogen sich zu einem Lächeln. „Du weißt ja, wie es ist, wenn jüngere Geschwister die Dinge partout nicht so sehen wollen, wie du sie siehst.“

„Du meinst dieses Gefühl, dass man ihnen dann am liebsten den Dickschädel einschlagen würde? Ja, das Gefühl kenne ich.“

„Nun, ob Alex es nun wahrhaben will oder nicht,

ich kann mit meinem Leben selbst umgehen. Und Nick wird das auch können, wenn die Zeit so weit ist."

„Er ist nicht wie dieser Mistkerl heute", sagte Zack leise. „So etwas könnte Nick gar nicht tun."

„Nein, ganz sicher nicht." Sie schob den Suppenteller beiseite und griff Zacks Hand. „So etwas darfst du noch nicht einmal denken. Jetzt hör mir zu: In den vergangenen zwei Jahren habe ich viele Straftäter kommen und gehen sehen. Manche sind unverbesserlich, so wie Lomez. Andere wieder sind verzweifelt und verwirrt. Die Arbeit mit ihnen macht dich entweder fertig, lässt dich ausbrennen, oder sie schärft deinen Blick für die Nuancen. Nick ist jemand, der sehr verletzt worden ist, und sein Selbstwertgefühl ist auf dem Nullpunkt. Er hat sich einer Gang angeschlossen, weil er einen Rückhalt brauchte, er wollte dazugehören, irgendwohin. Aber jetzt hat er dich. Was er sich auch ausdenken mag, um dich loszuwerden und auf Distanz zu halten, er braucht dich. Er sehnt sich danach, dich als Bruder zu haben."

„Mag sein. Und sollte er je wieder lernen, mir zu vertrauen, wird er es vielleicht schaffen und die Kurve kriegen." Er hatte nicht geahnt, wie schwer diese Last auf seinen Schultern wog. „Er weigert sich, mit mir über meinen Vater zu reden. Ich meine, nachdem ich weggegangen war."

„Er wird mit dir reden. Wenn die Zeit richtig und er bereit dazu ist.“

„Mein alter Herr war gar nicht so schlimm, Rachel. Sicher, er wäre bestimmt nicht zum Vater des Jahres gewählt worden, aber ... Verflucht!“ Er fuhr sich aufgewühlt durch das Haar. „Er war ein sturer irischer Dickschädel, der gern tief in die Flasche guckte. Er hätte die Seefahrt nie aufgeben dürfen. Zu Hause brüllte er seine Kommandos, als wären wir alle Matrosen auf einem sinkenden Schiff. Es gab nichts, über das wir uns einig gewesen wären.“

„Das kommt in Familien sowieso selten vor, das kannst dur mir glauben.“

„Er ist nie über den Tod meiner Mutter hinweggekommen. Er war im Südpazifik, als sie starb.“

Was bedeutete, dass Zack allein gewesen war. Ein Kind noch, und allein. Sie griff seine Finger und drückte sie leicht.

„Als er zurückkam, schäumte er vor Wut. Er wollte unbedingt einen ganzen Kerl aus mir machen. Dann kamen Nadine und Nick, und ich war alt genug, meiner eigenen Wege zu gehen. Wenn du so willst, habe ich das sinkende Schiff verlassen. Also hat er versucht, Nick zu dem zu machen, was er unter einem ganzen Kerl verstand.“

„Du gibst dir die Schuld für etwas, das du nicht

mehr ändern kannst. Du hättest es auch damals nicht ändern können.“

„Ich muss ständig an das erste Jahr denken, nachdem ich zurückgekommen war. Der alte Herr war tattrig geworden, konnte nichts mehr behalten, ging raus und fand den Weg nicht mehr zurück. Verflucht, ich wusste, dass Nick ohne Aufsicht aufwuchs, aber ich war damals selbst nicht so weit, dass ich mich um ihn hätte kümmern können. Es war schwierig genug für mich, meinen Vater in einem Heim unterzubringen, mich um ihn zu kümmern, die Bar am Laufen zu halten. Nick ist bei dem ganzen Durcheinander irgendwie untergegangen.“

„Aber du hast ihn wiedergefunden.“

Er wollte etwas sagen, doch dann seufzte er nur. „Nicht gerade der richtige Zeitpunkt, um dich damit zu belasten, was?“

„Ist schon in Ordnung. Ich möchte helfen.“

„Du hast schon genug geholfen. Möchtest du noch etwas Suppe?“

Er hätte so gern noch so viel mehr gesagt. Er wollte sie in seine Arme ziehen und ihren Kopf an seiner Schulter ruhen fühlen. Er wollte einfach nur dasitzen und sie anschauen, wie sie schlief. Aber sollte er auch nur eines dieser Dinge tun, würde er sicher nicht mehr zu dieser Tür herauskommen.

„Ich werde jetzt erst einmal abwaschen und dich dann in Ruhe lassen."

Sie sah ihm mit gerunzelter Stirn nach, als er in die Küche verschwand. Sie wollte doch allein sein, oder? Wieso also suchte sie nach Gründen, um ihn länger hier zu halten?

„He, warte." Sie stand auf und folgte ihm. Er war gerade dabei, den Rest der Suppe in einen anderen Behälter umzufüllen. „Es ist noch früh. Wir könnten doch noch etwas aus dem Tag machen."

„Du brauchst Ruhe."

„Die hatte ich bereits zur Genüge." Sie spülte die Teller unter dem Wasserhahn ab. „Wir könnten doch noch ins Museum gehen oder uns eine Vorstellung ansehen, nachdem du dich den ganzen Tag so um mich gekümmert hast."

„Mach dir um meine Freizeit keine Gedanken." Zackary stellte den Behälter mit der Suppe in den Kühlschrank. „Ich bin der Chef, weißt du noch? Ich kann mir jederzeit einen weiteren freien Tag genehmigen."

„Also gut." Sie schlug auf den Wasserhahn und stellte das Wasser ab. „Also, bis dann."

„Geduld ist nicht gerade deine Stärke, was?" Grinsend legte Zackary die Hände auf ihre Schultern. „Reg dich nicht unnötig auf, Süße. Alles in allem war der Tag für mich sehr ereignisreich."

Sie schloss die Augen und genoss das leichte Kneten seiner Finger. „Gern geschehen, Muldoon. Jederzeit wieder."

Er sog den Duft ihres Haares ein und widerstand dem Verlangen, ihr näher zu kommen. „Meinst du, du kommst allein zurecht? Ich könnte ja auch den Cop anrufen, dass er sich um dich kümmert. Vielleicht wäre das ja besser."

„Nein, mir geht's bestens." Sie hielt sich an der Spüle fest und starrte verlegen die Wand an. „Danke für deine erste Hilfe."

„Gern geschehen." Warum verzögerte er alles? Er sollte längst zur Tür hinaus sein. „Vielleicht könnten wir irgendwann in dieser Woche gemeinsam essen gehen."

Rachel presste die Lippen zusammen. Bei der Art und Weise, wie er über ihre Arme strich, hätte sie am liebsten aufgestöhnt. „Ja, doch. Ich werde in meinem Terminkalender nachsehen."

Zackary drehte sie zu sich. Er war sich nicht sicher, ob sie ihm ausweichen oder ihm entgegenkommen würde. Dennoch hielt er sie fest in den Armen, und Rachel öffnete erwartungsvoll den Mund. „Ich werde dich anrufen."

„Okay." Sie schloss die Augen und küsste ihn leidenschaftlich.

„Also, bis bald.“ Erneut schloss er ihren Mund mit seinen Küssen.

„Ja“, hauchte sie und schmiegte sich an ihn.

„Ich komme einfach nicht weg.“ Er küsste zärtlich ihr Kinn. „Nur eines noch.“

„Ja?“

„Ich werde nicht gehen.“

„Ich weiß. So ist das eben. Reine Chemie.“ Sie knabberte sanft an seinem Hals.

„Stimmt.“ Er setzte Dutzende kleiner Küsse auf ihr Gesicht, vorsichtig darauf achtend, dass er den Bluterguss nicht berührte.

„Ich will mich nicht auf etwas Ernsthaftes einlassen. Ich habe andere Pläne.“

„Einverstanden, nichts Ernsthaftes.“ Das Blut rauschte ihm in den Ohren, Hitze schoss in seine Lenden. Mit einer Hand riss er eine Tür auf und erkannte, dass er den Schrank geöffnet hatte. „Wo ist das verdammte Schlafzimmer?“

„Bitte?“ Erst jetzt wurde ihr bewusst, dass er sie hochgehoben und aus der Küche getragen hatte. „Na, hier. Das Sofa ...“ Sie knabberte an seinem Ohr. „Es ist ausziehbar. Ich kann ...“

„Lass nur“, erklärte er und legte sie vorsichtig auf den Teppich.

7. KAPITEL

Er riss ihr die Bluse vom Körper. Nicht nur aus Leidenschaft, sondern auch, weil er es nicht länger ertragen konnte, die Blutflecken zu sehen, die ihn so schmerzlich an die Ereignisse des Tages erinnerten.

Doch das Geräusch der reißenden Seide und ihr erstaunter Ausruf ließen die Flammen in ihm noch höher lodern. „Schon als ich dich das erste Mal sah, habe ich mich nach dir gesehnt."

„Ich weiß. Mir ging es genauso. Es ist verrückt." Sie zitterte ein wenig, als er die Träger ihres Tops von den Schultern streifte. „Unglaublich."

Rachel drängte sich ihm sehnsüchtig entgegen. Sie genoss die Zärtlichkeit seiner Hände auf ihren Brüsten, das Prickeln auf ihrer Haut, als er sie mit Küssen überhäufte. Beeil dich, war alles, was sie in dem Moment denken konnte, bitte, beeil dich. Ungeduldig streifte sie ihm den Pullover über den Kopf und warf ihn achtlos beiseite.

Sie war begierig, seine nackte Haut zu spüren. Während er mit den Lippen ihre Brüste liebkoste, vergrub sie die Hände in seinen Haaren und presste seinen Kopf an sich. Sie verlangte nach mehr. Außer sich vor Leidenschaft umfasste sie seine breiten

Schultern. Die sanften Berührungen seiner Lippen auf ihrem ganzen Körper erregten sie unablässig.

Zackary konnte sich kaum mehr zurückhalten. Er hatte sich in seiner Fantasie zwar vorgestellt, sie behutsam und unendlich langsam in einem riesigen Bett zu lieben, aber die Wirklichkeit überstieg seine Traumbilder bei weitem.

Sie gehörte ihm. Er war wie besessen von ihr.

Mit zitternden Händen befreite er Rachel von den letzten Kleidungsstücken, die sie von der Vollendung ihres Glücks abhalten konnten. Er hörte ihr leises Stöhnen, während er langsam über ihre Schenkel strich. Immer noch bemüht, sich zurückzuhalten, legte er sich zwischen ihre Beine.

Rachel bäumte sich auf. Sie wollte nicht einen Moment länger warten. Während sie seinen Mund mit ihren Lippen bedeckte, versuchte sie den Verschluss seiner Jeans zu öffnen.

„Lass es mich machen“, forderte sie heiser und sah ihn verlangend an.

„Nein.“ Er legte eine Hand um ihren Rücken, um sie zu stützen, und streifte mit der anderen die Hose ab. „Ich mache es.“

Als sich ihre nackten Körper berührten, brach ein Sturm der Leidenschaft los, den sie beide nicht mehr aufhalten konnten. Rachel legte den Kopf zurück.

Ihr Körper zitterte vor Erregung und Verlangen, sich Zackary ganz hinzugeben.

Rachel hätte es nie für möglich gehalten, dass sie, die sonst immer so vernünftig vorging, jetzt ihren Verstand nicht gebrauchte und sich den Leidenschaften ergab. Sie wollte ihn ganz spüren, jetzt. Sie schlang die Beine um seine Hüften und nahm ihn in sich auf.

Sie hörte sein Stöhnen, sah in seine glänzenden Augen, die unablässig auf sie gerichtet waren, während er sie mit seiner Männlichkeit erfüllte. Sie steigerten sich zu einem gemeinsamen Rhythmus, der sie wie ein Sturm in eine andere Welt trug.

„Wer hoch hinaufsteigt …“, flüsterte Rachel einige Zeit später.

„Hm?“

„Der fällt auch tief.“ Sie rollte sich zur Seite und legte die Arme auf Zackarys Brust, um ihn genauer betrachten zu können. Er schien vor sich hin zu dösen und atmete langsam und gleichmäßig. Die Augen hielt er geschlossen. Es dauerte eine Zeit lang, bis er sich das erste Mal ein wenig bewegte.

„Muldoon, weißt du eigentlich, dass du aussiehst, als hättest du mindestens zehn Runden mit einem Champion gerungen?“

Er stülpte die Lippen vor. Mehr ließen seine Energiereserven nicht zu. „Willst du es mit mir aufnehmen, Champion?“

„Jederzeit und an jedem Ort.“

„Also dann, hier und jetzt.“ Er rollte sich zur Seite, bis er auf ihr lag, drehte sich aber sofort wieder auf den Rücken, als sie einen gequälten kleinen Schrei ausstieß, weil er an ihr Kinn gestoßen war. „Tut mir Leid.“

„Komm schon, Zackary.“ Sie wollte diesen zerknirschten Ausdruck nicht auf seiner Miene sehen. „So schlimm war es nicht.“

Zackary ignorierte ihre Bemerkung und betrachtete besorgt ihr verletztes Kinn. „Ich hätte etwas Eis auflegen müssen.“

„Hör zu, du Raufbold, ich habe in meiner Kindheit eine harte Schule durchgemacht. Bei den Prügeleien mit meinen Brüdern habe ich ganz andere Verletzungen davongetragen.“

„Wenn der Kerl jemals rauskommt ...“

„Hör auf damit.“ Sie nahm sein Gesicht zwischen ihre Hände. „Sag nie etwas, das du bereuen könntest. Denk daran, dass ich bei Gericht angestellt bin.“

Zackary hob die zerrissene Bluse auf. „Scheint so, als hätte ich dir die Kleider vom Leib gerissen.“

„Darauf bist du wohl auch noch stolz, was?“

Er warf die Bluse wieder beiseite. „Klar. Wir könnten den Vorgang ja wiederholen."

Rachel knabberte an seiner Unterlippe und lächelte. „Die Bluse war sowieso ruiniert. Aber beim nächsten Mal wirst du mir den Schaden ersetzen müssen", scherzte sie.

Zackary lachte und spielte mit ihrem Ohrring. „Ich bin völlig verrückt nach dir."

Sie spürte, wie ihr Herz plötzlich schneller schlug. Seine Worte klangen wie eine romantische Liebeserklärung. „He, keine Sentimentalitäten, bitte."

„Verrückt", wiederholte er und stellte befriedigt fest, dass Rachels Wangen sich rot gefärbt hatten. „Ach, und habe ich dir eigentlich schon gesagt, dass mich dein Körper ganz wild macht?"

„Nein." Sie hob neugierig den Kopf.

„Vom Vorder- bis zum Achtersteven." Er unterstrich seine Worte mit weit ausholenden Gesten. „Vorn und achtern. Backbord und Steuerbord."

„Ach, du meine Güte." Rachel seufzte laut. „Seemannsgarn." Sie küsste ihn auf den Mund. „Sag mal, Seemann ...", begann sie.

„Ja?"

„Wo ist eigentlich der Achtersteven?"

„Ich zeige es dir." Ganz sacht küsste er sie auf den

Hals. „Liebling, ich glaube, wir sollten jetzt besser das Sofa ausziehen, bevor sich die Dinge so weiterentwickeln."

„Okay, wenn du willst."

Aber das Sofa schien meilenweit entfernt zu sein. „Wir könnten es auch verschieben. Vielleicht könntest du etwas auf Ukrainisch sagen, dann wäre es mir möglich zu vergessen, dass wir uns auf dem Fußboden befinden."

„Warum sollte ich Ukrainisch sprechen?"

„Weil es mich auf die Palme bringt. Also, schieß los."

Rachel seufzte, legte die Arme um seinen Nacken und flüsterte ein paar Worte.

„Und was heißt das?"

„Frei übersetzt heißt das, dass du ein großer Dummkopf bist."

„Hm, bist du sicher, dass du nicht gesagt hast, wie sehr du mich begehrst?"

„Nein, das wäre deine Art, den Sachverhalt auszudrücken."

Bevor sie ihm sagen konnte, wie sehr sie ihn wirklich begehrte, hatte er sie bereits fest in die Arme geschlossen.

Zackary kuschelte sich eng an Rachel. Es war dunkel. Sie hatten es in der Zwischenzeit doch noch geschafft, aus dem Sofa ein Bett zu machen. Aus dem Nachmittag war Abend, aus dem Abend Nacht geworden.

„Ich möchte gerne bleiben", erklärte er leise.

„Ich weiß." Es war albern, traurig darüber zu sein, dass er ging. Dabei hatte sie immer streng darauf bestanden, ihre Nächte allein zu verbringen. „Aber du kannst nicht bleiben. Es ist noch zu früh, um Nick über Nacht sich selbst zu überlassen."

„Wenn die Situation es zuließe", begann er frustriert, „würde ich dich mitnehmen, um morgen früh an deiner Seite aufzuwachen."

„Ich weiß nicht, ob wir Nick bereits trauen können. Solange seine Situation nicht gefestigt ist, sollte er besser nicht wissen, dass wir beide ..."

Ja, was war überhaupt mit ihnen? Die Frage ging beiden durch den Kopf. Aber keiner sprach es aus.

„Du hast Recht." Zackary setzte sich auf. „Rachel, ich möchte wieder mit dir zusammen sein. Es muss ja nicht gerade im Bett sein." Er streichelte sanft ihre Wange. „Oder auf dem Teppich", fügte er hinzu.

„Auch ich möchte mit dir zusammen sein." Sie legte ihre Hand zärtlich auf seine. „Es ist einfach gut. Das muss reichen."

„Ja.“ Er war fast überzeugt, dass es genug war. „Ich könnte mir am Mittwoch freinehmen. Wir könnten zusammen essen.“

„Gern.“

Sie schwiegen eine Zeit lang.

Rachel seufzte. „Du solltest jetzt besser gehen.“

„Ja.“

„Vielleicht könnten wir am Sonntag zusammen mit Nick zu meinen Eltern fahren.“

„Das ist eine gute Idee.“ Er küsste sie immer und immer wieder. „Einmal noch, ja?“

„Ja.“ Sie umarmte ihn zärtlich. „Noch einmal.“

Rachel wechselte den Telefonhörer zum anderen Ohr; notierte etwas auf dem Notizblock und warf einen zweifelnden Blick über die Akten auf ihrem Schreibtisch.

„Ja, Mrs. Macetti, ich kann Sie gut verstehen. Aber wir benötigen einige Zeugen, die den guten Charakter Ihres Sohnes bestätigen. Ihr Priester vielleicht, oder ein Lehrer.“ Während sie den Wortschwall der Anruferin über sich ergehen ließ, hoffte sie, dass einer ihrer Mitarbeiter so aufmerksam wäre, ihr eine Tasse Kaffee zu besorgen. „Das kann ich Ihnen so nicht sagen, Mrs. Macetti. Die Chancen stehen gut, dass es nur auf eine Bewährungsstrafe hinausläuft, da er nicht selbst am Steuer saß. Aber es führt nichts an der Tatsache vorbei, dass er in einem gestohlenen Auto fuhr, und ..."

Sie faltete sorgfältig den Zettel, auf dem sie sich Notizen gemacht hatte. „Ja, nun, wie ich Ihnen schon sagte, es wird schwer sein, irgendjemanden davon zu überzeugen, dass er von dem Diebstahl nichts wusste." Zufrieden mit ihrem Papierflugzeug, warf sie den Gleiter zur Tür hinaus.

„Natürlich ist er ein guter Junge, Mrs. Macetti." Rachel rollte ergeben mit den Augen. „Schlechte Gesellschaft, ja. Ich tue, was in meiner Macht steht. Bleiben Sie zuversichtlich. Wir sehen uns dann nächste Woche vor Gericht. Ich rufe Sie an. Ja, das verspreche ich. Auf Wiederhören. Ja, unbedingt. Auf Wiederhören."

Rachel legte den Hörer auf und schloss einen Moment die Augen. Zehn Minuten mit einer tobenden Mutter zu telefonieren war anstrengender, als den ganzen Tag im Gericht zu arbeiten.

„Harter Tag heute?"

Rachel öffnete die Augen und sah Nick in der Tür stehen. In der einen Hand hielt er ihr Papierflugzeug, in der anderen einen Pappbecher.

„Ein harter Monat." Ihr Blick blieb auf dem Becher kleben. „Ist das etwa Kaffee?"

„Ohne Zucker." Er kam näher und gab ihr das heiße Getränk. „Deine Notizen sind ziemlich verzweifelt. Ich kam zufällig den Gang entlang. Das Ding hat mich mitten ins Herz getroffen."

Rachel nahm einen Schluck Kaffee und fühlte die Wirkung des Koffeins sofort. „Da du mir mit dem Kaffee soeben das Leben gerettet hast ... was kann ich für dich tun?"

„Ich dachte, wir könnten vielleicht zusammen etwas essen."

„Tut mir Leid, Nick." Sie zeigte auf die Akten auf ihrem Schreibtisch. „Ich stecke bis über beide Ohren in Arbeit."

„Lassen sie dich denn nicht einmal zum Essen gehen?"

„Hin und wieder werfen sie mir ein Stück rohes Fleisch herein." Sie betrachtete den Aktenstapel und überlegte, wie viel Zeit sie für die Vorbereitung benötigte, bevor sie sich mit dem Staatsanwalt traf. „Eigentlich würde ich gern mit dir reden, falls du ein paar Minuten Zeit hast."

„Meine Schicht geht heute von sechs bis zwei Uhr nachts. Ich habe also jede Menge Zeit."

„Fein." Sie stand auf und schloss die Tür. Als sie sich umdrehte, stand er vor ihr und legte die Hände um ihre Hüften. „Setz dich, Nick." Sie ging an ihm vorbei und nahm hinter dem Schreibtisch Platz, während Nick sich auf einem Sessel räkelte.

„Drei Wochen sind jetzt vorüber. Ich wollte wissen, wie es dir geht."

„Mir geht's so weit."

„Wenn wir wieder vor Richterin Beckett stehen, gibt sie dir vermutlich eine Bewährung, falls du vorher keinen gravierenden Fehler machst."

„Das habe ich nicht vor." Der Stuhl knarzte, als er sich damit zurücklehnte. „Der Knast steht zurzeit nicht auf meiner Wunschliste."

„Das höre ich gern. Aber das Gericht wird auch etwas über deine Zukunftspläne erfahren wollen. Vielleicht möchtest du die Wohnsituation bei Zackary aufrechterhalten."

„Für immer?" Nick lachte laut auf. „He, ich möchte eine Bude für mich allein. Ich komme zwar mit Zackary schon besser klar, aber der Gedanke, dass er hereinplatzen könnte, wenn ich gerade Damenbesuch habe, ist nicht berauschend." Er warf Rachel einen herausfordernden Blick aus grünen Augen zu. „Du verstehst doch sicher, was ich dir damit sagen will?"

Damit wären wir beim Thema, dachte Rachel und ergriff die Gelegenheit beim Schopf. „Hast du denn ein Mädchen?"

Nick lächelte viel sagend. „Ich stehe mehr auf Frauen. Frauen mit großen braunen Augen."

„Nick ..."

„Weißt du, gerade auf dem Weg hierher dachte ich darüber nach, dass es verdammtes Glück war, dass sie mich geschnappt haben." Er fasste ihre Hand und strich verspielt über ihre Finger. „Sonst wäre mir nie eine so gut aussehende Anwältin über den Weg gelaufen."

„Nick, ich bin sechsundzwanzig." Es war nicht gerade das, was Rachel eigentlich sagen wollte, aber Nick hob nur stolz den Kopf.

„Ja, und?"

„Und ich bin vom Gericht als deine Betreuerin bestellt."

„Eine faszinierende Situation." Er lächelte. „In fünf Wochen hat sich das erledigt."

„Dann bin ich immer noch sieben Jahre älter als du."

„Eher sechs", erwiderte er lässig. „Na und? Wen kümmert das?"

„Mich." Rachel lehnte sich in ihrem Stuhl zurück. „Nick, ich mag dich. Sehr sogar. Und ich habe es ernst gemeint, als ich sagte, ich wolle dein Freund sein."

„Das Alter spielt zwischen uns keine Rolle." Er

stand auf, ging um den Schreibtisch herum und setzte sich auf die Tischkante.

„Ich war bereits im College, als du in die Pubertät kamst."

„Die habe ich hinter mir." Er grinste schelmisch und streichelte ihr Kinn. Dann kniff er die Augen zusammen. „Ist das etwa ein blauer Fleck?"

„Ich habe mich gestoßen", wich sie aus und versuchte es noch einmal. „Um es deutlich auszudrücken, ich bin zu alt für dich, Nick."

Er starrte noch einen Moment auf den Bluterguss, dann hob er den Blick und sah ihr in die Augen. „Da bin ich anderer Ansicht. Überleg doch mal – wenn ein Typ sechs Jahre älter ist als die Frau, hättest du doch auch nichts dagegen, oder?"

„Das ist auch etwas ganz anderes."

„Ah, das ist aber sehr sexistisch, nicht wahr?" sagte er gespielt tadelnd. „Ich dachte, du seist für Gleichberechtigung?"

„Natürlich, aber ..." Sie brach schnaubend ab.

„Touché!"

„Aber ganz unabhängig vom Altersunterschied", – da dies offenbar nicht wirkte –, „bin ich als Betreuerin für dich verantwortlich. Es wäre falsch und nicht zuletzt gegen die Berufsethik, mich auf etwas einzulassen, das darüber hinausgeht. Ich mache mir

Gedanken um dich, und wenn ich bei dir den Eindruck erweckt haben sollte, dass ich an mehr als Freundschaft interessiert sei, dann möchte ich mich dafür entschuldigen."

Er dachte über ihre Worte nach. „Du nimmst deine Arbeit wirklich sehr ernst, stimmt's?"

„Ja."

„Ich hab's begriffen. Also ohne Druck, ja?"

Rachel seufzte erleichtert. „Genau." Sie stand auf und gab ihm die Hand. „Du bist in Ordnung, Nick."

„Du auch." Als das Telefon klingelte, küsste er schnell ihre Hand. „Ich überlasse dich jetzt deinen anwaltlichen Pflichten. Die fünf Wochen kann ich locker warten."

„Aber ..."

„Bis dann." Er verließ das Büro und ließ eine völlig verwirrte Rachel zurück.

Nick fühlte sich großartig. Er hatte den ganzen Tag Zeit, Geld in der Tasche und die Aussicht auf eine wundervolle Frau. Er musste grinsen, als er daran dachte, wie verwirrt sie gewesen war. Er hatte ja nicht geahnt, was für ein gutes Gefühl es war, eine Frau nervös zu machen.

Man stelle sich vor, eine Superfrau wie Rachel machte sich Gedanken um ihr Alter! Er schüttelte den Kopf und eilte auf den U-Bahn-Eingang zu. Na schön, er hatte sie für jünger gehalten, aber das machte auch keinen Unterschied. Alles an ihr war einfach perfekt!

Was würde Zackary dazu sagen, wenn er ihn Arm in Arm mit Rachel in die Bar kommen sah? Mit einer Frau wie Rachel Stanislaski an seiner Seite würde er ihn nicht mehr für ein Kind halten.

Auf dem Weg zum Times Square träumte er davon, was er alles mit ihr unternehmen könnte. Sie konnten essen gehen, Spaziergänge machen, miteinander reden, tanzen oder einen gemütlichen Abend vor dem Fernseher verbringen. Er hielt es für einen Beweis seiner ernsten Absichten, dass Sex auf seiner Wunschliste keineswegs ganz oben stand.

Er schlenderte vergnügt die Allee entlang und ging schließlich in eine der zahlreichen Spielhallen, um sich ein wenig beim Flippern zu entspannen.

Laute Rockmusik schlug ihm entgegen, vermischt mit dem metallenen Biepen und Zischen der elektrischen Geräte, als er die Spielhalle betrat. Auch wenn es ihm gefehlt hatte, eine Spielhalle zu betreten, wann immer er wollte, so musste er doch zugeben, dass es ein gutes Gefühl war, Geld in der Tasche zu haben, das er selbst verdient hatte.

Kein Verstecken mehr, kein schlechtes Gewissen.

Sicher, er hatte keinen Kontakt zu der Gang mehr, aber er fühlte sich lange nicht so einsam, wie er anfangs befürchtet hatte.

Was er natürlich niemals laut zugeben würde. Genauso wenig wie die Tatsache, dass es ihm Spaß machte, in der Küche mit Rio zu arbeiten. Dieser Hüne von einem Koch kannte viele Anekdoten und Geschichten, die meisten erzählte er von Zack. Beim Zuhören konnte Nick sich alles genau vorstellen. Fast so, als wäre er dabei gewesen.

Aber er war nicht dabei gewesen. Das durfte er nicht vergessen. Er hätte niemandem erklären können, wie mies er sich gefühlt hatte, als Zack zur See gegangen war. Da war er wieder allein gewesen. Sicher, seine Mutter hatte es versucht, aber sie war mehr wie ein Schatten durchs Leben gehuscht. Es hatte sie ihre ganze Energie gekostet, um überhaupt Essen auf den Tisch stellen zu können. Zu mehr hatte sie keine Kraft gehabt.

Und dann war Zack in seinem Leben aufgetaucht.

Nick erinnerte sich noch gut an die erste Begegnung mit seinem Stiefbruder. Zack hatte auf einem Hocker in der Küche gesessen und sich mit Chips voll gestopft. Groß und dunkel war er gewesen, immer ein Lachen auf den Lippen und unglaublich großzügig. Als Nick erst einmal den Mut aufgebracht hatte, ihm auf Schritt und Tritt zu folgen, hatte Zack den kleinen Stiefbruder nicht weggestoßen, sondern gutmütig gewähren lassen.

Es war Zack gewesen, der ihn zum ersten Mal in eine Spielhalle mitgenommen, ihn auf einen Barhocker gestellt und ihm gezeigt hatte, wie man die silbernen Kugeln tanzen ließ.

Mit Zack war er zum ersten Mal zur Festtagsparade gegangen. Zack hatte ihm geduldig beigebracht, wie man seine Schnürsenkel band. Zack hatte ihn zusammengestaucht, wenn er, ohne auf den Verkehr zu achten, seinem Ball hinterhergerannt war.

Und es war Zack gewesen, der ihn knapp ein Jahr später mit einer kranken Mutter und einem autoritären Stiefvater allein zurückgelassen hatte, der ihn im Stich gelassen hatte.

Vielleicht will Zack das ja wieder gutmachen, dachte Nick mit einem Achselzucken und fluchte laut, als der Ball verloren ging. Und vielleicht, ganz tief drinnen, wollte Nick Zack auch die Chance geben, es wieder gutzumachen.

„He, LeBeck." Der Schlag auf die Schulter hätte Nick fast den nächsten Ball gekostet. „Wo hast du dich versteckt?"

„Ich bin immer erreichbar." Nick warf einen kurzen Blick auf Cash und konzentrierte sich wieder auf das Spiel. Er fragte sich, ob Cash wohl irgendwas sagen würde, weil er seine Cobra-Jacke nicht trug.

„Hängst du immer noch bei deinem Stiefbruder rum?"

„Ja, in ein paar Wochen habe ich noch einen Termin bei Gericht."

Cash stellte sich an den Flipper und übernahm den nächsten Ball. „Hat dich übel erwischt, was? Irgendwie ist die Sache ziemlich schief gegangen. Das verursacht mir Magenschmerzen."

„So?"

„Ja, Mann, ehrlich. Wir haben uns abgeseilt, und du musst den Mist ausbaden."

Nick zuckte mit den Schultern. „Ich komme ganz gut klar damit. Was macht die Bande?"

„Das Übliche. Hör mal, ich hätte da eine Bombensache, in die du einsteigen könntest."

„Vergiss es."

„Kommst wohl nachts nicht aus der Bar raus, was?"

„Jederzeit."

„Zum Hinterausgang?"

„Ja. Zackary hat meistens bis drei in der Bar zu tun, sonntags bis zwei. Ich gehe einfach über die Feuertreppe."

„Hast du dein Zimmer im Obergeschoss?"

„Mm ... Dein Ball."

Cash ließ nicht locker, Nick weiter auszufragen. So erfuhr er, dass das Geld in einem Tresor im Büro aufbewahrt wurde. Es gab drei Wege dorthin: die Vordertüre, den Hintereingang und das Apartment im oberen Stockwerk.

Nachdem Nick ihm drei Spiele in Reihenfolge abgenommen hatte, wusste Cash alles, was er benötigte. Er verabschiedete sich schnell und ging, um sich mit Reece zu treffen.

Er fühlte sich zwar nicht wohl bei dem Gedanken, Nick hereinzulegen, aber schließlich war er ein Cobra.

8. KAPITEL

Zackary stieg aus der Dusche und trocknete sich ab. Er war froh, dass der Nachmittag endlich zu Ende ging. Normalerweise störten ihn die Büroarbeiten nicht. Oder zumindest hasste er sie nicht. Na ja, wenn er ehrlich war, hasste er sie schon, aber diese Arbeit war eben ein notwendiges Übel.

Er hatte alle Bestellungen aufgegeben, seine Rechnungen bezahlt und die monatliche Buchführung erledigt. Er war zufrieden mit sich. Und mit dem Geschäft.

Sah so aus, als sei das Loch, das die Krankheit seines Vaters und die daraus resultierenden Kosten in seine Brieftasche gerissen hatte, endlich gestopft. Schön, die Kaution für Nick machte die Sache noch ein bisschen eng, aber in einem Jahr konnte er bestimmt mehr tun als nur Boote in Katalogen anschauen.

Was würde Rachel wohl von dem Vorschlag halten, sich einen Monat freizunehmen und mit einem Boot durch die Karibik zu segeln? Er konnte sie sich gut vorstellen, wie sie auf den schimmernden Holzplanken lag, in einem knappen Bikini. Ihm gefiel der Gedanke, wie der Wind ihr die Haare ins Gesicht blasen würde und sie den Kopf in die Sonne hielt.

Natürlich müsste er das Boot zunächst testen, und vor allem die Takelage. Vielleicht konnte er Nick überreden, ein Wochenende mitzusegeln. Er wollte, dass sie beide einmal die Gelegenheit erhielten, aus ihrem Stadtalltag auszubrechen, weg von der Stadt, weg von der Bar – und weg von den Erinnerungen, die sie beide gefangen hielten.

Zackary wickelte sich das Handtuch um die Hüften und ging ins Schlafzimmer, um sich anzuziehen. Er hoffte so sehr, dass der Besuch bei den Stanislaskis am Sonntag seinen Bruder etwas aus der Reserve lockte. Immer wenn Rachel von ihrer Familie sprach, hatte er das Gefühl, dort etwas zu finden, das er und Nick vermisst hatten.

Nick sollte ein wenig die Erfahrung machen, dass das Leben auch anders sein konnte. Etwa die Hälfte der Bewährungszeit war um, und bis jetzt war alles reibungslos verlaufen.

Das habe ich Rachel zu verdanken, überlegte Zackary und zog sich die Jeans an. Überhaupt verdankte er ihr eine ganze Menge. Sie hatte nicht nur Nick eine Chance gegeben, sondern sie hatte auch sein eigenes Leben entscheidend verändert. Etwas hinzugefügt, von dem er nie geglaubt hatte, es überhaupt je besitzen zu können. Etwas, das er …

Er atmete tief aus und starrte in den Spiegel. Sei

kein Idiot, Muldoon, ermahnte er sein Spiegelbild. Immer mit der Ruhe. Die Lady will es langsam angehen lassen, und du auch.

Es würde nichts Gutes einbringen, wenn er das vergaß.

„Gehst du aus?“ Nick klopfte gegen den Türpfosten und betrachtete Zackary, der vor dem Spiegel stand.

„Bitte? Ach so, ja. So könnte man es ausdrücken.“ Er fuhr sich mit der Hand durch das nasse Haar.

„Ich habe ab sechs Dienst.“ Nick verstand selbst nicht ganz, warum er ausgerechnet jetzt an die Zeit zurückdenken musste, als er früher immer im Bad gestanden und Zack beim Rasieren zugeschaut hatte. Wie fasziniert er gewesen war, wenn Zack Rasierschaum auf dem Gesicht verteilt hatte. „Rio hat heute Abend einen besonderen Rindseintopf gekocht. Schade, den wirst du verpassen.“

Zackary zog ein Hemd über. „Du kannst für mich mitessen, oder Rio wird ihn mir morgen zum Frühstück servieren.“

Nick stellte sich lässig in den Türrahmen. „Du lässt dir von ihm einiges bieten.“

„Er ist stärker als ich.“

„Richtig.“

Während er das Hemd zuknöpfte, sah er Nick im

Spiegel an. „Er hat das Gefühl, er müsse ständig auf mich aufpassen. Und mir tut es nicht weh, wenn ich ihn in dem Glauben lasse. Hat er dir eigentlich schon einmal erzählt, wie er zu der Narbe in seinem Gesicht gekommen ist?"

„Er hat etwas von einer zerbrochenen Flasche und einem betrunkenen Matrosen gesagt."

„Der betrunkene Matrose wollte mir mit der zerbrochenen Flasche an die Kehle. Rio stellte sich ihm in den Weg. Ich schulde ihm also eine Menge. Warum sollte ich da seine Nörgeleien in den Vordergrund stellen?" Zackary drehte sich um und lächelte Nick an. „Und du wirst dafür bezahlt, damit klarzukommen."

„Er ist okay." Nick hätte gerne noch mehr über die Geschichte mit dem betrunkenen Matrosen erfahren, aber er fürchtete, dass Zackary es mit einem Schulterzucken abwehren würde. „Also, wenn du heute Abend dein Glück findest, brauchst du nicht nach Hause zu kommen."

„Danke, dass du so entgegenkommend bist, aber ich werde nicht über Nacht wegbleiben."

„Damit du mich ins Bett bringen kannst, was?" murmelte Nick trotzig.

„Nenn es, wie du willst." Zack schluckte den Fluch hinunter. Ein Mal, ein einziges Mal, würden sie ein Gespräch zu Ende bringen, ohne laut zu werden. „Hör zu, ich gehe davon aus, dass du nicht durchs Fenster abhauen wirst. Das könntest du auch, wenn ich hier bin. Es ist einfach nur so, dass die Lady vielleicht über Nacht keine Gesellschaft haben will. Das muss ich dann respektieren."

Nick war einigermaßen versöhnt. Er hakte die Daumen in die Gürtelschlaufen und grinste frech. „Also haben sie dir bei der Marine wohl doch nicht so viel beigebracht, was, Bruderherz?"

Mit einer Geste, die sie beide schon fast vergessen hatten, nahm Zack Nick in den Schwitzkasten und rieb recht unsanft mit den Fingerknöcheln über Nicks Scheitel. „Sei nicht so großspurig!" Dann nahm er seine Jacke über die Schulter und ging zur Tür. „Und du musst auch nicht aufbleiben. Irgendwie habe ich das Gefühl, dass das Glück mir heute vielleicht doch hold ist."

Lange nachdem Zackary die Tür hinter sich zugezogen hatte, grinste Nick immer noch.

Rachel schloss gerade die Außentür auf, als Zackary plötzlich hinter ihr stand. „Da komme ich gerade im richtigen Augenblick", erklärte er und küsste ihren Nacken.

„Aus deiner Sicht vielleicht. Bei mir ging heute alles drunter und drüber. Eigentlich wollte ich erst noch ein Bad nehmen."

„Wundervoll, ich werde dir den Rücken schrubben." Sie gingen zusammen zum Fahrstuhl. Kaum hatte sich die Kabine in Bewegung gesetzt, presste er Rachel sanft gegen die Wand und küsste sie auf den Mund.

Sobald seine Lippen ihre berührten, spürte sie tief in sich dieses schmerzhafte Sehnen nach ihm. „Du duftest so gut, Zackary."

„Das müssen wohl die hier sein." Er holte hinter seinem Rücken einen Strauß Rosen hervor und hielt ihn ihr entgegen.

„Noch ein Bestechungsversuch, Muldoon?" Sie barg ihr Gesicht in den Blüten und sog tief den Duft ein.

„Ich habe sie einem Straßenhändler abgekauft. Er sah so aus, als könnte er etwas Geld gebrauchen."

„Du hast ja so ein weiches Herz." Sie gab ihm den Schlüssel, damit er die Wohnungstür aufschließen konnte.

„Sag's bloß nicht weiter."

Nachdem sie die Tür mit dem Fuß zugeschlagen hatte, stellte sie die Aktentasche ab, legte den Strauß vorsichtig auf einen Tisch und schlang die Arme um Zackarys Hals.

„Ich habe dich vermisst.“ Er hob sie ein paar Zentimeter vom Boden hoch.

„Ach ja?“ erwiderte sie lächelnd. „Vielleicht habe ich dich ebenfalls vermisst. Ein wenig. Wie lange möchtest du mich eigentlich noch in der Luft verhungern lassen?“

„So kann ich dich besser betrachten. Du siehst wundervoll aus, Rachel.“

„Du brauchst keine Schmeicheleien, um mich weich zu kriegen.“

„Wenn ich dich betrachte, dann denke ich immer an die wundervollen Sonnenaufgänge auf See. Die Farben kommen aus dem Himmel, breiten sich über dem Horizont aus und ergießen sich über das Wasser. Für ein paar Minuten ist es so, als erwache alles zu neuem Leben. Und wenn ich dich ansehe, verspüre ich das Gleiche.“

Ihre Augen wurden dunkler. Ein Gefühl ergriff von ihr Besitz, über das sie lieber nicht nachdenken wollte. „Oh Zackary.“ Sein Name war wie ein Hauch nur. Und wenn sie nicht sofort die Stimmung aufheiterte, würde sie bestimmt noch zu heulen anfangen! „Rosen und Poesie, und das alles an einem einzigen Tag. Ich weiß gar nicht, was ich sagen soll.“

„Und das ist nur der Anfang.“

„Soll das heißen, dass wir jetzt ...?“

„Immer langsam“, unterbrach er sie lachend, setzte sich auf das Sofa und zog sie auf den Schoß. „Zeig mir deinen Bluterguss.“

„Es ist schon wieder gut.“ Doch er hob bereits ihr Kinn an, um es sich genauer anzusehen. „Das Schlimmste daran ist, dass es die Runde gemacht hat und ich mir all diese mitfühlenden Sympathiebekundungen habe anhören müssen. Wenn die Jungs von der Polizei den Mund gehalten hätten, hätte ich wenigstens behaupten können, ich sei in eine Tür gerannt.“

„Zieh die Jacke und den Pullover aus.“

Rachel zog skeptisch eine Augenbraue hoch. „Du bist ja richtig romantisch, Muldoon.“

„Ich möchte nur deinen Hals sehen.“

„Da gibt es nichts zu sehen.“

„Und deshalb trägst du einen Pullover, dessen Kragen bis zum Kinn reicht?“

„Das ist jetzt modern.“

„Zieh ihn aus, Süße, oder ich übernehme das für dich.“

Ihre Augen begannen zu funkeln. „Das ist Nötigung eines Beamten.“ Rachel zog die Schuhe aus und kickte sie beiseite. Sie hob herausfordernd das Kinn. „Versuch es doch. Mal sehen, wer stärker ist.“

Sie ließ es zwar nicht auf eine wirkliche Auseinandersetzung ankommen, aber der kurze Ringkampf genügte vollkommen, um sie beide zu erregen. Schließlich presste Zackary sie gegen das Sofa, hielt ihre Arme über den Kopf und klemmte die Hände fest. Sie atmeten heftig.

„Ich habe mich nicht ernsthaft gewehrt“, erklärte sie.

„Das habe ich gemerkt.“ Ihre Jacke lag zerknittert auf dem Fußboden neben dem Sofa. Zackary begann langsam ihren Pullover hochzuziehen.

Rachel holte tief Luft. „Das ist nicht mein Hals“, bemerkte sie trocken, als er mit der Hand über ihre Brüste glitt.

„Ich will nur was überprüfen.“ Er strich mit den Fingern über die Spitzen ihrer Brust, bis sie sich erregt aufrichteten. „Du reagierst ziemlich schnell, Rachel.“

Aber nur auf dich, dachte sie fiebrig.

Er zog langsam den Pullover höher, Stück für Stück, genoss jede Sekunde. Er lockerte nur kurz den Griff, um ihr den Pulli über den Kopf zu ziehen, warf ihn dann beiseite und hielt ihre Hände wieder fest, während er ihr in die Augen sah.

„Zack.“

Sie versuchte sich freizuwinden, doch er ignorierte ihre Bemühungen. „Ich habe dir schon einmal gesagt, dass ich dich zum Wahnsinn treiben will. Weißt du es noch?“

Das tat er bereits. „Zackary, lass meine Hände los, ich möchte dich berühren.“

Er hob langsam ihren Kopf und küsste vorsichtig die verletzten Stellen an ihrem Hals. „Ich möchte nie wieder erleben, dass dir jemand etwas zufügt. Nie wieder.“

„Es tut nicht weh.“ Ihr Puls klopfte heftig unter seinen leidenschaftlichen Küssen. „Zack, du musst mich nicht verführen.“

„Oh doch, das muss ich. Aber du hast Angst davor, es geschehen zu lassen – was der Idee nur noch mehr Reiz verleiht und die Vorstellung geradezu unwiderstehlich macht.“ Er rutschte ein wenig zur Seite, damit er den Reißverschluss ihres Rocks aufziehen konnte. „Es gibt Orte, an die ich dich bringen will.“ Sein Mund kam ihrem immer näher. „Einzigartige, wunderbare, unvergleichliche Orte.“

Es gibt kein Zurück mehr, dachte sie, als er sie näher an seinen Körper zog. Es war, als habe sie sich in einem Labyrinth von Gefühlen verloren, so nachdrücklich drängte sie sich seinen Liebkosungen entgegen.

Zackary ließ die Finger über die Seidenstrümpfe hinauf zu den weißen Strumpfbändern gleiten. Er öffnete erst den einen Verschluss, dann den anderen. Rachel stöhnte leise. Schließlich zog er die Strümpfe Zentimeter für Zentimeter die Beine hinunter.

Rachel hielt den Atem an, als er mit der Zunge über die warme Haut ihrer Oberschenkel glitt. Ungeduldig zog sie ihr Höschen aus, um ihm den Weg zu öffnen, mehr von ihr zu spüren.

Sie spannte sich wie ein Bogen unter ihm, als sie die ersten Wellen der Leidenschaft spürte. Sie flüsterte etwas auf Ukrainisch und half Zackary, sich auszuziehen. Begierig drängte sie sich ihm entgegen und schloss seinen Mund mit zärtlichen Küssen.

„Eigentlich wollte ich ja nur mit dir ausgehen", erklärte Zackary, als sie eng umschlungen auf dem Sofa lagen.

„Aber sicher."

Er lächelte. „Doch, ehrlich. Wir können uns wieder anziehen und einen neuen Versuch starten."

Sie küsste ihn auf die Brust. Sein Herzschlag ging immer noch stark und schnell. „Du wirst nirgendwohin gehen, Muldoon. Nicht bevor ich mit dir fertig bin."

„Wenn du darauf bestehst."

„Wozu gibt es denn einen Lieferservice? Wie wäre es mit chinesischem Essen?"

„Bitte. Wer steht auf und ruft an?“

Sie setzte sich auf und rieb die Wange auf seiner Haut. „Wir knobeln.“

Zackary verlor. Rachel nutzte die Gelegenheit, um schnell zu duschen. Als sie mit triefend nassen Haaren in ihrem weißen Bademantel zurückkam, füllte Zackary gerade zwei Weingläser.

„Ich wiederhole mich ungern, aber ich vermute, dass du großartig aussahst, als du ganz nass warst.“ Er reichte ihr ein Glas.

„Du hättest ja mitkommen können.“ Sie strich ihm mit dem Zeigefinger über die bloße Brust. Er hatte zwar seine Jeans übergezogen, mit dem Hemd aber hatte er sich nicht bemüht.

„Dann hätten wir nicht gehört, wenn das Essen geliefert wird.“

Rachel ging in die Küche, holte Teller und stellte sie auf den Tisch neben dem Fenster. „Ich muss jetzt unbedingt Energie tanken. Ich habe heute nur einen Schokoriegel im Büro gegessen.“ Sie zündete Kerzen an, weil die Stimmung richtig dafür war. „Nick war übrigens bei mir im Büro.“

„Oh.“

„Wenn ich doch nur mehr Zeit gehabt hätte ...“ Sie starrte auf die Flamme. „Er hat mich zwischen zwei Telefonaten und einer Verhandlung erwischt.“

Er sah ihr zu, wie sie in ihrem praktischen, alltäglichen Frotteemantel mit den Kerzen romantische Atmosphäre im Raum schuf, und fragte sich, ob sie sich des Kontrastes überhaupt bewusst war. „Du bist mir keine Erklärung schuldig, Rachel."

„Aber mir selbst." Sie machte das Licht aus und tauchte das Zimmer dadurch in flackerndes Kerzenlicht. „Er wollte mit mir ausgehen. Ich habe mit ihm gesprochen ... über die Situation und so ..."

„Du meinst, weil er hinter dir her ist?"

„So würde ich das nicht ausdrücken." Sie seufzte schwer, als es an der Tür läutete. „Er bringt ganz einfach Dankbarkeit und Freundschaft völlig durcheinander." Sie öffnete das Sicherheitsschloss und ging zum Tisch zurück. „Du hast bestellt, Muldoon."

Auf dem Weg zur Tür zückte Zack sein Portemonnaie aus der Hosentasche und öffnete dem Servicemann. Dann kam er mit drei großen Tüten zurück und packte die Kartons aus. Sofort war der Raum mit exotischen Düften erfüllt.

„Willst du mir nicht auch den Rest erzählen? Was hast du ihm gesagt?"

„Nun ..." Rachel klemmte ein paar Nudeln zwischen die Essstäbchen. „Ich habe ihn auf den Altersunterschied hingewiesen." Sie kaute genüsslich. „Er hat es mir nicht abgekauft." Sie sprach mit vollem

Mund weiter. „Er hatte ein bestechendes Gegenargument, also musste ich die Taktik ändern."

„Diese Fähigkeit ist mir bereits bei Gericht aufgefallen", erinnerte er sie.

„Ich habe ihm erklärt, welche Verpflichtungen ich als seine Betreuerin eingegangen bin. Er schien auch für alles Verständnis zu haben."

„Gut."

„Das dachte ich zuerst auch. Aber als er ging, sagte er, es sei für ihn nicht so schwer, noch fünf Wochen zu warten."

Zackary schwieg einen Moment. Dann lachte er halbherzig und nahm sein Weinglas auf, trank aber nicht. „Der Junge ist wirklich gut."

„Zack, die Sache ist ernst."

„Ich weiß, ich weiß. Für uns beide ist das keine einfache Sache. Aber es ist schon bewundernswert, wie energisch er sich an dich herangepirscht hat."

„Er war sehr charmant." Rachel öffnete einen weiteren Karton und häufte sich einige gebratene Hühnchenstücke und Sojabohnen auf den Teller. „Kennst du kein Mädchen in seinem Alter, das du ihm vor die Nase setzen könntest?"

„Lola hat eine Tochter", erwiderte er nachdenklich. „Ich glaube, sie ist sechzehn."

„Lola hat ein Kind in diesem Alter?"

„Drei sogar. Sie wollte früh anfangen, bevor sie mit vierzig ihre Meinung über das Kinderkriegen änderte."

„Nun, ich werde es vielleicht noch einmal selbst versuchen. Es könnte ja sein, dass sich seine Gefühle in den nächsten ein oder zwei Wochen ändern."

„Darauf würde ich mich nicht verlassen." Er fasste ihre Hand. „Es ist nämlich schwer, nicht ständig an dich zu denken."

„Soll das etwa heißen, dass du an mich denkst, während du Drinks mixt und mit deiner Kundschaft flirtest?"

„Ich flirte nicht mit Pete."

Sie lachte. „Ich denke da eher an die junge Blondine und den ebenso jungen Rotschopf, die ganz heiß auf deinen Spezialdrink sind."

„Sie observieren mich also, Frau Anwältin."

„Die Rothaarige mit den grünen Augen ist hinter dir her."

„Sie hat blaue Augen."

„Aha!"

Zackary schüttelte amüsiert den Kopf, weil er ihr so leicht auf den Leim gegangen war. „Es ist immer gut, wenn man seine Stammgäste besser kennt. Ich mag übrigens viel lieber braune Augen, mit einem Stich ins Goldene."

„Zu spät." Sie küsste ihn und lachte ebenfalls. „Ist schon in Ordnung, Muldoon. Nötigenfalls kann ich mir immer noch Rios Fleischmesser leihen – sollte dir mehr auffallen als ihre blauen Augen."

„Dann kann mir ja nichts passieren. Schließlich habe ich ihre süßen Sommersprossen auf der niedlichen Nase noch nie bemerkt. Auch nicht das kleine Grübchen an ihrem Kinn."

Rachel kniff die Augen zusammen und biss ihn in die Unterlippe. „Gib Acht, Muldoon, dass du dich nicht in zu tiefes Fahrwasser begibst."

„Kein Problem", entgegnete er. „Ich bin ein ausgezeichneter Schwimmer."

Stunden später, als Zack in sein kaltes, leeres Bett kroch, dachte er an diesen Abend zurück, um sich zu wärmen. Es war schön gewesen, einfach richtig schön. Sie hatten zusammen gelacht, sich gegenseitig mit chinesischem Essen aus Pappschachteln gefüttert und über Gott und die Welt geredet. Nicht über die Arbeit, nicht über Nick, aber über hundert andere Dinge.

Dann hatten sie sich noch einmal geliebt. Langsam, voller Zärtlichkeit und Gefühl, während um sie herum der Abend in die Nacht übergegangen war.

Er hatte gehen müssen. Er hatte Verpflichtungen, die er einzuhalten hatte. Und während er sich auf die

Seite drehte und den Schlaf nahen fühlte, stellte er sich vor, wie es sein würde.

Morgens mit ihr aufwachen. Zu fühlen, wie sie sich an seiner Seite regte, wenn der Wecker losging. Sie zu beobachten, wie sie durch die Wohnung huschte, um sich für die Arbeit fertig zu machen.

Sie würde eines dieser schicken Kostüme tragen, und gemeinsam würden sie in der Küche eine schnelle Tasse Kaffee trinken, um noch eben den Tag zu planen.

Manchmal würden sie die kurze Mittagspause gemeinsam verbringen, weil sie beide es nicht lange aushielten, wenn sie einander nicht berühren konnten. Wenn es ihm möglich war, eine Zeit lang aus der Bar zu verschwinden, würde er sie abends vom Büro abholen. Und falls nicht, dann würde er hinter der Theke stehen und immer wieder zur Tür schauen, bis sie endlich hereinkam. Dann würde er ihr zulächeln, während sie auf einen der Barhocker glitt und Rio einen Teller mit Chili con Carne vor sie hinstellte. Und während sie aß, würde sie ihn anlachen und mit ihm flirten.

An einem Wochenende würden sie dann endlich alle gemeinsam mit dem Boot hinausfahren. Er würde ihr zeigen, wie man segelte, ihr alles beibringen. Sie würden über das blaue Wasser dahingleiten, mit geblähten Segeln ...

Wellen, hoch wie Berge, schlugen über dem Schiff zusammen. Der Wind heulte unerträglich laut, wie tausend lamentierende Klageweiber. Die Angst, die er verspürte, konnte tödlich werden wie der Sturm, wenn er sie nicht beherrschte. Er strauchelte über das rutschige Deck, während er unablässig Befehle gegen den Wind schrie.

Der Regen peitschte ihm ins Gesicht, nahm ihm die Sicht. Seine Augen waren gerötet von dem Salzwasser und brannten höllisch. Er wusste, dass das Boot da draußen war – der Radar zeigte es an –, aber sehen konnte er nur eine Wand aus Wasser.

Die nächste Welle rollte über das Deck und zerrte an ihm. Ein Blitz zuckte über den Himmel, tauchte alles in gespenstisches Licht. Das Schiff neigte sich gefährlich auf eine Seite. Er sah den Mann stolpern, fallen. Hörte den Schrei, während der Mann verzweifelt auf dem nassen Deck einen Halt zu finden suchte. Zack hechtete vor, bekam einen Ärmel zu fassen, dann ein Handgelenk.

Ein Seil! Um Himmels willen, bringt mir ein Seil!

Er zog einen bewusstlosen Körper zurück an Deck.

Sturm und Wassermassen. Entfesselte Elemente.

Da, im Licht des Blitzes hatte er das Boot gesehen. Drei Gestalten an Deck. Sie hatten sich festgebunden.

Der Mann am Steuer, eine Frau hinter ihm, ein junges Mädchen am Mast.

Sie kämpften mit aller Macht um ihr Leben, aber die Zwölf-Meter-Yacht hatte einem Hurrikan auf See nichts entgegenzusetzen. Eine Nussschale auf meterhohen Wellen. Es war unmöglich, ein Beiboot auszusetzen, sie mussten versuchen, die Yacht ins Schlepptau zu nehmen. Er konnte nur hoffen, dass sie da drüben in der Lage sein würden, die Yacht einigermaßen gerade zu halten.

Anweisungen wurden per Signallicht durch den Sturm gegeben.

Und dann passierte alles unglaublich schnell. Wieder ein Blitz, er fuhr in den Mast, knickte ihn wie einen Strohhalm. Entsetzt musste Zack mit anschauen, wie das junge Mädchen in den tosenden Fluten unterging.

Keine Zeit zum Nachdenken. Es war ein Reflex. Zack griff nach einem Rettungsring und sprang.

Er fiel, fiel und fiel. Endlos. Dann der Aufschlag auf der Oberfläche, hart, wie auf Stein. Das Eintauchen in das eiskalte Nass. Einsinken. Alles schwarz. Wie der Tod ...

Zackary wachte auf und schnappte erstickt nach Luft. Es war nur Wasser in einem Albtraum gewesen, aber er musste dennoch husten. Das Laken war nass geschwitzt. Kalter Schweiß, der ihn frösteln machte.

Stöhnend lehnte er sich in das Kissen zurück und wartete darauf, dass die Übelkeit verschwinden würde.

Der Raum drehte sich, als er aufstand. Aus Erfahrung wusste er, dass er die Augen schließen und still halten musste, bis der Schwindelanfall vorbei war. Dann ging er durch das dunkle Zimmer ins Bad und goss sich kaltes Wasser ins Gesicht und über den Nacken.

„He, alles okay?“ Nick stand in der Tür zu Zackarys Schlafzimmer. „Bist du krank oder was?“

„Nein.“ Zackary trank Wasser aus der hohlen Hand, um den Würgereflex in seiner Kehle zu beruhigen. „Geh wieder ins Bett.“

Nick zögerte. „Du siehst aber krank aus.“

„Verdammt, ich sagte, es geht mir gut. Zieh ab.“ Als Nick sich verärgert und verletzt abwandte, stieß Zack laut den Atem aus. „Warte, es tut mir Leid. Ich hatte einen Albtraum, deshalb bin ich so schlecht gelaunt.“

„Einen Albtraum?“

„Habe ich das nicht gerade gesagt?“ Aus Verlegenheit riss Zack das Handtuch viel zu heftig vom Haken.

Nick konnte sich kaum vorstellen, dass der große, starke Zack Albträume haben könnte, die ihm den Schweiß auf die Stirn trieben und die Farbe aus seinem Gesicht stahlen. „Äh ... willst du vielleicht einen Drink?“

„Ja.“ Er fühlte sich schon besser und nahm das Handtuch vom Gesicht. „In der Küche steht noch eine Flasche Whisky vom alten Herrn. Du hast Recht, ein Drink wird mich beruhigen.“

Kurz darauf folgte Zackary Nick ins Wohnzimmer. Er setzte sich auf eine Sessellehne, während Nick den Whisky eingoss und seinem Bruder das Glas reichte. Zack trank und machte ein zischendes Geräusch, als der Whisky in seiner Kehle brannte. „Ich weiß wirklich nicht, wie der Alte das tagtäglich wegpacken konnte. Seine Leber muss ausgesehen haben wie ein Schwamm.“

Nick wünschte, er hätte sich eine Hose übergezogen. So, nur in Unterwäsche, hatte er keine Möglichkeit, die Hände in die Taschen zu stecken, und wusste nicht, wohin mit ihnen. „Wahrscheinlich hat er getrunken, damit er die Schuld auf den Alkohol schieben konnte, als das mit der Vergesslichkeit immer schlimmer wurde, anstatt zugeben zu müssen, dass er ... du weißt schon.“

„Alzheimer hat, ja“, beendete Zack den Satz und nahm noch einen Schluck.

„Ich habe dich vorhin gehört. Es klang ziemlich schlimm.“

„Es war auch schlimm.“ Zackary hob das Glas und betrachtete den Inhalt von allen Seiten. „Die Sache ist jetzt drei Jahre her. Wir waren in der Gegend der Bermudas, gerade einem Hurrikan entkommen, als uns der Notruf erreichte. Unser Schiff war am nächsten dran, und der Kapitän musste sich entscheiden. Also fuhren wir wieder in den Hurrikan hinein. Es ging um drei Zivilpersonen in einem Segelboot. Sie waren vom Kurs abgekommen und konnten die Küste nicht erreichen.“

Nick setzte sich schweigend auf das Sofa und sah seinen Bruder an. Gespannt wartete er auf die Fortsetzung der Geschichte.

„Windstärke zwölf und vierzehn Meter hohe Wellen. Du solltest einmal einen Hurrikan auf See erleben. Dabei kannst du das Fürchten lernen. Manchmal war es so dunkel um uns herum, dass wir die Hand vor Augen nicht sehen konnten.“

„Wie habt ihr die Schiffbrüchigen denn überhaupt finden können?“

„Wir sahen sie auf dem Radarschirm. Dann machten wir sie dreißig Grad Steuerbord aus. Der Mann und die Frau versuchten das Wasser aus dem Boot zu pumpen. Ihr Kind, ein kleines Mädchen, hatten sie am Hauptmast festgebunden. Als der Mast brach, fiel das Mädchen über Bord. Also sprang ich hinterher.“

„Du bist reingesprungen?" Nick sah ihn aus großen Augen an. „Du bist tatsächlich ins Wasser gesprungen?"

„Ich bin einfach abgesprungen. Es war, als würde ich von einem Hochhaus springen. Ich dachte, der freie Fall würde niemals mehr aufhören. Hätte der Wind gedreht, so wäre ich gegen die Außenbordwand geschleudert worden. Aber ich hatte Glück und landete direkt neben dem Boot." Erst später hatte er bemerkt, dass er sich die linke Schulter ausgekugelt hatte.

„Ich weiß gar nicht mehr so genau, wie alles ablief. Es gelang mir, mich über Wasser zu halten. Schließlich fand ich den Mast. Das Mädchen hing immer noch am Tau. Ich befreite sie von dem Seil und legte ihr den Rettungsring um. Dann erinnere ich mich nur noch daran, dass ich in der Krankenstube aufwachte. Das Mädchen saß da, in eine Decke gehüllt, und hielt meine Hand." Zackary lächelte. „Es stellte sich heraus, dass sie die Enkelin eines Admirals war."

„Du hast ihr das Leben gerettet."

„Ja, war wohl so. In den folgenden Monaten sprang ich in Gedanken immer wieder von diesem verdammten Schiff, sobald ich die Augen schloss. Jetzt erlebe ich das nur noch ein- oder zweimal im Jahr. Der Schrecken sitzt immer noch sehr tief und verfolgt mich bis in den Schlaf."

„Ich wusste gar nicht, dass dich irgendetwas erschrecken könnte.“

„Da gibt es einiges“, erwiderte Zackary ruhig. „Eine Zeit lang schreckte mich der Gedanke, an Deck zu stehen und auf das Wasser zu sehen. Und mich schreckte die Vorstellung, nach Hause zu kommen und ein völlig neues Leben anzufangen. Schließlich schreckte mich die Aussicht, wie unser Vater zu enden, krank, kraftlos und verbraucht.“

„Nun, du kamst damals zurück, weil du keine andere Wahl hattest. Und ich blieb, da es kein anderes Zuhause für mich gab.“

„Es fiel mir schwer, mit dem alten Mann umzugehen.“

„Aber du warst der Einzige, der ihm etwas bedeutete“, platzte Nick heraus. „Jeden Tag musste ich mir anhören, was für ein Held du bist. Ich dagegen war ein Nichts.“

„Das ist nicht wahr, Nick. Ich konnte ihm nie etwas recht machen. Als es ihm immer schlechter ging, hat er oft nach dir gefragt. Manchmal hat er uns beide sogar in seinen Gedanken nicht trennen können. Dann rief er nach mir und meinte dich damit. Aber es war für ihn zu spät, Nick, um neu anzufangen. Für dich dagegen ist es noch nicht zu spät.“

„Wieso beschäftigt dich das so?“

„Weil du alles bist, was von meiner Familie übrig ist.“ Er stand auf und legte die Hand auf Nicks Schulter. „Und ich möchte dich nicht verlieren.“

„Ich weiß überhaupt nicht, was es heißt, eine Familie zu haben“, murmelte Nick.

„Ich auch nicht. Vielleicht können wir es gemeinsam herausfinden.“

Nick wich dem Blick seines Bruders aus. „Möglich. Wir stecken die nächsten Wochen ohnehin noch zusammen.“

Zackary gab ihm einen kurzen Klaps auf die Schulter. „Danke für den Drink. Und erzähl bitte niemandem etwas von meinem Albtraum, ja?“

„Geht klar.“ Nick sah seinem Bruder nach. „Zackary?“

„Ja?“

Er wusste nicht, wie er sich ausdrücken sollte. Er hatte nur das Gefühl, dass es ihm besser ging. Viel besser. „Ach, nichts. Gute Nacht.“

„Gute Nacht.“ Zackary ging ins Schlafzimmer und legte sich zu Bett. Er war sicher, dass er jetzt ruhig schlafen können würde.

9. KAPITEL

Irgendetwas hatte sich geändert. Rachel wusste zwar nicht, was es war, aber als sie zwischen Zackary und Nick in der U-Bahn nach Brooklyn saß, spürte sie, dass irgendetwas anders war.

Es machte sie nervös. Sie fragte sich, ob sie nicht einen Riesenfehler machte, wenn sie die Probleme dieser beiden Männer in das Haus ihrer Eltern brachte.

Und mein Problem, fügte sie in Gedanken fairerweise hinzu. Immerhin konnte sie nicht verleugnen, dass sie für beide, für Zack und Nick, Gefühle entwickelt hatte, die weit über das hinausgingen, was man normalerweise als „rein professionell" bezeichnen würde. Sie konnte nachempfinden, wie Nick sich fühlte – das musste wohl daran liegen, dass sie beide jüngere Geschwister waren. Und hinzu kam, dass sie die Wahrheit gesagt hatte, als sie vor Zack behauptet hatte, sie hätte eine Schwäche für harte Jungs.

Sie wollte mehr für Nick LeBeck tun als nur versuchen, ihm das Gefängnis zu ersparen.

Und was nun Nicks großen Bruder anbelangte – da hatte sie längst alle beruflichen Schranken hinter sich gelassen. Das, was sie mit Zackary Muldoon verband, war eine Vollblutaffäre, hitzig, leidenschaftlich, wild. Selbst jetzt, wo sie nur in der rumpelnden Bahn neben ihm saß, musste sie an das letzte Mal denken, als sie allein gewesen waren. Und es kostete auch keine große Anstrengung sich vorzustellen, wie es das nächste Mal sein würde, wenn sie ein paar Stunden für sich abzweigen konnten.

Ihre Mutter würde es sofort erahnen, dessen war Rachel sich bewusst. Wenn es um ihre Kinder ging, hatte Nadia Stanislaski einen untrüglichen Spürsinn. Sie fragte sich, was ihre Mutter wohl von ihm halten würde. Wie würde Nadia es auffassen, dass ihr kleines Mädchen, das Nesthäkchen, eine Affäre mit einem Mann hatte?

Für zwei Leute, die es so darauf anlegten, Komplikationen zu vermeiden, hatten sie wirklich lausige Arbeit geleistet. Rachel war sich so sicher gewesen, dass sie ihre Prioritäten nicht durcheinander bringen würde, dass sie Arbeit und Privatleben streng auseinander halten könnte und sich keine Gedanken darüber machen würde, wie es weitergehen sollte.

Aber sie dachte viel zu oft an Zack. Sie empfand sich bereits als Teil eines Paars, wenn sie doch immer so stolz darauf gewesen war, ganz allein mit dem Leben fertig zu werden.

Aber jetzt schien das Leben ihr fad und düster, wenn sie daran dachte, es ohne ihn leben zu müssen.

Nun, das war allein ihr Problem. Sie hatten eine Vereinbarung getroffen, und wenn sie einmal ihr Wort gegeben hatte, dann hielt sie es auch. Immer. Sie würde sich um dieses Problem kümmern, wenn es so weit war. Im Moment war es viel aufreibender, dass die Beziehung zwischen den beiden Männern eine so entscheidende Wendung genommen hatte, ohne dass sie etwas davon mitbekommen hatte.

„Es ist gleich um die Ecke“, erklärte Rachel, als sie die U-Bahn-Station verließen und der Herbstwind an ihren Haaren zog. „Ich hoffe, es macht euch nichts aus, einen kleinen Spaziergang zu unternehmen.“

„Damit kommen wir klar.“ Zackary hob eine Augenbraue. „Du wirkst irgendwie nervös, Rachel. Stimmt’s, Nick?“

„Ja, ziemlich aufgeregt.“

„Vielleicht deshalb, weil ein Straftäter am sonntäglichen Tisch sitzt. Da muss das Silberbesteck genau abgezählt werden.“

Rachel war über Zackarys Bemerkung wie vor den Kopf geschlagen. Bevor sie etwas entgegnen konnte, ergriff Nick das Wort.

„Es ist immer ein Risiko, einen irischen Seemann

einzuladen. Sie hat Angst, du könntest dich betrinken und einen Streit vom Zaun brechen.“

„Ich weiß, wie viel ich vertragen kann. Und ich habe nicht vor, mich zu prügeln. Es sei denn, es ginge um den Cop.“

„Den übernehme ich“, prahlte Nick, als sie den Gehweg entlanggingen.

Rachel war erstaunt, wie die beiden miteinander scherzten. Sie benahmen sich zum ersten Mal wie Brüder, wie richtige Brüder. Erleichtert hakte sie sich bei Zackary und Nick unter. „Unterschätzt Alex nicht. Ihr könntet euer blaues Wunder erleben. Und das Einzige, was mir Sorgen bereitet, ist, ob für mich genügend Essen übrig bleibt. Ich kenne euren Heißhunger.“

„Und das von einer Frau, die Portionen für eine ganze Kompanie vertilgt!“

Rachel warf Zack einen vorwurfsvollen Blick zu. „Ich habe eben einen gesunden Appetit, das ist alles.“

Er grinste sie viel sagend an. „Ich auch, Süße, ich auch.“

Sie war noch damit beschäftigt, die plötzliche Hitzewelle, die sie bei seinen zweideutigen Worten überkommen hatte, zu unterdrücken, als ein kleiner Sportwagen neben ihnen hielt.

„Hallo!“ Der Fahrer hatte das Fenster heruntergekurbelt.

„Hallo.“ Rachel ging hinüber, beugte sich durch das Fenster und küsste ihren Bruder Mikhail. „Na, Sydney“, begrüßte sie seine Frau, „kommst du mit ihm zurecht?“

Sydney lächelte. „Schwierige Aufgaben sind meine Spezialität.“

Mikhail kniff seiner Frau in den Oberschenkel und nickte Rachels Begleitung zu. „Und was gibt es über euch so zu berichten?“

„Das sind meine Gäste.“ Rachel warf Mikhail einen warnenden Blick zu, der wohl nicht viel Wirkung zeigen würde. „Zackary Muldoon und Nicholas LeBeck. Kommt her, ihr beiden, das ist mein Bruder Mikhail und seine bedauernswerte Frau Sydney.“

Mikhail betrachtete die beiden Männer ausgiebig. Als typischer großer Bruder hatte er nicht das geringste Vertrauen in die Menschenkenntnis seiner kleinen Schwester. „Und welcher von beiden ist dein Mandant?“

„Heute sind sie beide meine Gäste“, betonte Rachel.

Sydney gab ihm mit dem Ellbogen einen Stoß in die Rippen. „Freut mich, Sie kennen zu lernen. Sie werden bald das Vergnügen haben, Nadias Kochkünste zu genießen."

„Davon habe ich schon gehört", erwiderte Zackary und legte den Arm um Rachel.

Mikhail trommelte nervös auf das Lenkrad. „Sie besitzen eine Bar?"

„Nein, eigentlich betreiben wir einen internationalen Mädchenhandel", scherzte Nick.

Rachel schüttelte nur den Kopf. „Jetzt parkt erst einmal euren Wagen."

Kurz darauf standen sie vor dem Haus der Stanislaskis. Mikhail und Sydney waren bereits an der Tür und wurden herzlich begrüßt.

Als Rachel ihre Schwester Natasha entdeckte, schrie sie erfreut auf und rannte die Treppen hinauf.

Zackary betrachtete die beiden Frauen. Natasha war wesentlich zarter als Rachel gebaut. Es war kaum zu glauben, dass sie die Mutter dreier Kinder sein sollte. Ein etwa sechsjähriger Junge stellte sich zwischen die beiden und forderte lautstark ihre Aufmerksamkeit.

„Es wird kalt hier drinnen!" Die Männerstimme kam donnernd aus dem Inneren des Hauses.

„Ja, Papa." Rachel hob ihren Neffen hoch und gab ihm einen Kuss. „Meine Schwester Natasha und mein kleiner Freund Brandon", stellte sie ihre Verwandtschaft vor. „Und das hier“, sie zeigte auf ein kleines Mädchen, das um ihre Beine schlich, „ist Katie.“

„Nimmst du mich auch hoch?“ forderte Katie und lächelte Nick zu. „Ja?“ Sie streckte ihm die Arme entgegen.

Nick räusperte sich und sah Rachel Hilfe suchend an. Als er nur ein Lächeln und Schulterzucken zur Antwort erhielt, bückte er sich und hob Katie auf. „Sicher.“

Katie schlang die Arme um seinen Hals und ließ sich ins Haus tragen.

„Sie mag Männer“, erklärte Natasha schmunzelnd, dann rollte sie ergeben mit den Augen, als ihr Vater lautstark wieder forderte, dass alle hereinkommen sollten.

Zack nahm sofort alle Geräusche und Gerüche in sich auf. Das hier war ein Zuhause, ein richtiges Heim. Etwas, das er nie gekannt hatte.

Der köstliche Duft eines Bratens lag in der Luft, vermischte sich mit dem Aroma von Gewürznelken und Möbelpolitur. Der Teppich auf der Treppe in der Diele war abgenutzt, ein Beweis der vielen Füße, die hier auf und ab gelaufen waren. Die Möbel im Wohnzimmer waren alt, aber liebevoll gepflegt. An einer Wand stand ein schimmerndes neues Klavier, darauf eine Bronzestatue, in deren Zügen er die Gesichter von Rachels Familie wieder erkannte.

Er verstand nicht viel von Kunst, aber er begriff, dass hier eine Einheit dargestellt wurde, die durch nichts und niemand zerstört werden konnte.

„Warum lässt du die Gäste so lange in der Kälte stehen?“ Yuri saß in einem Sessel und hielt ein junges blondes Mädchen mit neugierigen Augen in den mächtigen Armen.

„So kalt ist es nicht.“ Rachel küsste ihren Vater, dann das Mädchen. „Freddie, du wirst immer hübscher.“

Freddie lächelte und warf einen scheuen Blick auf den blonden jungen Mann, der ihre kleine Schwester auf dem Arm hielt. Aber sie war gerade dreizehn geworden, und eine völlig neue Welt begann sich ihr zu eröffnen.

Während Rachel den anderen Familienmitgliedern ihre Gäste vorstellte, erteilte ihr Vater Befehle. „Alex, bring den heißen Most. Rachel, du bringst die Mäntel nach oben. Und sag Mama, dass wir Besuch haben.“

Einen Moment später saß Zackary auf dem Sofa, liebevoll bedrängt von einem riesigen Hund namens Iwan, und besprach mit Yuri die Vor- und Nachteile der Selbstständigkeit.

Nick dagegen fühlte sich schrecklich unsicher mit einem Kleinkind auf dem Schoß. Die Kleine schien auch keine Eile zu haben, wieder auf den Boden gesetzt werden zu wollen. Und dieses blonde Mädchen namens Freddie starrte ihn unablässig mit ihren großen grauen Augen an. Er wünschte sehnsüchtig, ihre Mutter würde endlich kommen und irgendetwas tun.

Katie lächelte ihn jetzt an und begann mit seinem Ohrring zu spielen. „Toll. Guck, ich hab auch Ohrringe.“ Sie drehte den Kopf, damit er ihre Ohrringe bewundern konnte. „Weil ich Daddys kleine Zigeunerin bin.“

„Da wette ich drauf.“ Ohne sich dessen bewusst zu sein, hatte er die Hand gehoben und strich ihr über das feine Haar. „Du siehst ein bisschen aus wie deine Tante Rachel.“

„Ich werde sie nehmen.“ Freddie hatte all ihren Mut zusammengenommen, war zum Sofa gegangen und stand jetzt vor Nick. „Wenn sie dir lästig ist.“

Nick zuckte die Schultern. „Nein, ist schon okay.“ Er überlegte krampfhaft, was er noch sagen könnte. Das Mädchen war hübsch wie eine Porzellanpuppe. „Äh ... du ... ihr seht euch aber nicht ähnlich, so wie Schwestern.“

Freddies Lächeln wurde herzlicher, und ihr Herz,

das Herz einer erwachenden Frau, schlug schneller in ihrer Brust. Er hatte sie also genauer angesehen! „Eigentlich ist Mama meine Stiefmutter. Ich war ungefähr sechs, als sie und Dad geheiratet haben."

„Oh." Ein Stiefkind also. Das kannte er selbst, und sofort empfand er Mitgefühl. „Muss schwer für dich sein."

Sie hatte zwar keine Ahnung, was er meinte, aber Freddie lächelte weiter. Er sah aus wie ein Rockstar, und er unterhielt sich mit ihr. „Wieso?"

„Na ja ..." Dieser durchdringende Blick aus den grauen Augen machte ihn nervös und verlegen. „Wenn man eine Stiefmutter hat ... eine Stieffamilie ..."

„Ach das. Das ist nur ein Wort, eine Bezeichnung." Mit dem ganzen Wagemut einer Dreizehnjährigen ließ sie sich neben ihm auf dem Sofa nieder. „Wir leben in einem Haus in West Virginia. Da hat Dad Mama auch getroffen. Er unterrichtet an der Universität, und sie hat einen Spielzeugladen. Warst du schon mal in West Virginia?"

Nick hatte ihre Antwort immer noch nicht verdaut. Nur ein Wort. Und ihr Ton, als sie das gesagt hatte, bewies, dass sie es auch so meinte, dass es für sie wirklich nicht mehr war. „Wie bitte? Äh, nein ... ich war noch nie dort."

Währenddessen stand Rachel zusammen mit ihrer Mutter und ihrer Schwester in der Küche.

„Katie weiß schon ganz genau, wie sie sich ihre Männer aussucht."

„Es war ja so süß, wie er rot geworden ist."

„Hier, kümmere dich um den Teig." Nadia drückte ihrer ältesten Tochter eine Schüssel in die Hand. „Der Junge hat gute Augen. Warum ist er in Schwierigkeiten?"

Rachel hob den Deckel von einem Topf und schnupperte. „Weil er keine Mama und keinen Papa gehabt hat, die ihn ausgeschimpft haben."

„Und der Ältere?" Nadia öffnete den Backofen und überprüfte den Braten. „Er hat auch gute Augen. Und die sind auf dich gerichtet."

„Möglich."

Als Rachel naschen wollte, schlug Nadia ihr entrüstet auf die Finger. „Alex gefällt das nicht."

„Alex hat an vielem etwas auszusetzen."

Natasha schnitt Kräuter und grinste ihre Mutter verschmitzt an. „Es liegt wohl eher daran, dass Rachel ebenso intensiv ein Auge auf Zackary geworfen hat."

„Oh, vielen Dank", erwiderte Rachel.

„Eine Frau, die einen solchen Mann übersieht, benötigt eine starke Brille", fügte Nadia hinzu und brachte ihre Töchter zum Lachen.

Irgendwann konnte Rachel ihre Neugier nicht mehr zügeln. Sie öffnete die Küchentür einen Spaltbreit und lugte ins Wohnzimmer.

Sydney spielte auf dem Boden mit Brandon und seinen Autos. Die Männer saßen zusammen und debattierten hitzig über die letzten Football-Ergebnisse. Freddie saß auf dem Sofa und himmelte Nick ganz offensichtlich an. Der wiederum schien endlich über seine Verlegenheit hinweg zu sein und schaukelte Katie auf dem Schoß. Und Zack, so stellte sie mit einem kleinen Lächeln fest, ging völlig darin auf, seine Prognose für das nächste Football-Spiel zu verteidigen.

Als der Tisch gedeckt war und unter dem Gewicht der zahlreichen Platten und Schüsseln ächzte, war Zackary bereits von den Stanislaskis fasziniert. Obwohl sie lautstark miteinander umgingen, war nie ein bitterer Ton zu vernehmen, so wie er es von zu Hause her kannte.

Er fand heraus, dass Mikhail der Künstler war, der die Bronzestatue auf dem Klavier gegossen hatte und auch die anderen Stücke, die in Rachels Wohnung standen. Und doch redete Mikhail lieber über Probleme auf Baustellen und Renovierungen von Häusern mit seinem Vater.

Natasha führte ein strenges Regiment mit ihren Kindern. Niemand schien sich daran zu stören, dass Brandon lautstark die Motorengeräusche seiner Rennautos nachahmte oder Katie über die Möbel kletterte, aber ein einziges Wort von Mutter oder Vater reichte, damit sie aufhörten.

Selbst Alex schien im Kreise der Familie nicht der raue Polizist zu sein, vor allem nicht, wenn seine Geschwister ihn mit seiner neuesten Eroberung aufzogen, die – laut Mikhails vernichtendem Urteil – den gleichen IQ hatte wie das Sauerkraut, das er sich großzügig auf den Teller häufte.

„Das ist mir doch völlig egal", verteidigte Alex sich. „Dann werde ich eben das Denken für sie übernehmen."

Eine Bemerkung, für die er ein verächtliches Schnauben von Rachel erntete. „Alex würde doch gar nicht wissen, was er mit einer intelligenten Frau anfangen sollte."

„Eines Tages wird eine kommen und ihn haben wollen", mischte Nadia sich ein. „So wie Sydney meinen Mikhail gefunden hat."

„Sie hat nicht mich gefunden, ich habe sie gefunden." Er reichte die Schüssel mit dampfenden Kartoffeln an seine Frau weiter und grinste. „Sie brauchte dringend etwas mehr Pep in ihrem Leben."

„So wie ich das sehe, brauchtest du dringend jemanden, der dir zeigt, wo's langgeht."

„Das war schon immer so mit ihm." Yuri wedelte mit der Gabel in der Luft. „Er war ein guter Junge, aber ... wie heißt das Wort?"

„Arrogant?" schlug Sydney listig vor.

„Ja." Zufrieden widmete sich Yuri wieder seinem Essen. „Aber es ist gar nicht so schlecht für einen Mann, arrogant zu sein."

„Stimmt." Nadia beobachtete Katie mit Adleraugen, die versuchte, ihr Fleisch auf dem Teller mit dem Messer zu schneiden. „Solange er eine Frau hat, die klüger ist als er. Was ja im Allgemeinen nicht schwierig ist."

Vor Freude über das Gelächter der Frauen und die entrüsteten Ausrufe der Männer klatschte Katie begeistert in die Hände.

„Nicholas", wandte sich Nadia an Nick, „Sie werden doch zur Schule gehen, oder?"

„Äh ... nein, Ma'am."

Sie reichte ihm den Korb mit den Brötchen. „Dann haben Sie doch sicher eine Vorstellung davon, was Sie gerne arbeiten möchten?"

„Ich ... nicht so genau."

„Er ist jung, Nadia", mischte sich Yuri von der gegenüberliegenden Seite des Tisches ein. „Er hat noch Zeit, sich zu entscheiden. Aber er sieht kräftig aus. Wenn du Arbeit brauchst, dann besorge ich dir einen Job."

Nick war sprachlos. Noch nie hatte ihm irgendjemand so selbstverständlich etwas angeboten. Und Rachels Vater kannte ihn noch nicht einmal. „Danke, aber ich arbeite für Zackary."

„Es muss interessant sein, in einer Bar zu arbeiten. Brandon, iss auch das Gemüse. All die Menschen, die einem dort begegnen", fügte Natasha hinzu und schaffte es gerade noch mit einer blitzschnellen Handbewegung, Katies Glas davor zu bewahren, auf dem Fußboden zu zerschellen.

„In der Küche trifft man nicht so viele Leute", erwiderte Nick leise.

Rachel, der Nicks mürrischer Tonfall sofort auffiel, wandte sich an ihre Mutter. „Mama, du solltest Zackarys Koch sehen. Er ist ein richtiger Hüne und stammt aus Jamaika. Er kocht unglaublich gut. Ich habe schon versucht, ihm ein paar Rezepte zu entlocken."

„Vielleicht könnte ich mit ihm Rezepte tauschen."

„Zum Beispiel das für diesen vorzüglichen Braten. Der würde ihn begeistern." Zackary nahm einen weiteren Bissen. „Wirklich großartig."

„Sie können etwas davon mit nach Hause nehmen", erklärte Nadia. „Für Sandwiches."

„Ja, Ma'am. Danke." Nick lächelte.

Rachel wartete ab, bis das Essen beendet war und auch drei der vier Apfelkuchen, die ihre Mutter gebacken hatte, verspeist waren. Dann wurde Nadia überredet, etwas auf dem Klavier zu spielen. Spence schloss sich ihr kurz darauf an, und sie spielten ein Duett.

Rachel sah, wie gespannt Nick die Szene beobachtete und der Musik lauschte. Ihre Taktik schien aufzugehen. Als die beiden ihren Vortrag unterbrachen, setzte sie sich sofort ans Klavier und winkte Nick zu sich heran.

„Ich hätte das dritte Stück Kuchen nicht essen sollen", sagte sie mit einem Seufzer.

„Ja, ich hab mich auch zu voll gestopft." Er wusste nicht recht, ob er ihr sagen sollte, wie er sich nach diesem Nachmittag fühlte. Er hatte nie geglaubt, dass Menschen überhaupt so lebten. „Deine Mutter ist einfach großartig."

„Ich weiß." Sie spielte wie abwesend eine einfache Melodie. „Sie und Papa lieben diese Sonntage, wenn wir alle zusammenkommen."

„Dein Dad meinte, dass das Haus immer größer

geworden sei, nachdem ihr alle euer eigenes Leben angefangen habt. Aber jetzt will er noch zwei Räume anbauen, damit überhaupt jeder Platz hat. Ihr trefft euch also wohl oft, was?"

„Wann immer wir können."

„Sie scheinen nichts dagegen zu haben, dass du Zack und mich mitgebracht hast."

„Sie haben gern Menschen um sich." Sie versuchte einen Akkord zu spielen und zog eine Grimasse bei dem unharmonischen Klang. „Bei Spence und Mama sieht es immer so einfach aus."

„Hier, versuch das mal." Er nahm ihre Hand und führte ihre Finger.

„Ah, schon besser. Ich werde nie verstehen, wie jemand gleichzeitig mit jeder Hand etwas völlig anderes spielen kann."

„So darfst du es nicht sehen. Du denkst nicht daran, sondern lässt es einfach geschehen."

„Na ja ..." Sie erhob sich langsam und ging zum Tisch zurück.

Nick konnte nicht widerstehen, er begann einen Blues zu improvisieren. Als die Musik durch ihn hindurchströmte, vergaß er darüber völlig, dass der Raum mit Gästen gefüllt war, die sich angeregt unterhielten. Auch als die Gespräche verstummten, spielte er unbeirrt weiter. Wenn er spielte, war er nicht Nick LeBeck, der halbstarke Außenseiter. Dann war er jemand, den er selbst nicht so recht verstand, jemand, den er nicht kannte, aber nach dem er sich verzweifelt sehnte.

Er wechselte von Blues und Boogie-Woogie zu Jazz, spielte fast vergessene Melodien, interpretierte sie, kreierte mit der Musik Stimmungen, Atmosphäre.

Als er eine Pause einlegte und gedankenverloren vor sich hin lächelte, stellte sich Zackary hinter ihn und klopfte ihm auf die Schulter, als wolle er ihn in die Wirklichkeit zurückholen.

„Wo hast du das gelernt?“ fragte Zackary verblüfft. „Ich wusste gar nicht, dass du so etwas kannst.“

Nick legte die Hände in den Schoß. Erst jetzt merkte er, wie aufgeregt er eigentlich war. „Das war doch nichts Besonderes.“

Zackary schüttelte den Kopf. „Oh Mann, nun untertreib mal nicht. Das war wirklich großartig.“ Er war stolz auf seinen Bruder.

Nick nahm erst jetzt wahr, dass die Unterhaltungen aufgehört hatten und ihn alle ansahen. Er spürte, wie sein Gesicht rot anlief. „Ich habe doch nur ein bisschen auf den Tasten herumgehackt.“

„Aber das war ein ausgesprochen talentiertes Herumhacken.“ Mit Katie auf dem Arm näherte sich Spence dem Klavier. „Hast du schon einmal darüber nachgedacht, das Klavierspielen ernsthaft zu betreiben?“

Nick betrachtete völlig verblüfft seine Hände. Mit Spence Kimball an einem Tisch zu sitzen war eine Sache, aber mit dem berühmten Komponisten über Musik zu sprechen, machte ihn entsetzlich nervös. „Nein ... nun, nicht so richtig. Ich probiere so herum, das ist alles.“

„Du hast das richtige Gefühl dafür und ein gutes Ohr.“ Spence übergab Rachel die kleine Katie und setzte sich neben Nick ans Klavier. „Kennst du etwas von Muddy Waters?“

„Schon. Mögen Sie denn Muddy Waters?“

„Aber sicher.“ Er begann den Bass zu spielen. „Kannst du das Thema aufnehmen?“

„Klar.“ Nick legte die Finger auf die Tasten und grinste vergnügt. „Klar doch.“

„Nicht übel“, flüsterte Rachel Zackary zu und sah ihn gespannt an.

Zackary war immer noch verblüfft über seinen Bruder. „Er hat mir nie ein Wort davon gesagt.“ Als ihm Rachel die Hand reichte, umfasste er sie mit einem festen Griff. „Dir aber, oder?“

„Nun, er hat es mal angedeutet. Deshalb dachte

ich mir, es wäre einen Versuch wert. Aber ich wusste nicht, dass er so gut ist."

„Ja, er spielt wirklich sehr gut." Immer noch überwältigt, drückte Zackary einen Kuss auf Rachels Haar. Nick war zu sehr in seiner eigenen Welt, als dass es ihm aufgefallen wäre, aber den anderen entging diese kleine Geste nicht. „Sieht so aus, als müsste ich ein Klavier besorgen."

Rachel lehnte den Kopf gegen seine Schulter. „Du bist wirklich in Ordnung, Muldoon."

Es dauerte fast eine Woche und riss erneut ein klaffendes Loch in seine Ersparnisse, aber am Ende der Woche hatte Zack ein Klavier gekauft. Zusammen mit Rachel räumte er die Möbel beiseite, um Platz für das Instrument zu schaffen.

„Vielleicht sollten wir es doch lieber an die Wand stellen?" Rachel stemmte die Hände in die Hüften und sah sich im Raum um.

„Du hast deine Meinung jetzt schon dreimal geändert. Das ist der richtige Platz." Er nahm einen Schluck kühles Bier.

Rachel küsste ihn auf den Mund. „Wann sollte es denn geliefert werden?"

„Vor zwanzig Minuten." Zackary wurde langsam nervös. „Wenn sie nicht liefern, nachdem ich mir so viel Mühe gemacht habe, um Nick ein paar Stunden loszuwerden ..."

Rachel unterbrach ihn. „Es wird schon klappen. Und deine Idee mit den nicht gelieferten Bierfässern war genial."

„Nick war außer sich." Zackary setzte sich auf das Sofa. „Er hat zehn Minuten mit mir darüber diskutiert, warum er sich um diese verdammte Bierlieferung kümmern soll, wo er doch für das Geschirrspülen bezahlt werde."

„Er wird es dir verzeihen, sobald er zurück ist."

„He, ihr da oben." Rios Stimme hallte durch den Flur. „Da kommt gerade ein prima Klavier an. Ihr solltet mal runterkommen und es euch ansehen."

Rachel versuchte, nicht im Weg zu stehen, als das Klavier die Treppen hinaufgeschleppt, an seinen Platz gestellt und gestimmt wurde. Zackary behandelte das Instrument wie ein rohes Ei und wischte immer wieder über vermeintliche Flecken auf dem glänzenden Holz.

„Sieht großartig aus." Rio kreuzte die muskulösen Arme vor der Brust. „Es wird ein neues Gefühl sein, während des Kochens Musik zu hören. Damit machst du dem Jungen eine Riesenfreude, Zackary. Das wird ihn völlig umkrempeln." Er lächelte Rachel an. „Und wann wird Ihre Mutter vorbeikommen und mit mir über Rezepte reden?“

„Bald“, versprach Rachel. „Sie wird ein altes ukrainisches Rezept mitbringen.“

„Gut, dann erhält sie von mir mein Geheimrezept für die Barbecue-Soße.“ Er ging hinaus, als Nick gerade die Treppen hinaufkam. „Warum so eilig, mein Junge. Wo brennt's?“

„Diese blöden Bierfässer.“ Er eilte an Rio vorbei und betrat das Apartment. „Hör zu, Bruderherz, falls du wieder jemanden suchst, der dir diese blöden ...“ Er blieb wie angewurzelt stehen und starrte das Klavier an, das nigelnagelneu vor dem Fenster stand.

„Tut mir Leid.“ Zackary steckte nervös die Hände in die Taschen. „Ich musste dich doch loswerden, um das Ding hier aufzustellen.“ Er wippte stumm auf den Hacken. „Nun, was sagst du dazu?“

Nick schluckte heftig. „Hast du das gemietet oder was?“

„Gekauft.“

Auch Nick ließ jetzt seine Hände in den Taschen verschwinden. Es juckte ihn in den Fingern, das Klavier zu testen. „Das wäre nicht nötig gewesen“, erklärte er barsch.

Rachel seufzte innerlich. Die beiden standen sich gegenüber wie streunende Hunde, die nicht wussten, ob sie einander anfallen oder Freunde werden sollten.

„Warum nicht, verdammt noch mal?“ erwiderte Zackary mürrisch. „Es ist mein Geld. Ich dachte, es wäre schön, etwas Musik um sich herum zu haben. Also, willst du es nun ausprobieren oder nicht?“

Nick verspürte nur noch den Drang hinauszugehen. Er konnte keinen Moment länger im Raum bleiben. „Ich habe noch etwas vergessen“, murmelte er und verließ das Zimmer.

„Was, zum Teufel, soll das?“ Zackary hätte am liebsten die Bierflasche gegen die Wand geworfen. „Wenn dieser kleine ...“

„Hör auf!“ unterbrach ihn Rachel laut und schlug Zack mit der geballten Faust auf die Brust. „Ihr beide seid einfach unerträgliche Dickschädel. Der eine weiß nicht, wie er Danke sagen soll, und der andere ist zu einfältig, um zu sehen, dass sein Bruder vor Freude fast geweint hätte.“

„Das ist doch Unsinn. Er hat mir das Geschenk praktisch ins Gesicht geworfen ...“

„Idiot! Du hast ihm einen Traum erfüllt. Vielleicht ist es das erste Mal, dass jemand überhaupt verstanden hat, was er in seinem tiefsten Inneren wirklich will. Er kann einfach nur nicht damit umgehen. Genauso wenig wie du, Zackary.“

„Hör zu, ich ...“ Er brach ab und fluchte leise, weil es Sinn hatte, was sie sagte. „Und was soll ich jetzt tun?“

„Nichts.“ Sie nahm sein Gesicht zwischen ihre Hände und küsste ihn auf den Mund. „Überhaupt nichts. Ich werde mit ihm reden, ja?“ Rachel ging zur Tür.

„Rachel.“ Er holte tief Luft. „Ich brauche dich. Und damit weiß ich nicht umzugehen.“

Etwas in ihrem Herzen begann aufgeregt zu flattern. „Du machst es schon richtig, Muldoon.“

„Ich glaube, du verstehst mich nicht.“ Er verstand es ja selbst nicht. „Ich brauche dich wirklich.“

„Ich bin doch hier, bei dir.“

„Und wirst du auch hier sein, wenn deine Verpflichtung für Nick beendet ist?“

Das Flattern wurde stärker. „Bis dahin haben wir noch ein paar Wochen Zeit, um darüber nachzudenken. Es ist ...“ Langsam, Rachel, ermahnte sie sich. Nur nichts übereilen. „Ich ... ich werde jetzt Nick suchen. Lass uns später darüber weiterreden.“

„Schön, aber es muss bald sein.“

Rachel nickte kurz und lief die Treppen hinunter. Rio zeigte mit dem Finger in Richtung Vorderausgang und wies ihr damit den richtigen Weg.

Sie fand Nick auf dem Bürgersteig, die Hände in

den Taschen, wie er den spätnachmittäglichen Straßenverkehr beobachtete. Sie wusste genau, wie er sich fühlte. Wie Zackary Muldoon sich in ein Herz einschleichen und Gefühle erwecken konnte, bevor man auch nur wusste, wie einem geschah.

Darüber, was er mit ihren Gefühlen angestellt hatte, würde sie später nachdenken. Jetzt war erst einmal Nick wichtig.

Sie stellte sich neben ihn und legte die Hand auf seine Schulter. „Alles okay?"

Nick sah sie nicht an. „Warum hat er das gemacht?"

„Weshalb wohl? Was glaubst du?"

„Ich habe ihn um nichts gebeten."

„Die schönsten Geschenke sind die, die man nicht erwartet."

Er wandte nur ganz kurz den Kopf, um sie anzusehen. „Hast du ihn dazu überredet?"

„Nein." Sie wollte geduldig mit ihm sein. Sie griff seinen Arm und drehte ihn zu sich herum, um ihm in die Augen sehen zu können. „Nick, hast du bemerkt, wie Zackary reagierte, als du gespielt hast? Er war so stolz auf dich. Er wollte dir etwas schenken, das dir sehr viel bedeutet. Er hat das nicht getan, damit du dich verpflichtet fühlst, sondern weil er dich liebt. So geschieht das in vielen Familien."

„In deiner vielleicht, aber ...“

Sie rüttelte ihn leicht. „In deiner auch. Erzähl mir nicht wieder diesen Unsinn, dass ihr keine richtigen Brüder seid. Dir liegt so viel an Zack wie ihm an dir. Ich weiß, wie viel es dir bedeutet, da hereinzukommen und ein Klavier an der Wand stehen zu sehen. Mama hat den gleichen Ausdruck auf dem Gesicht gehabt, aber für sie war es viel leichter, ihre Gefühle zu zeigen. In dieser Hinsicht brauchst du eben noch ein bisschen Übung.“

Nick schloss die Augen. „Was soll ich zu ihm sagen? Wie soll ich mich verhalten? Noch nie hat jemand ... Ich meine, ich hatte niemanden. Als Kind bin ich ihm immer nachgelaufen, aber dann ging er weg.“

„Ich weiß. Aber denk immer daran, dass er selbst fast noch ein Kind war, als er wegging.“ Rachel küsste ihn auf beide Wangen, so wie ihre Mutter es getan hätte. „Geh doch einfach rein, Nick, und mach das, was du am besten kannst.“

„Und das wäre?“

Sie lächelte. „Spiel. Los. Er wartet darauf, dass du das Klavier ausprobierst.“

„Ja, okay.“ Er trat einen Schritt zurück. „Kommst du auch?“

„Nein, ich habe noch ein paar Dinge zu erledigen.“ Ja, ich muss noch gründlich über etwas nachdenken, korrigierte sie sich selbst. „Sag Zackary, dass ich ihn später treffe.“

Rachel blieb auf dem Gehweg stehen, nachdem Nick gegangen war, und sah zum Fenster hinauf. Und nach kurzer Zeit hörte sie ganz leise den Klang der Musik.

10. KAPITEL

„Schön, dich zu sehen, Rachel." Pete drehte sich auf dem Barhocker um, als Rachel die Bar betrat. „Darf ich dir einen Drink spendieren?"

„Ich habe nichts dagegen", erwiderte sie freundlich und hängte ihren Mantel an die Garderobe, ohne die Blondine aus den Augen zu lassen, die sich verführerisch auf dem Hocker räkelte und Zackary um einen neuen Drink bat, während sie mit den Fingern über seinen Arm strich. „Viel los heute Abend?"

Lola jonglierte mit einem Tablett an Rachel vorbei. „Die Blonde da drüben trinkt bereits ihren dritten Whisky Soda", raunte sie ihr zu. „Und dabei lässt sie seit geschlagenen zwei Stunden ihre großen blauen Augen nicht von unserem Boss."

„Das macht sie nur so lange, bis sich ihre Augen grün und blau verfärbt haben."

Lola lachte leise. „Siehst du die Brünette da an der Musikbox?"

Rachel betrachtete vergnügt die schlanken Hüften und die langen braunen Haare des Mädchens. „Erzähl mir nicht, dass ich mir ihretwegen auch Sorgen machen muss."

„Nein, aber ich. Das ist meine älteste Tochter."

„Deine Tochter? Sie ist großartig.“

„Finde ich auch. Deshalb bin ich so beunruhigt. Zackary machte sich Gedanken, wie er Nick dazu bringen könnte, sich für Mädchen zu interessieren, die seinem Alter eher entsprechen. Also habe ich sie überredet mitzukommen, um einen von Rios Hamburgern zu kosten.“

„Und?“

„Nick ist auch aufmerksam geworden, aber er hat keinen Versuch gemacht, ihr näher zu kommen.“

„Würde es dich stören, wenn er mit ihr ausginge?“

„Nick ist in Ordnung. Und außerdem kann meine Terri auf sich selbst Acht geben.“ Lola blinzelte Rachel zu. „Sie kommt eben ganz nach ihrer Mutter. Bis gleich“, fügte sie hinzu und ging an einen Tisch, um die Bestellung aufzunehmen.

„Na, wie sieht's aus?“ Rachel setzte sich auf den Hocker zwischen Harry und Pete, wo bereits ein Glas Weißwein auf sie wartete. „Welches Wort sucht ihr?“

„Ein Wort mit sieben Buchstaben für Verzückung“, erklärte Harry. „Hinten mit ‚e‘.“

Rachel nahm einen Schluck aus dem Glas und lächelte. „Ekstase“, schlug sie vor und sah dabei Zackary viel sagend an.

„Gut!“ Harry beugte sich zufrieden über das Kreuzworträtsel. „Hier ist noch eines mit sieben. Für Mangel an Substanz.“

„So ein Zufall“, flüsterte sie freudig und warf einen Blick auf die Blondine. „Versuch es mal mit ‚hirnlos‘.“

„Verdammt, du bist richtig gut.“

„Harry“, sie lächelte ihn so herausfordernd an, dass sein Gesicht rot anlief, „ich bin nicht nur gut, ich bin umwerfend. Behalte für mich die Situation hier im Auge. Ich muss mal mit Nick reden.“

Pete sah ihr nach und seufzte. „Wäre ich zwanzig Jahre jünger, dreißig Pfund leichter, hätte noch alle Haare auf dem Kopf und keine Frau, die mich im Würgegriff hat ...“

„Ja ja, träum weiter, mein Lieber.“ Harry gab ein Zeichen, dass er die nächste Runde bestellen wollte.

Als Rachel die Küche betrat, kam ihr ein köstlicher Duft entgegen. „Okay, Rio, was kannst du mir heute Abend Leckeres empfehlen?“

„Alles.“ Er blinzelte ihr vergnügt zu und klopfte sich auf die Schürze vor seinem Bauch. „Aber heute Abend kann ich dir meine Brathähnchen besonders ans Herz legen.“

„Reservier sofort eines für mich. Hallo, Nick.“ Rachel fühlte sich hier mittlerweile genauso zu Hause wie in der Küche ihrer Mutter und lehnte sich gegen den Rand der Spüle, an der Nick gerade die Teller stapelte. „Wie geht's denn so?"

„Beim nächsten Gongschlag habe ich sechstausendunddreiundachtzig Teller gespült", bemerkte er lächelnd. „Zackary sagte etwas davon, dass du heute kämst. Ich habe bereits auf dich gewartet."

Rio reichte ihr einen Teller mit Hähnchen, Kartoffeln und Krautsalat. „Wenn ich öfter hierher käme, müsstet ihr mich irgendwann zur Tür hinausrollen."

„Iss jetzt." Rio gestikulierte mit dem Kochlöffel und wandte sich wieder den Hamburgern zu. „Ich mag Frauen mit runden Hüften."

„Auf die Art kommst du deinem Ziel immer näher." Sie begann von dem Hähnchen zu kosten. „Ganz hervorragend", erklärte sie mit vollem Mund. Rio grinste zufrieden. „Wolltest du mich aus einem bestimmten Grund sehen, Nick?"

„Nein." Er strich eine Haarsträhne aus ihrem Gesicht. „Ich wollte dich einfach nur sehen."

Oh oh. „Nick, ich denke ..."

„Es sind ja nur noch zwei Wochen."

„Sicher." Sie hob den Teller höher, um etwas Abstand zu schaffen. „Ich habe übrigens mit dem Staatsanwalt über deine positive Entwicklung gesprochen.

Er plant keine Einwände gegen das zu erwartende Urteil auf Bewährung von Richterin Beckett."

„Ich wusste, dass du das schaffen wirst. Aber daran dachte ich eigentlich nicht."

Rachel wusste genau, worum es ihm wirklich ging. Sie hatte sich lange genug darum gedrückt, die Situation ein für alle Mal zu klären. „Rio ..." Sie stellte den Teller beiseite. „Ich muss mit Nick unter vier Augen reden. Kommst du allein klar, wenn ich jetzt mit ihm für ein paar Minuten nach oben gehe?"

„Kein Problem. Er wird eben zweimal so schnell abwaschen, sobald er zurück ist."

Du wirst ganz ruhig bleiben, ermahnte sich Rachel, als sie gemeinsam mit Nick die Treppen hinaufging.

„Also schön, Nick", begann sie, als sie das Apartment erreicht hatten. Mehr konnte sie nicht sagen, da Nick sie völlig überraschend in die Arme nahm und küsste. „Hör auf damit." Sie stemmte die Hände gegen seine Schultern und trat einen Schritt zurück.

„Ich habe dich vermisst. Wir hatten schon lange nicht mehr die Gelegenheit, allein zu sein."

Rachel presste die Finger gegen ihre Schläfen. „Oh, Nick, ich dachte, die Sache würde sich von allein erledigen. Ich ... ich wollte dich nicht verletzen." Sie ließ hilflos die Hände zur Seite fallen.

Sein Magen verkrampfte sich. Die Leute redeten nur in diesem seltsam verlegenen Ton davon, dass sie einander nicht verletzen wollten, wenn sie im Begriff waren, genau das zu tun. „Wovon sprichst du eigentlich?“

„Von dir und mir.“ Sie wandte sich ab und hoffte, die richtigen Worte zu finden. „Ich habe schon einmal versucht, es dir zu erklären. Aber das ging wohl daneben.“ Sie wandte sich wieder Nick zu. „Und jetzt fällt mir dazu auch nicht mehr ein.“

„Warum sprichst du nicht endlich Klartext?“

„Du bedeutest mir etwas. Nicht nur als Mandant, sondern als Mensch.“

Da war es wieder, dieses Leuchten in seinen Augen. „Du bedeutest mir auch etwas.“

Als er einen Schritt auf sie zugehen wollte, wehrte sie ihn mit einer Handbewegung ab. „Aber nicht so, Nick.“

Er sah sie skeptisch an. „Du interessierst dich also nicht für mich. Ist es das?“

„Ich interessiere mich für dich, nur nicht auf die Art, wie du es dir vorstellst.“

„Jetzt verstehe ich.“ Er versuchte sich hart und gelassen zu geben, auch wenn die Zurückweisung ihn unendlich schmerzte. „Du denkst, ich sei zu jung. Oder bin ich nicht dein Typ?“

„Nick, ich empfinde für dich wie für einen Bruder.“ Sie wusste, dass sie nicht darum herumkam, ihm mit der Wahrheit wehzutun. „Mehr kann ich dir nicht geben. Es tut mir Leid, dass ich es dir nicht früher gesagt habe, aber ich wusste nicht, wie ich es dir beibringen sollte.“

„Ich komme mir vor wie ein Idiot.“

„Nein, das musst du nicht.“ Sie konnte nicht anders, sie griff seine Hand und drückte sie. „Es gibt nichts, weshalb du dir wie ein Idiot vorkommen müsstest. Du fühltest dich zu mir hingezogen, und du warst ehrlich genug, es zu sagen. Und irgendwie habe ich mich trotz all meiner Verwirrtheit und Bestürzung“, sie lächelte zerknirscht, „doch auch geschmeichelt gefühlt.“

„Mir wäre es lieber, wenn du dich versucht gefühlt hättest.“

Diesmal sollte ihr Lächeln sein Herz wärmen. „Für einen Moment vielleicht. Nick, ich möchte, dass wir Freunde sind.“

„Na schön, immerhin hast du es mir jetzt frei heraus gesagt.“ Er würde es wohl einfach akzeptieren müssen. Er versuchte sich damit zu beruhigen, dass andere Mütter auch schöne Töchter hatten. Aber jemanden wie Rachel gab es nicht noch einmal. „Also, Schwamm drüber.“

„Gut.“ Sie hätte ihn gern auf die Wange geküsst, aber sie wollte ihr Glück nicht herausfordern. So nahm sie nur auch noch seine andere Hand. „Weißt du, ich wollte eigentlich immer einen jüngeren Bruder haben.“

Es würde dauern, bis er sich mit dieser Stellung anfreunden konnte. „Wieso?“

„Aus einem einzigen Grund – damit ich auch endlich mal jemanden herumkommandieren kann.“ Als er zu grinsen begann, fühlte sie sich zum ersten Mal erleichtert. „Komm, lass uns wieder nach unten gehen.“

Während Nick sich wieder in der Küche an seine Arbeit machte, hielt Rachel in der Bar nach Zackary Ausschau.

„Er ist im Büro“, erklärte Pete grinsend. „Geh ruhig rein.“

„Danke.“ Sie war etwas irritiert von dem Kichern hinter ihrem Rücken, aber als sie sich umdrehte, taten alle ganz unschuldig, so, als seien sie beschäftigt. Auffällig unschuldig, dachte sie, als sie das Büro betrat.

Im nächsten Augenblick erkannte sie den Grund für die allgemeine Heiterkeit. Zackary stand vor dem Schreibtisch in inniger Umarmung mit der Blondine, die ihn heftig bedrängte, während er versuchte, sich von den Armen, die um seinen Hals geschlungen waren, zu befreien. Sein Gesichtsausdruck – eine Mischung aus Verlegenheit und völliger Hilflosigkeit – wäre ein Foto wert gewesen.

„Hör zu, Schätzchen, ich weiß das zu schätzen, aber ich bin nicht ...“ Er schwieg, als er Rachel entdeckte.

Dieser neue Gesichtsausdruck war noch besser. Darin spiegelten sich Schock, Entsetzen, eine Entschuldigung und eine gute Portion purer Angst. „Tut mir Leid, ich wusste nicht, dass du beschäftigt bist.“ Sie musste sich schwer beherrschen, um sich das Grinsen zu verkneifen.

„Verdammt, lass mich jetzt nicht allein, Rachel!“ Er sah sie aus großen Augen an, während ihn die Blondine immer stürmischer bedrängte und er fast mit dem Rücken auf der Tischplatte landete.

„Du willst nicht allein sein?“ Rachel warf einen Blick auf die Gäste, die sich neugierig hinter ihr versammelten, um die Szene zu genießen. „Er will nicht allein sein, hört ihr? Es sieht nicht so aus, als sei er sehr einsam. Oder sollen wir dich am Ende von deiner leidenschaftlichen Verehrerin befreien?“

„Zeig bitte ein wenig Mitleid.“ Die Blondine kicherte und glitt mit den Händen unter seinen Pullover. „Hilf mir, sie endlich hier rauszuschaffen! Sie ist sternhagelvoll.“

„So ein großer starker Mann wie du ... Du wirst dir doch wohl selbst helfen können, oder etwa nicht?“

„Sie ist aalglatt“, brummte er mürrisch. „Los jetzt, Babs, lass das. Ich rufe dir ein Taxi.“

Rachel seufzte. Diese Frau schlängelte sich tatsächlich wie ein Aal um Zackarys Körper. Entschlossen griff sie in die kunstvoll gestylte Frisur der Blondine und zog. Sehr unsanft. Der laute Aufschrei verschaffte ihr ein wenig Genugtuung. „Du bist zu weit gegangen, meine Liebe“, flüsterte sie ihr ins Ohr. „Das ist Privatbesitz.“

„Ich hab aber gar keine Schilder gesehen“, lallte die Blondine.

„Sei froh, wenn ich dich nicht dazu bringe, Sterne zu sehen.“ Rachel zog Babs an den Haaren zur Tür. „Und hier geht's lang.“

„Ich übernehme sie.“ Lola legte den Arm um die Blondine.

„Aber er ist doch so süß“, lallte Babs und ließ sich widerstandslos zur Damentoilette führen.

„Bestell ihr ein Taxi“, rief Zackary hinter Lola her. Er betrachtete kurz die gaffende Menge und schlug wütend die Tür zu. „Hör zu, Rachel ...“ Er holte tief Luft. „Es war nicht so, wie es aussah.“

„Ach?“ Rachel setzte sich auf den Schreibtisch

und kreuzte die Beine. Das Ganze war einfach zu schön, um dem widerstehen zu können. „Und wie sollte ich diesen Anblick sonst verstehen können?"

„Sie hat zu viel getrunken. Ich wollte ein Taxi für sie bestellen, und sie folgte mir einfach. Dann ist sie über mich hergefallen, und ich versuchte mich zu befreien."

„Es sah auch sehr nach Befreiungskampf aus. Zum Glück bist du noch einmal mit dem Leben davongekommen."

„Was sollte ich tun? Sie schlagen?" Er ging nervös von einer Ecke des Raumes in die andere. „Ich sagte ihr, dass ich nicht an ihr interessiert sei, aber sie ließ einfach nicht locker."

„Du bist eben so süß", erinnerte sie ihn und blinzelte ihm zu.

„Sehr witzig. Du willst die Situation bis zur Neige auskosten, nicht wahr?"

Sie nahm einen Brieföffner in die Hand und sah Zackary herausfordernd an. „Herr Zeuge, als Vertreterin meiner Mandantin frage ich Sie – und ich erinnere Sie eindrücklich, Mr. Muldoon, dass Sie unter Eid stehen –, können Sie dem Gericht glaubhaft versichern, dass Ihr Verhalten zu keiner Zeit dazu beitrug, die Angeklagte zu ermutigen, sich Ihnen auf diese Weise zu nähern?"

„Ich habe niemals ... Hätte ich Sie, Frau Anwältin, nicht kennen gelernt, dann ...“ Zackary kreuzte die Arme vor der Brust. „Ich verweigere die Aussage wegen Befangenheit.“

„Schuft.“

„Und jetzt bitte ich, das Urteil zu vollstrecken.“

„Das hatte ich auch vor“, erwiderte Rachel und schloss seinen Mund mit ihren Lippen.

Der Kuss schien eine Ewigkeit zu dauern. Als ihn ihre Zärtlichkeit zu sehr erregte, löste er sich und vergrub sein Gesicht in ihren Haaren.

„Rachel, du weißt überhaupt nicht, wie schön es ist, dich zu spüren.“

„Ich habe das gleiche Gefühl bei dir.“ Sie schloss die Augen und presste sich an ihn.

„Wirklich?“

„Ja, ich glaube ...“ Sie stockte, als sie die vergangenen Tage in ihrem Kopf Revue passieren ließ. „Ich glaube, manchmal begegnen sich Menschen, die wirklich gut zusammenpassen.“

Zackary wich zurück und hielt zärtlich ihr Gesicht zwischen den Händen. Seine Augen waren plötzlich sehr dunkel, sein Blick lag durchdringend und forschend auf ihr. Sie hätte nicht sagen können, was sie in diesen Augen sah, aber was immer es war, es beschleunigte ihren Herzschlag so rasant, dass sie ihn in ihrer Kehle spürte. „Wir passen zusammen", flüsterte er und küsste behutsam ihren Mund. „Ich weiß, du hast gesagt, du willst dich auf nichts einlassen. Dass du deine Prioritäten hast."

Sie umfasste seine Handgelenke. „Ich habe eine Menge Dinge gesagt."

„Rachel, ich möchte, dass wir zusammenziehen." Er sah das erstaunte Aufleuchten in ihren Augen und fuhr fort, bevor sie ihn unterbrechen konnte. „Ich weiß, du willst es einfach und unkompliziert halten. Das wollte ich auch. Aber das muss ja nicht als Komplikation angesehen werden. Du kannst dir Zeit nehmen, um darüber nachzudenken. Wir werden sowieso warten müssen, bis die Sache mit Nick endgültig geklärt ist. Aber ich will, dass du weißt, wie sehr ich dich brauche, wie sehr ich mit dir zusammen sein will. Ich will mich nicht mehr nur mit den wenigen gestohlenen Stunden hier und da zufrieden geben."

Sie stieß heftig den Atem aus. „Das ist eine große Entscheidung, Zack."

„Und du bist kein impulsiver Typ, ja, das weiß ich." Er strich sanft mit seinen Lippen über ihren Mund. „Denk darüber nach. Und hierüber ..." Damit vertiefte er den Kuss, bis sie keinen klaren Gedanken mehr fassen konnte.

„Zackary, ich bräuchte unbedingt ..." Nick platzte in das Büro und blieb wie angewurzelt stehen. Er sah, wie Rachel sich leidenschaftlich an seinen Bruder schmiegte, die Hände in seinem Haar, ihre Augen verhangen vor Sehnsucht und Verlangen.

Nick starrte die beiden an. Sicher, Rachels Blick klärte sich innerhalb von Sekundenbruchteilen, jetzt lag ein alarmierter, entschuldigender Ausdruck darin, aber alles, was Nick denken konnte, war: „Verrat".

Rachel rief seinen Namen, als er wütend auf Zackary losstürmte und auf ihn einschlug.

Zackary hatte den Schlag kommen sehen, aber er ließ es zu und wich nicht aus. Er verlor das Gleichgewicht und spürte, wie ihm das Blut aus dem Mund lief. Instinktiv wehrte er den nächsten Schlag ab und hielt Nicks Hand fest, aber Nick wich geschickt aus und setzte erneut an.

„Hört auf!" Ungeachtet der Gefahr, dass der nächste Schlag sie treffen könnte, stellte Rachel sich entschlossen zwischen die beiden Brüder und hielt sie auf Distanz. „Das ist keine Lösung."

Zackary hob sie einfach mit beiden Händen an den Hüften hoch und stellte sie zur Seite. „Halt dich da raus", knurrte er beherrscht. Dann, zu Nick: „Willst du das hier drinnen klären, oder sollen wir nach draußen gehen?"

„Jetzt hört doch endlich ...“

„Was immer dir lieber ist.“ Nick ignorierte Rachel völlig. „Du Mistkerl!“ Er stieß Zackary gegen die Wand. „Du musst immer der Bessere sein, was? Dieses ganze Geschwafel von Familie und so. Ich sag dir, was du mit diesem Geschwätz machen kannst, liebster Bruder.“

„Nick, bitte.“ Rachel hob beschwichtigend die Hand, ließ sie wieder fallen, als Nick sich wütend zu ihr umdrehte.

„Sei du bloß still! Dieser ganze Unsinn, den du mir da oben erzählt hast! Du hast wirklich Talent, Lady. Ich bin tatsächlich drauf reingefallen. Während ich dir meine Gefühle anvertraute, hast du es die ganze Zeit hinter meinem Rücken mit ihm getrieben.“

„Nick, das ist nicht wahr ...“

„Verlogene Schlampe!“

Sein Kopf fiel zurück, als ihn ein Schlag von Zackary traf. „Wenn du dich mit mir prügeln willst, bitte. Aber du wirst nicht so mit Rachel reden!“

Nick wischte sich das Blut von den Lippen. „Zum Teufel mit euch beiden!“ brüllte er und stürzte Hals über Kopf aus dem Büro.

„Oh nein!“ Rachel schlug entsetzt die Hände vors Gesicht. „Das ist alles meine Schuld. Ich muss ihm nachgehen.“

„Nein, lass ihn jetzt allein.“

„Verdammt, Zackary, ich muss mit ihm reden ...“

„Ich sagte, lass ihn in Ruhe!“

„Entschuldigen Sie bitte.“ Es klopfte an der Tür, die Nick offen gelassen hatte. Rachel drehte sich um und schluckte heftig.

Richterin Beckett!

„Guten Abend, Miss Stanislaski. Mr. Muldoon. Ich kam eigentlich vorbei, um mir einen Ihrer berühmten Manhattans mixen zu lassen, während ich mich mit der Anwältin Ihres Bruders unterhalten wollte.“

„Euer Ehren“, begann Rachel, „mein Mandant ...“

„Ich sah Ihren Mandanten bereits, als er hier herausstürmte. Auch Ihr Mund blutet, Mr. Muldoon.“ Sie wandte sich ab und warf Rachel noch einen viel sagenden Blick zu. „Frau Anwältin?“

„Das fehlte uns gerade noch.“ Rachel atmete schwer. „Ich werde das zurechtbiegen“, versuchte sie Zackary zu beruhigen. „Mach dir keine Sorgen. Sobald Nick ein wenig Dampf abgelassen hat ...“

„Kommt er freudestrahlend zurück?“ beendete Zack den Satz ironisch für sie. Seine Wut war verraucht, dafür stellte sich das Schuldgefühl mit voller Wucht ein. „Das halte ich für äußerst unwahrscheinlich. Und es ist nicht deine Schuld.“ Er wünschte, er könnte ihr mehr bieten als sein eigenes Gefühl von Unzulänglichkeit und Versagen. „Er ist mein Bruder. Ich bin verantwortlich.“ Er schüttelte den Kopf, bevor sie etwas erwidern konnte. „Jetzt werde ich erst einmal der Richterin einen Drink mixen.“

Er schob sich an ihr vorbei. Rachel hob die Hand, wollte ihn zurückhalten, doch dann ließ sie ihn gehen. Es gab nichts, was sie sagen könnte, um seinen Schmerz zu lindern. Aber sie musste versuchen, den Schaden mit Richterin Beckett zu begrenzen.

Rachel fand die Richterin ganz entspannt an einem Tisch im hinteren Teil der Bar sitzen. Doch auch die elegant-lässige Kleidung statt der schwarzen Robe konnte der Aura von Macht und Autorität, die Marlene C. Beckett ausstrahlte, keinen Abbruch tun.

„Setzen Sie sich, Frau Anwältin.“

„Danke.“

Beckett lächelte und klopfte mit den roten Fingernägeln auf die Tischplatte. „Ich sehe förmlich, wie Ihr Gehirn arbeitet. ‚Was kann ich ihr erzählen, was sollte ich besser verschweigen?‘ Ich genieße Ihre Anwesenheit im Gerichtssaal, Miss Stanislaski. Sie haben Stil.“

„Danke“, sagte Rachel erneut. Die Drinks wurden serviert, und sie nutzte die kurze Unterbrechung, um ihre Gedanken zu sammeln. „Ich habe Sorge, Euer Ehren, dass Sie die Vorgänge heute Abend missverstehen könnten."

Beckett nahm einen Schluck aus ihrem Glas, dann warf sie Zackary einen anerkennenden Blick zu. „Und wie, glauben Sie, könnte ich die Vorgänge interpretieren?"

„Nick hatte einen Streit mit seinem Bruder ..."

„Eine Prügelei", korrigierte Beckett sie und nahm die Kirsche aus ihrem Glas. „Ein verbaler Streit mag psychische Narben hinterlassen, aber kein Blut."

„Sie haben keine Brüder, nicht wahr, Euer Ehren?"

„Nein."

„Ich aber."

Richterin Beckett hob eine Augenbraue und nippte an dem Drink. „Also schön, ich lasse das Argument zunächst einmal gelten. Und worüber stritten die beiden?"

„Es war ein Missverständnis." Rachel fühlte sich nicht wohl in ihrer Rolle. „Es ist nicht zu leugnen, dass beide ziemliche Hitzköpfe sind, und bei dem Temperament, das beiden eigen ist, kann ein Missverständnis leicht zu ..."

„Einer hitzigen Debatte führen?“ warf Richterin Beckett ein.

„Ja.“ Rachel beugte sich vor. „Richterin Beckett, Nick hat so unglaublich große Fortschritte gemacht. Er hatte sich fast aufgegeben, da er in seinem ganzen Leben niemanden hatte, der wirklich für ihn da war, dem er vertrauen konnte. Mit Zackary wollte er es versuchen. Je länger die beiden zusammen waren, desto mehr war zu spüren, wie sehr sich die beiden Brüder im Grunde brauchten.“

„Inwieweit stehen Sie eigentlich mit Mr. Muldoon in einem, sagen wir, persönlichen Verhältnis?“

Rachel lehnte sich zurück in ihren Stuhl und sah Richterin Beckett völlig ausdruckslos an. „Ich glaube, das ist für diese Angelegenheit nicht relevant.“

„Glauben Sie? Nun, gut.“ Sie hob die Hand. „Bitte, weiter.“

„Fast zwei Monate lang hat Nick sich bewährt. Er erledigt ganz hervorragend alle Arbeiten, die ihm Zackary anvertraut hat. Er interessiert sich auch für die Dinge, die um ihn herum geschehen. Und er spielt Klavier.“

„Ach, wirklich?“

„Zackary hat ihm ein Klavier gekauft.“

„Das klingt nicht so, als müssten deshalb die Fäuste fliegen.“ Sie lächelte und hob das Glas. „Also,

Frau Anwältin, kommen Sie bitte zum Kern des Problems."

„Es war mein Fehler." Rachel stellte ihr Weinglas beiseite. „Ich habe Nicks Gefühle für mich falsch eingeschätzt. Ich konnte nicht glauben, dass er für mich ... nun, so viel empfindet."

Beckett stülpte die Lippen vor. „Ah, ich beginne allmählich zu verstehen. Erzählen Sie von Anfang an."

Rachel begann die Vorgänge der vergangenen Woche zu schildern. Beckett schwieg zu ihren Ausführungen und nickte hin und wieder. „Und als er dann ins Büro kam und mich und Zackary so eng beisammen sah", schloss sie ihre Erzählung, „fühlte er sich betrogen. Ich hätte mich nicht darauf einlassen dürfen."

„Rachel, Sie sind eine ausgezeichnete Anwältin. Das schließt nicht aus, dass Sie einen Anspruch auf ein Privatleben haben."

„Wenn es aber die Beziehung zu meinen Mandanten gefährdet ..."

„Unterbrechen Sie mich bitte nicht. Ich räume ein, dass Sie in dieser Sache einer falschen Einschätzung erlegen sind. Ich räume ebenfalls ein, dass sich niemand den Ort, den Zeitpunkt oder die Umstände aussuchen kann, unter denen man sich verliebt."

„Ich sagte nicht, dass ich mich verliebt habe."

Beckett lächelte. „Das ist mir nicht entgangen. Es ist leichter zu ertragen, wenn man sich einredet, das alles habe nichts mit Liebe zu tun." Sie hielt inne. „Kein Einspruch, Miss Stanislaski? Nun gut, ich bin auch noch nicht am Ende meiner Ausführungen. Sie sind nicht objektiv geblieben, aber das haben Sie ja bereits selbst angemerkt. Ich bin mir allerdings nicht sicher, ob eine objektive Betrachtungsweise immer zu den richtigen Resultaten führt. Zwischen Falsch und Richtig existieren viele Zwischentöne. Wir kämpfen jeden Tag darum, der Wahrheit möglichst nahe zu kommen. Sie werden das noch herausfinden, sobald Sie auf dem Richterstuhl Platz genommen haben."

Rachel griff verwirrt nach ihrem Weinglas. Der viel sagende Blick der Richterin irritierte sie. „Ich wusste gar nicht, dass ich so leicht zu durchschauen bin."

„Oh, ich kann Ihre Ambitionen, die Zukunft betreffend, sehr gut nachvollziehen. Ich bin selbst einmal diesen Weg gegangen." Sie stieß freundlich lächelnd mit Rachel an. „Noch ein paar Jahre, dann werden Sie eine kompetente Richterin abgeben. Das ist es doch, was Sie erreichen wollen, nicht wahr?"

„Ja."

„Gut. Und jetzt, da ich einen Drink genossen habe, der mich sehr entspannt hat, sage ich Ihnen etwas. Unter vier Augen. Vor dreißig Jahren war ich genau wie Sie. Damals war es für eine Frau noch etwas schwerer, in diese Position zu kommen. Und ich habe mir die Frage stellen müssen, ob ich eine Familie haben oder lieber Karriere machen will. Ich habe es nie bereut, die Karriere gewählt zu haben. Aber die Zeiten haben sich geändert. Heute muss sich eine Frau nicht mehr für das eine oder andere entscheiden. Heute kann sie beides haben. Wenn sie klug ist", fügte sie hinzu und warf einen kurzen Blick auf Zackary. „Und Sie machen auf mich den Eindruck einer sehr klugen Frau, Miss Stanislaski."

„Zumindest würde ich mich gerne dafür halten", murmelte Rachel. „Aber das macht es nicht weniger problematisch."

„Diese Art von Problematik ist doch genau das, was das Leben lebenswert macht, meinen Sie nicht auch? Ich kann mir nicht vorstellen, dass es irgendetwas gibt, das Sie von Ihrem Weg aufhalten könnte. In der Zwischenzeit sehen Sie zu, dass Sie sich und Ihren Mandanten gut auf die Anhörung vorbereiten."

Als Beckett schließlich aufstand, erhob sich Rachel augenblicklich. „Richterin Beckett, wegen heute Abend ..."

„Ich kam nur, um einen Drink einzunehmen. Die Bar gefällt mir. Sauber, freundliche Atmosphäre. Und was meine Entscheidung betrifft, so wird sie nur davon abhängen, was ich im Gerichtssaal sehe und höre. Haben wir uns verstanden?"

„Ja. Danke."

„Und sagen Sie Mr. Muldoon, dass er einen exzellenten Manhattan mixt."

Völlig verdutzt sah Rachel zu, wie Richterin Beckett die Bar verließ.

„Wie schlimm ist es?" fragte Zackary hinter ihr.

Rachel schüttelte schwach den Kopf und griff nach seiner Hand. „Sie mag deine Drinks." Sie wandte sich zu ihm um und umarmte ihn. „Ich glaube, ich habe gerade eine weitere intelligente Frau mit einer Schwäche für harte Jungs kennen gelernt."

„Wenn Nick nicht zurückkommt ..."

„Er wird zurückkommen." Sie musste einfach daran glauben. Musste Zack davon überzeugen, dass sein Bruder zurückkommen würde. „Er ist wütend, und er ist verletzt. Aber er ist nicht dumm." Sie drückte seine Hand noch einmal fest und lächelte. „Er ist dir sehr ähnlich."

„Ich hätte ihn nicht schlagen dürfen."

„Verstandesmäßig kann ich dir nur zustimmen, aber was das Gefühlsmäßige betrifft ..." Leidenschaft und Temperament gehörten nun mal zum Leben. „Ich habe meine Brüder so oft erlebt, wie sie sich gegenseitig verprügelt haben. Ich glaube nicht daran, dass deshalb die Welt untergeht." Sie küsste ihn sanft auf die geschwollene Lippe. „Wenn Nick zurückkommt, sollte ich besser nicht mehr hier sein. Aber ruf mich bitte sofort an, wenn er da ist, ganz gleich zu welcher Zeit."

„Du solltest nicht allein nach Hause gehen", bemerkte er besorgt.

„Ich nehme mir ein Taxi." Die Tatsache, dass er nichts mehr dazu sagte, zeigte ihr, wie zerstreut er war. „Wir kriegen das wieder hin, Zack. Ganz sicher. Vertrau mir."

„Okay, ich werde dich anrufen."

Sie trat zur Bar hinaus und ging zur Straßenecke, um ein Taxi einzuhalten. Vertrau mir, hatte sie zu ihm gesagt. Sie hoffte von ganzem Herzen, dass sie sich dieses Vertrauens würdig erweisen konnte.

11. KAPITEL

Rachel hätte gerne ihren Bruder Alex eingeschaltet, als sie nach Hause kam, aber sie hatte Angst, Nick noch wütender zu machen, wenn ein Polizist seine Antennen, wenn auch inoffiziell, nach ihm ausstreckte.

Also konnte sie nur abwarten. Allein.

Sie gaben schon ein seltsames Trio ab, überlegte sie, während sie unruhig von einer Ecke des Zimmers in die andere ging und der frisch aufgebrühte Tee immer kälter wurde. Nick, jung und voller Trotz, der überall Zurückweisung und Betrug witterte und so verzweifelt nach seinem Platz auf dieser Welt suchte. Zackary, unermesslich großzügig und gutherzig, genauso aufbrausend und temperamentvoll und verletzlich wie sein Bruder. Und sie selbst, die ehrgeizige Anwältin, die für sich in Anspruch nahm, so logisch und sachlich an die Dinge heranzugehen, und sich dabei in beide Männer verliebt hatte.

Wie hat das alles geschehen können? fragte sie sich und rieb die müden Augen. Sie war doch diejenige, die immer so sehr darauf pochte, dass alles klar und ordentlich organisiert zu sein hätte. Die so stolz darauf war, immer genau zu wissen, was sie wollte und wie sie es erreichen konnte. Jeden Schritt hatte sie immer genau überlegt und geprüft, jede Option wurde genauestens erwogen und beurteilt.

Sie hatte alles genau geplant und kalkuliert.

Alles, bis auf Zackary Muldoon.

Weil sie sich mit ihm eingelassen hatte, weil sie ihr Herz über ihren Verstand gestellt hatte, hatte sie ein fürchterliches Chaos angerichtet. Es war gut möglich, dass Nick in seiner Wut und seiner Enttäuschung diese Nacht dazu nutzen würde, um sich bewusst in Schwierigkeiten zu bringen. Und dann konnte Richterin Beckett so viel Verständnis zeigen, wie sie wollte. Wenn Nick die Bewährungsauflagen brach, würde ihr nichts anderes übrig bleiben, als ihn zu verurteilen.

Das würde Rachel sich nie vergeben. Und wäre Zackary dazu in der Lage, ihr zu vergeben? Viel schlimmer noch – wie sollte Nick an die Wiedereingliederung in eine Gesellschaft glauben, die ihn hinter Gitter steckte?

Jetzt konnte sie nur hoffen, dass Nick zu Zackary zurückging. Wütend, ja ... trotzig, sicherlich ... vielleicht sogar auf eine Auseinandersetzung aus – damit konnten alle umgehen. Die Hauptsache war, dass er wiederkam.

Aber wenn nicht ...

Die Türklingel unterbrach sie in ihren Gedanken.

Es war nach Mitternacht. Hoffentlich war es Zackary, der ihr mitteilen wollte, dass es Nick gut ging.

„Ja?“

„Ich möchte raufkommen.“ Es war Nicks Stimme, barsch und fordernd. Rachel atmete erleichtert auf.

„Klar, komm rauf.“

Als sie die Tür öffnete und Nick hereinkam, überschüttete sie ihn sofort mit einem Wortschwall. „Ich habe mir solche Sorgen gemacht! Oh, Nick, es tut mir ja so Leid.“

Nick schloss die Tür hinter sich. Eigentlich hatte er nicht herkommen wollen. Er war gelaufen und gelaufen. Ohne Ziel. Schließlich erschien ihm dieser Ort der einzige, zu dem er gehen konnte. „Tut es dir Leid, dass ich dich mit Zackary erwischt habe?“

Es war also noch lange nicht vorbei. Rachel sah die gleiche gefährliche Wut in seinen Augen wie zu dem Zeitpunkt, als er sich auf Zackary gestürzt hatte. „Es tut mir Leid, dass ich dir wehgetan habe.“

„Dir tut nur Leid, dass ich herausgefunden habe, was du wirklich bist. Nichts als eine Lügnerin.“

„Ich habe dich nie angelogen.“

„Jedes Mal, sobald du auch nur den Mund aufmachtest.“ Er stand immer noch bei der Tür, die Hände zu Fäusten geballt, die Fingerknöchel weiß vor Anspannung. „Du und Zack, ihr beide. Dieses ganze Geschwafel von Sorge und Verständnis. Du hast nur so getan, als läge dir etwas an mir, dabei hast du es die ganze Zeit mit ihm getrieben."

„Aber mir liegt an dir, Nick. Ich mag dich wirklich ..."

„Ich wette, ihr habt zusammen im Bett gelegen und euch köstlich amüsiert. Der arme kleine Traumtänzer Nick, der versucht, etwas aus seinem Leben zu machen. Der Trottel, der sich in die sexy Anwältin verliebt hat."

„Nein, so etwas darfst du nicht denken. Das ist nicht die Wahrheit, Nick."

„Willst du mir etwa weismachen, dass du nicht mit ihm geschlafen hast?"

Er sah die Wahrheit in ihren Augen, bevor ihr eigenes Temperament mit ihr durchging. „Das geht dich überhaupt nichts an. Ich werde nicht mit dir darüber reden ..."

Wutentbrannt fasste Nick sie beim Kragen und rammte sie gegen die Tür. Der erschreckte Ausruf blieb ihr in der Kehle stecken, als sie in diese glitzernden grünen Augen so nah vor sich sah. „Warum hast du das getan? Warum musstest du einen Narren aus mir machen? Warum musste es unbedingt mein Bruder sein?"

„Nick.“ Rachel versuchte sich aus seinem Griff zu befreien, doch erfolglos.

„Weißt du eigentlich, wie ich mir vorkomme? Die ganze Zeit hoffe ich darauf, dass aus uns etwas werden kann, und du bist mit ihm zusammen! Und er wusste es. Er wusste es!“

Sie atmete schnell und unsicher, aber sie versuchte es zu kontrollieren. „Nick, du tust mir weh.“

Sie hatte es ruhig und auch streng sagen wollen, doch die Worte klangen ängstlich und verschreckt. Sein Blick wurde starr, leer, dann sah er auf seine Hände, die sich in ihre Schultern gegraben hatten.

Erschrocken ließ er sie los und wandte sich ab. „Ich gehe.“

Manchmal musste man sich auf seinen Instinkt verlassen. Also hielt Rachel Nick fest. „Geh nicht, bitte. Nicht so.“

Die Selbstverachtung hinterließ einen bitteren Geschmack in seinem Mund. „Ich habe noch nie einer Frau Gewalt angetan. Tiefer kann man nicht sinken.“

„Du hast mir keine Gewalt angetan. Ich bin in Ordnung.“

Aber sie war leichenblass. „Du zitterst.“

„Na schön, ich zittere. Können wir uns jetzt einen Moment setzen?“

„Ich hätte nicht herkommen dürfen, Rachel. Ich hätte dich nicht so anfallen dürfen."

„Ich bin froh, dass du gekommen bist. Bitte, komm, setzen wir uns."

Weil er Angst hatte, sie würde zitternd dort an der Tür stehen bleiben, gab er nach. „Ich nehme an, du hast mir einiges zu sagen. Das ist dein gutes Recht." Er setzte sich aufs Sofa und sank in sich zusammen. „Sicher wirst du meinen Fall jetzt abgeben."

„Nein, hier geht es um eine ganz private Angelegenheit, Nick. Das mit Zackary und mir war nicht geplant, und es war nicht richtig von mir, mich zu diesem Zeitpunkt darauf einzulassen. Dafür gibt es keine Entschuldigung."

Er schnaubte verächtlich. „Als Nächstes wirst du mir erzählen, dass du einfach nicht dagegen ankonntest, was?"

„Nein", sagte sie leise. „Man hat immer eine Wahl. Ich wollte nicht dagegen angehen."

Ihre Antwort und ihr Ton verwirrten ihn. Er war sicher gewesen, dass sie sich in diese Ausrede flüchten würde, um leichter davonzukommen. „Also hast du dich für ihn entschieden."

„Es ist passiert, und es war ungeplant und irgendwie ... überwältigend ..." Sie wusste nicht, ob das die richtigen Worte waren, um zu beschreiben, was zwischen ihr und Zack geschehen war. „Aber ich hätte es verhindern können – oder wenigstens aufschieben. Tatsache ist, dass ich es nicht getan habe, und deshalb liegt die Schuld bei mir. Du wurdest unserer Obhut unterstellt, und wir haben versagt." Sie sah ihn eindringlich an, als wolle sie ihn um Verzeihung bitten. „Aber wir haben dich nie belächelt. Was auch immer du über mich denken magst, Nick, lass nicht zu, dass es deine Beziehung zu Zackary zerstört."

„Er hat angefangen."

„Nick." In ihrer Stimme schwangen Geduld und Mitgefühl mit. „Das hat er nicht. Und du weißt es auch."

Ja, er wusste es. Wahrscheinlich hatte er auch die ganze Zeit gewusst, dass seine Hoffnungen auf eine Beziehung mit Rachel nichts als reines Wunschdenken gewesen waren. Aber dieses Wissen linderte den Schmerz nicht. „Ich habe dich sehr gern gehabt."

„Ich weiß." Ihre Augen füllten sich mit Tränen und liefen ihr über die Wangen, bevor sie es verhindern konnte. „Es tut mir Leid."

„Gott, Rachel, nicht!" Er ertrug es nicht. Erst erschreckte er sie zu Tode, und dann brachte er sie zum Weinen! „Bitte, weine nicht."

„Ich hör ja schon auf." Unwirsch wischte sie die Tränen fort, aber sofort kamen neue nach. „Ich fühle mich einfach elend wegen der ganzen Sache. Jetzt sehe ich ein Dutzend Wege, wie ich die Sache hätte anders machen können.“ Sie rang nach Fassung und atmete tief durch. „Normalerweise habe ich immer alles unter Kontrolle. Ich könnte mich dafür ohrfeigen, dass ich mich zwischen euch beide gedrängt habe.“

„He, komm schon.“ Nick wusste nicht, was er tun sollte. Er kam sich vor wie der letzte Abschaum. „Nimm’s nicht so schwer, okay?“ Er klopfte ihr ungelenk auf die Schulter. „Ich habe schon vorher mal den Kürzeren gezogen und einen Korb bekommen.“

Sie kramte in der Tasche ihres Bademantels nach einem Taschentuch. „Aber lass es nicht an Zack aus, bitte.“

„Verlange keine Wunder.“

„Oh, Nick, wenn du nur bei all den Fehlern sehen könntest, was du ihm bedeutest …“

„Fang jetzt nicht mit einer Gardinenpredigt an.“ Da ihr Tränenfluss aufgehört hatte, traute er sich ein bisschen mehr. „Du hörst dich wirklich so an, als würdest du ihn lieben.“ Der kurze Blick, den sie ihm zuwarf, machte ihn völlig baff. „Oh, Mann“, stieß er entgeistert aus, als er zu verstehen begann. „Du meinst, es ist nicht nur Sex?“

„So war es anfangs eigentlich gedacht …“ Als die

Tränen wieder zu fließen begannen, legte er unbeholfen und scheu den Arm um ihre Schultern, und sie lehnte sich an ihn. „Oh Gott, wie bin ich nur in den Schlamassel hineingeraten? Ich wollte mich in niemanden verlieben."

„Das ist allerdings dann wirklich ein harter Schlag." Er zog sie näher zu sich heran. Ihm fiel auf, dass da kein Prickeln war, keine Schmetterlinge im Bauch. Im Gegenteil, was er fühlte, kam viel eher brüderlichem Mitleid gleich. Noch nie hatte jemand sich an seiner Schulter ausgeweint. „Und Zackary? Empfindet er genauso wie du?"

„Ich weiß es nicht." Sie schnäuzte sich geräuschvoll. „Wir haben noch nicht darüber geredet. Und wir werden auch nicht darüber reden. Das Ganze ist einfach lächerlich. Und ich benehme mich albern." Verlegen machte sie sich aus seinem Arm frei und lehnte sich zurück. „Am besten vergessen wir das Ganze. Es war heute sowieso ein emotioneller Abend. Bitte, sag ihm nichts davon, ja?"

„Nein, das werde ich dir überlassen."

„Danke." Sie wischte eine einzelne Träne mit dem Handrücken fort. „Und bitte, verachte mich nicht."

„Mit Verachtung hat das nichts zu tun." Er fühlte sich plötzlich ausgelaugt und ließ sich ebenfalls gegen die Rückenpolster fallen. „Ich weiß selbst nicht, was ich fühle. Vielleicht bin ich nur hergekommen, weil ich dir heute Nacht beweisen wollte, dass ich der bessere Mann bin. Ziemlich blöde von mir."

„Ihr seid beide zwei ganz besondere Männer. Ihr habt es mir beide irgendwie angetan."

Er lächelte zerknirscht. „Da hast du dir auf jeden Fall die richtigen ausgesucht."

„Ja, ich weiß." Sie streichelte seine Wange. „Und jetzt sag mir, dass du zurückgehst."

Er presste die Lippen zusammen. „Wohin sollte ich denn sonst gehen?"

„Nein, sag mir, dass du zu Zackary gehst und alles mit ihm bereden wirst."

„Kann ich nicht versprechen."

Als er aufstand, nahm sie seine Hand. „Dann lass uns gemeinsam gehen. Ich will helfen. Ich brauche das Gefühl, dass ich wenigstens etwas wieder in Ordnung gebracht habe."

„Du hast nur eines falsch gemacht – du hast dich in den falschen Mann verliebt."

Sein hämisches Grinsen erleichterte sie ungemein. „Vielleicht hast du Recht. Lass mich trotzdem mitkommen."

„Okay, aber du solltest dich vorher noch ein wenig zurechtmachen. Deine Augen sind ganz rot."

„Gut. Ich brauche fünf Minuten."

Rachel spürte, wie Nick immer angespannter wurde, je näher sie Zackarys Bar kamen.

„Da wären wir.“ Sie blieben vor der Tür stehen. „Es ist schon nach eins. Ihr zwei werdet euch jetzt aussprechen, und ich werde vermitteln.“

Nick fragte sich, ob Rachel überhaupt eine Vorstellung davon haben konnte, wie schwer es ihm fiel, diesen Weg zu gehen. „Von mir aus.“

„Und wenn einer die Fäuste benutzt, dann werde ich das sein“, fügte sie schnell hinzu und öffnete die Tür.

Die meisten Gäste hatten die Bar bereits verlassen und waren nach Hause gegangen. Ein paar Hartgesottene saßen noch am Tresen, an dem Zackary allein arbeitete. Lola wischte die Tische sauber. Sie warf Rachel einen wissenden Blick zu, dann machte sie mit ihrer Arbeit weiter.

Zackary nahm einen Schluck aus einer Mineralwasserflasche. Rachel sah, wie kurz Erleichterung in seinen Augen aufflackerte, dann wurde sein Blick wieder ausdruckslos.

„He, Barkeeper ...“ Rachel setzte sich auf einen Hocker. „Gibt’s noch Kaffee?“

„Klar.“

„Dann bitte zwei.“ Sie warf einen bedeutungsvollen Blick auf Nick.

Er setzte sich schweigend neben sie.

„Es gibt eine alte ukrainische Tradition, die nennt man Familientreffen. Seid ihr bereit dazu?“

„Ja.“ Zackary sah seinen Bruder an. „Und wie steht es mit dir?“

„Ich bin dabei“, brummte Nick.

„He, gibt’s hier keinen Whisky mehr, oder was?“ Ein Mann, der offensichtlich betrunken war und ein Stück weit von ihnen entfernt saß, machte sich lautstark bemerkbar.

„Nein.“ Zackary nahm die Kaffeekanne und ging zu ihm hinüber. „Aber du kannst einen Kaffee auf Kosten des Hauses haben.“

Der Mann sah ihn aus rot unterlaufenen Augen an. „Was bist du? Sozialarbeiter?“

„Genau.“

„Ich will aber einen Drink.“

„Es gibt keinen mehr.“

„Ist das hier eine Bar oder eine Kirche?“ Der Mann griff nach Zackarys Pullover.

Zackary betrachtete die Hand in aller Ruhe. „Ich kannte da mal einen Mann in New Orleans“, begann er ruhig. „Er mochte Bourbon, genau wie du. Er ging von Bar zu Bar und betrank sich sinnlos. Er war am Ende so betrunken, dass er in eine Kirche ging und glaubte, er sei in einer Bar. Er schlug mit der

Faust auf den Altar, bestellte einen Doppelten und fiel tot um. Mausetot.“ Zackary zog die Hand von seinem Pullover. „Wenn du weiter so säufst, könnte es dir passieren, dass du tot in der Kirche aufwachst.“

Der Mann fluchte und nahm die Kaffeetasse. „Verdammt, ich weiß doch, wo ich bin.“

„Das ist auch gut so. Wir schaffen hier nur ungern Leichen raus.“

Nick grinste Rachel vergnügt an.

„Ist das wahr, oder hat er gelogen?“ fragte sie leise.

„Beides wahrscheinlich. Er versteht es, mit Betrunkenen umzugehen ...“ Nick brach ab, als aus der Küche Lärm zu hören war.

„Himmel, Rio muss wohl den Kühlschrank umgestoßen haben, so wie sich das anhört“, sagte Rachel noch, dann verstummte sie schockiert, als die Tür aufgestoßen wurde und Rio hereintaumelte.

Blut lief ihm aus einer Wunde am Kopf über das Gesicht. Hinter ihm stand ein Mann, der sich eine Strumpfmaske übergezogen hatte. Er hielt ein langes Gewehr an Rios Hals.

„Zeit für eine nette Party“, brüllte er und stieß Rio mit dem Gewehrlauf nach vorne.

Zwei weitere Männer folgten kichernd. Auch sie

trugen Masken. „Keiner rührt sich." Er unterstrich seine Forderung, indem er die Schiffsglocke anschlug. Der Klang hallte durch den Raum.

„Schließ die Vordertür ab." Der erste Mann fuchtelte wild mit den Armen. „Und geschossen wird nur auf meinen Befehl. Los, Leute, leert eure Taschen hier am Tresen aus. Aber dalli." Er gab dem dritten Mann ein Zeichen, ebenfalls die Bar zu umstellen. „Alles Wertvolle hierher." Er richtete den Gewehrlauf auf Lola. „He, Schätzchen, schieb deine Trinkgelder hier rüber. Du hast heute Abend bestimmt anständig was eingenommen."

Nick bewegte sich nicht. Er konnte nicht. Er kannte diese Stimme. Trotz der Masken konnte er alle drei Männer auf Anhieb identifizieren. T.J.s Kichern und sein watschelnder Gang. Cashs verwaschene Uniformjacke. Die Narbe auf Reeces Handgelenk.

Es waren seine Freunde. Seine Familie.

„Was, zum Teufel, machst du da?" fragte er, als T.J. begann, die Beute in einen Seesack zu laden.

„Nimm ihnen das Zeug ab", befahl Reece.

„Du bist verrückt geworden."

„Mach schon!" Er drehte den Gewehrlauf in Richtung auf Rachel. „Und halt's Maul."

Nick ließ sich nicht beirren. „Schluss jetzt. Du gehst entschieden zu weit."

„Auf den Boden!“ schrie Reece. „Gesicht nach unten, Hände hinter den Kopf. Du nicht.“ Er wandte sich Zackary zu. „Du machst die Kasse leer. Und du ...“, er packte Rachels Arm, „... wirst eine prima Lebensversicherung für uns abgeben. Du kommst mit.“

„Lass sie los ...“

„Nick!“ Zackary rief seinen Bruder zurück. Er leerte die Kasse und sah Reece an. „Du brauchst sie nicht.“

„Aber sie gefällt mir.“

Rachel schluckte, als der Griff immer fester wurde.

„Frischfleisch.“ Reece schmatzte mit den Lippen. „Vielleicht sollten wir dich wirklich mitnehmen, Süße. Wir könnten viel Spaß miteinander haben.“

Als Nick einen Schritt vorwärts machte, legte Reece seinen Arm um Rachels Hals. „Versuch's doch, Tellerwäscher. Los, komm schon, Mann. Mach mich alle.“

„Bleib cool, eh.“ Cash wurde nervös. Dass Reece sich die Frau krallte, war nicht geplant gewesen. „Wir wollten doch nur das Geld.“

„Ich nehme mit, was ich will.“ Er beobachtete, wie T.J. den Kasseninhalt in einen Sack leerte. „Und wo ist der Rest?“

„War ein schlechter Abend“, bemerkte Zackary trocken.

„Versuch nicht, mich aufs Kreuz zu legen, Mann. Da steht ein wunderschöner Tresor in deinem Büro, und den machst du jetzt auf.“

„Schön.“ Zackary kam hinter dem Tresen hervor. Er verspürte große Lust, sein Gegenüber in Grund und Boden zu schlagen. „Ich werde ihn öffnen, sobald du sie losgelassen hast.“

„Ich hab die Knarre“, erinnerte ihn Reece, „deshalb gebe ich hier die Kommandos.“

„Du hast die Knarre“, stimmte ihm Zackary zu, „aber ich habe die Kombination. Wenn du den Tresorinhalt haben willst, dann lässt du sie jetzt los.“

„Los doch“, meldete sich Cash, dessen Hände langsam feucht wurden. „Wir brauchen die Kleine nicht. Lass sie in Ruhe.“

Reece spürte, wie er allmählich die Oberhand verlor. Zackary sah ihn aus eiskalten blauen Augen an. Nein, sie sollten vor ihm zittern. Alle. Sie sollten schreien und winseln. Er war der Kopf der Cobras. Er war am Drücker. Niemand hatte ihm etwas zu sagen.

„Mach ihn auf“, zischte er. „Oder ich blase dich um.“

„Auf diese Art wirst du das Geld nie bekommen“,

erklärte Zackary. Aus den Augenwinkeln nahm er wahr, dass Rio sich unauffällig in Position gebracht hatte. Der Hüne war zum Sprung bereit. „Das ist meine Bar, und ich möchte nicht, dass jemand in meiner Bar verletzt wird. Du lässt die Frau los. Dann bekommst du, was du von mir verlangst.“

„Lass uns doch den Laden zu Klump hauen“, schrie T.J. und stieß mit dem Gewehr an die Gläser, die über dem Tresen aufgehängt waren. Das Klirren der Glasscherben bereitete ihm zunehmend mehr Freude. Er griff sich eine Wodkaflasche und nahm einen großen Schluck daraus. Dann warf er sie mit einem irren Freudenschrei auf den Boden.

Das Klirren der Gläser und Flaschen, das erstickte Geschrei der Geiseln auf dem Boden versetzten Reece in einen Rausch. „Ja, wir hauen den Laden zusammen.“ Er zielte auf den Fernseher und drückte ab. „So mach ich's auch mit dem Tresor. Na klar, ich brauche keine Frau.“ Er stieß Rachel beiseite. Sie landete auf Händen und Knien. „Und dich schon gar nicht.“

Er zielte mit dem Lauf auf Zackary. Er verspürte den Drang zu töten, und das war neu. Ein prickelndes Gefühl. „So gebe ich meine Befehle.“

Nick sprang blitzschnell auf und warf Zackary zur Seite, gerade als das Gewehr losging.

Schreie ringsumher. Rachel griff nach einem Stuhl und schlug damit zu. Sie spürte den Aufschlag, dann hörte sie ein Stöhnen und einen dumpfen Laut, als ein bewusstloser Körper zu Boden fiel. Sie sah gerade noch, wie Rio wie der Blitz an ihr vorbeiraste. Doch da war sie schon bei Nick und Zackary, die auf dem Boden lagen. Sie sah das Blut. Ihre Hände waren damit beschmiert.

Der Raum glich einem Tollhaus. Schreie, Lärm, Schritte, die sich hastig entfernten.

„Oh nein, bitte nicht." Sie presste die Hand gegen Nicks Brust. Zackary setzte sich auf und schüttelte den Kopf, als wolle er wieder zu Verstand kommen.

„Rachel, du bist …" Dann sah er seinen Bruder, der reglos auf dem Boden lag. Sein Gesicht war kreidebleich. Und das Blut sickerte langsam durch das Hemd. „Nein! Nick, nein!"

„Hör zu, Zackary, leg deine Hand auf die Wunde. Nicht mit dem Druck nachlassen. Ich hole ein Tuch." Rachel stand auf und eilte hinter den Tresen. „Ruft einen Krankenwagen!" rief sie. „Sie sollen sich beeilen." Sie lief mit dem gefalteten Tuch zu Nick zurück und legte es auf die Wunde. „Er ist jung und stark." Mit Tränen in den Augen fühlte sie Nicks Puls. „Wir lassen ihn nicht sterben. Er wird es schaffen, das weiß ich genau."

„Zackary." Rio beugte sich zu ihnen hinunter. „Es tut mir Leid, ich habe sie nicht aufhalten können. Ich hatte keine Chance."

„Darum kümmern wir uns später. Hol eine Decke und noch mehr Tücher."

„Da sind welche." Lola reichte Rachel die Tücher und strich Zackary über die Haare. „Er hat verdammt mutig gehandelt."

„Er hat sich einfach in den Weg gestellt." Zackary schluckte. „Dieser verdammte Bengel musste sich schon immer in den Weg stellen." Er legte die Hand auf die Brust seines Bruders. „Ich darf ihn nicht verlieren."

„Das wirst du nicht." Sie hörte leise das Heulen der Sirenen und zitterte erleichtert. „Wir werden ihn nicht verlieren", erwiderte sie zuversichtlich.

Endlose Stunden im Wartezimmer. Umherlaufen, rauchen, Kaffee trinken. Zackary sah immer noch Nicks blasses Gesicht auf der Trage vor sich, als sie ihn in den OP geschoben hatten. Er kam sich so hilflos vor.

Krankenhäuser machten ihn immer hilflos. Wie vor einem Jahr, als er mit ansehen musste, wie sein Vater starb. Langsam und unausweichlich.

Aber nicht Nick. Daran klammerte er sich. Nick

war jung, und deshalb war der Tod nicht unausweichlich.

Aber das Blut. Er hatte so viel Blut verloren.

„Zackary.“ Er erschrak, als Rachel sich von hinten näherte und seine Schultern massierte. „Wollen wir spazieren gehen? Etwas frische Luft könnte ganz gut tun.“

Er schüttelte den Kopf. Rachel versuchte nicht, ihn zu drängen. Es war sinnlos, ihn zu überreden, sich ein wenig auszuruhen. Ihre Augen brannten. Doch sie wusste, dass die Bilder dieses schrecklichen Augenblicks sichtbar wurden, sobald sie sie schloss. Der Gewehrlauf auf Zackary gerichtet. Nicks Sprung. Der Schuss. Das Blut.

„Ich besorge uns etwas zu essen.“ Rio stand von dem Sofa auf. „Ihr müsst beide etwas zu euch nehmen.“ Er presste die Lippen zusammen. „Ihr braucht Energie, wenn ihr euch später um Nick kümmern müsst.“ Er ging hinaus auf den Gang, der weiße Verband um seinen Kopf leuchtete im Licht auf.

„Er macht sich Vorwürfe wegen Nick“, sagte Zackary halb zu sich selbst. „Der Gedanke lässt ihn nicht los, dass er es nicht schaffte, die drei Kerle aufzuhalten.“

„Wir werden sie finden, Zackary.“

„Ich habe gespürt, dass er dir etwas antun wollte. Ich habe es in seinen Augen gesehen. Er wollte irgendjemanden verletzen. Und er hatte dich in seiner Gewalt. Dass es Nick treffen könnte, daran habe ich nicht gedacht."

„Es war nicht deine Schuld. Du hast alles getan, um deine Gäste zu schützen. Das mit Nick geschah nur, weil er versuchte, dich zu schützen." Sie legte die Arme um seinen Körper, und diesmal ließ er es zu.

„Rachel, ich muss unbedingt mit ihm reden."

„Du wirst bald Zeit dazu haben."

„Entschuldigt." Alex stand zögernd in der Tür. Seit er die Nachricht bekommen hatte, klopfte sein Herz rasend. „Rachel, geht es dir gut?"

„Ja, aber Nick ..."

„Ich weiß. Als uns der Anruf erreichte, wollte ich die Sache sofort in die Hand nehmen." Er sah Zackary an. „Ist das okay für dich?"

„Ja, gerne. Ich habe schon mit ein paar Polizisten geredet."

„Wollen wir uns nicht setzen?" Er wartete, bis Zackary auf einem Sessel Platz genommen und sich eine weitere Zigarette angezündet hatte. „Gibt es Neuigkeiten über Nicks Befinden?"

„Er wird gerade operiert. Mehr wissen wir nicht."

„Könnt ihr mir die drei Typen beschreiben?"

„Sie trugen schwarze Strumpfmasken", begann Zackary. „Einer der drei trug eine Uniformjacke."

Rachel fasste Zackarys Hand. „Der Typ, der auf Nick schoss, war nicht sehr groß. Schwarze Haare, braune Augen. Er hatte eine auffällige Narbe am linken Handgelenk."

„Was ist mit den beiden anderen?"

„Der eine kicherte immer so merkwürdig", erinnerte sich Zackary. „Ein hagerer, drahtiger Typ."

„Ich konnte ihn nicht so genau sehen", warf Rachel ein. „Er hatte helles Haar. Strohblond, glaube ich. Die Waffen machten ihn nervös. Er schwitzte."

„Wie sieht es mit dem Alter aus?"

„Schwer zu schätzen." Sie warf einen Blick auf Zackary. „Jung. Anfang zwanzig?"

„ Ja, in etwa. Wie stehen die Chancen, dass sie geschnappt werden?"

„Jetzt bereits besser als vorher." Alex schloss sein Notizbuch. „Ich will euch nichts vormachen, es wird schwierig sein. Aber vielleicht haben sie ja Fingerabdrücke hinterlassen, die in der Kartei sind. Aber wir werden an dem Fall arbeiten. Ich werde an dem Fall arbeiten", verbesserte er. „Denn ich habe schließlich ein ganz besonderes Interesse daran, dass das aufgeklärt wird."

Zackary sah auf Rachel. „Kann ich mir vorstellen."

„Nicht nur wegen ihr", warf Alex ein. „Mir geht es auch um den Jungen. Ich will beweisen, dass unser System funktioniert."

„Mr. Muldoon?" Eine etwa fünfzigjährige Frau in einem grünen Kittel erschien im Raum. Als Zackary losging, gab sie ihm ein Zeichen, stehen zu bleiben. „Ich bin Dr. Markowitz. Ich habe Ihren Bruder operiert."

„Wie ... wie geht es ihm?"

„Er ist ziemlich robust." Sie setzte sich auf die Stuhllehne, um ein wenig zu entspannen. „Wollen Sie alle technischen Details hören, oder soll ich zur Sache kommen?"

„Geradeheraus."

„Es steht kritisch. Aber er hat großes Glück gehabt. Die Kugel hat sein Herz nur sehr knapp verfehlt. Die Chancen, dass er durchkommt, schätze ich zurzeit auf etwa fünfundsiebzig Prozent ein. Mit etwas Glück und dank seiner guten Kondition wird er in etwa vierundzwanzig Stunden über den Berg sein."

„Heißt das, dass er wieder auf die Beine kommt?"

„Ich arbeite ungern so lange und hart an einem Patienten, um ihn dann zu verlieren, Mr. Muldoon.

Aber wir behalten ihn vorläufig auf der Intensivstation."

„Darf ich ihn sehen?"

„Ich werde Sie verständigen lassen, wenn er aus der Narkose aufwacht." Sie gähnte und wurde sich dabei klar, dass sie bereits den zweiten Sonnenaufgang in einem Operationssaal verbracht hatte. „Wollen Sie nicht lieber nach Hause gehen und sich ein paar Stunden ausruhen?"

„Nein, danke."

Sie rieb sich die Augen und lächelte. „Er ist ein gut aussehender junger Mann, Mr. Muldoon. Ich freue mich, bald mit ihm ein Schwätzchen halten zu können." Sie warf einen Blick auf Alex. „Polizist?"

„Ja, Ma'am."

„Ich erkenne euch sogar von weitem", erklärte sie und ging.

12. KAPITEL

Der Schmerz wurde nur noch von dem Schwindelgefühl übertroffen. Jedes Mal, wenn er aus der Bewusstlosigkeit auftauchen wollte, fühlte er es, bevor er wieder in diesen dämmrigen Kokon zurückgezogen wurde. Er wollte etwas sagen, aber die Worte ließen sich nicht in seinem Kopf formen, schienen so sinnlos und unzusammenhängend zu sein.

Ein unablässiges Biepen drang an sein Ohr, ein penetrantes Geräusch, das er nicht als seinen eigenen Herzschlag erkennen konnte. Aber da waren auch Stimmen, leise, ein Murmeln nur, und manchmal fühlte er den Druck einer Hand, so als hielte jemand seine. Aber er hatte nicht die Energie, um sich ein klares Bild zu verschaffen. Die Müdigkeit überwältigte ihn immer wieder.

Er hatte geträumt. Geträumt, er wäre auf See, in einem Hurrikan. Er sprang von Deck und fiel, aber er schlug nie auf. Er schwebte einfach nur im luftleeren Raum.

Da waren auch noch andere Träume gewesen. Gesichter, schemenhaft. Zack hinter ihm an einem Flipper. Cash mit einer Zigarette an einem Bartresen lehnend. Rachel, wunderschön, wie sie ihn in einem hell erleuchteten Raum anlächelte. Rio, der am Herd stand und Bratkartoffeln briet.

Der alte Herr, der ihn anschrie. „Aus dir wird nie etwas werden. Das wusste ich schon, als ich dich das erste Mal sah."

Wo ist Zack? Warum kommt er nicht zurück?

Aber Zack war nicht da, er war Hunderte von Meilen weit entfernt. Niemand konnte ihm helfen ... Niemand war für ihn da.

Das Klavier. Zack, der daneben stand und grinste. Ein Gewehrlauf. Und Zack ...

Stöhnend kämpfte er gegen den Schlaf, versuchte sich aufzurichten.

„He, ganz ruhig, mein Junge." Zackary sprang von dem Stuhl neben Nicks Bett auf und legte seinem Bruder die Hand auf die Schulter. „Es ist alles in Ordnung."

Nick versuchte etwas um sich herum zu erkennen. Aber alles verschwamm wie in einem Nebel. Es schien ihm, als habe er schreckliche Dinge geträumt. „Was?" Sein Hals war trocken und schmerzte. „Bin ich krank?"

„Es ging dir schon mal besser." Mir auch, fügte Zackary still hinzu und versuchte das Zittern seiner Hand zu unterdrücken, als er den Trinkbecher nahm und den Strohhalm an Nicks Mund führte. „Sie haben gesagt, du sollst das trinken, wenn du wieder zu dir kommst.“

Nick trank einen Schluck Wasser, noch einen, aber um noch einmal an dem Strohhalm zu saugen, fehlte ihm einfach die Kraft. Er betrachtete die dunklen Ränder unter Zackarys Augen und die Bartstoppeln. „Du siehst verdammt schlecht aus.“

Zackary strich sich grinsend über das Kinn. „Du sahst auch schon verführerischer aus. Ich hole jetzt die Krankenschwester.“

„Krankenschwester?“ Nick schüttelte den Kopf und starrte verdutzt auf die Kanülen, die in seinem Arm steckten. „Bin ich in einem Krankenhaus? Was ist denn passiert?“

„Nun, das Ritz ist das hier nicht. Hast du Schmerzen?“

Nick überlegte einen Moment, dann schüttelte er erneut den Kopf. „Eigentlich nicht. Ich fühle mich irgendwie ... high.“

„Das kann ich mir vorstellen.“ Als die Erleichterung ihn wie eine Welle überkam, legte er eine Hand auf Nicks Brust, zog sie aber sofort wieder verlegen fort. „Du bist ein solcher Trottel, Nick.“

Nick war noch zu benommen, um all die Gefühle in Zacks Stimme herauszuhören. „Hatte ich einen Unfall? Ich ...“ Und dann kamen plötzlich die Erinnerungen an die Ereignisse. „Es war in der Bar. Rachel. Was ist mit ihr?“

„Ihr geht es gut. Sie war auch hier. Ich habe Rio gebeten, dafür zu sorgen, dass sie einen Happen isst.“

„Und du? Hat er dich getroffen?“

„Nein, du Idiot.“ Zackary setzte sich und stützte den Kopf auf die zitternden Hände. „Er hat dich angeschossen.“

Nick konnte es nicht glauben. Da saß der Mann, den er immer für Superman gehalten hatte, von dem er immer geglaubt hatte, dass ihn nichts umhauen könnte, zitternd mit Tränen in den Augen vor ihm auf einem wackeligen Stuhl und rang um Fassung.

„Ich würde dir am liebsten den Hals dafür umdrehen, dass du mir einen solchen Schreck eingejagt hast. Wenn du nicht schon in einem Krankenbett liegen würdest, würde ich dich so verprügeln, dass du eines bräuchtest.“

Aber Drohungen, die mit zitternder Stimme vorgebracht wurden, machten nur wenig Eindruck. „He.“ Nick hob eine Hand. „Alles in Ordnung mit dir?“

„Nein, nichts ist in Ordnung.“ Zack stand abrupt auf und ging zum Fenster. Er starrte mit leerem Blick hinaus, ohne etwas zu erkennen. Bis er etwas von seiner Beherrschung wiedergefunden hatte. „Doch, sicher, alles in Ordnung. Und es sieht auch so aus, als würdest du wieder in Ordnung kommen. Sie haben gesagt, dass sie dich bald auf die normale Station verlegen können."

„Wo bin ich denn jetzt hier?" Neugierig sah Nick sich im Zimmer um. „He, sieh dir das an, die ganze Elektronik hier drinnen. Wie lange war ich denn weggetreten?"

„Du bist zwischendurch ein paarmal wach geworden. Sie sagten, dass du dich nicht daran erinnern würdest. Du hast wirres Zeug geredet."

„Tatsächlich? Was denn?"

„Über Flipper." Zack hatte sich wieder einigermaßen gefasst und kam zum Bett zurück. „Und von einem Mädchen, Martha oder Marla ... Darüber will ich übrigens noch mehr erfahren, kleiner Bruder." Das leichte Lächeln auf Nicks Gesicht tat ihm unglaublich gut. „Ach ja, und du wolltest unbedingt Pommes haben."

„Ist nun mal 'ne Schwäche von mir. Hab ich denn welche bekommen?"

„Nein, aber vielleicht kann ich später welche hier hereinschmuggeln. Hast du Hunger?"

„Im Moment nicht. Du hast mir immer noch nicht gesagt, wie lange ich hier drinnen bin."

Zack zog eine Zigarette hervor, dann erinnerte er sich, wo er war, und steckte sie wieder weg. „Vor zwölf Stunden haben sie dich zusammengeflickt. Du bist ein verdammt harter Bursche, weißt du das? Hätte er dich in den Kopf und nicht in die Brust getroffen, so wärst du vermutlich pfeifend aus der Bar gegangen." Er strich mit der Hand über Nicks Stirn. „Ich bin dir etwas schuldig."

„Bist du nicht."

„Du hast mir das Leben gerettet."

Nick schloss die Augen. „Das ist so, als wäre jemand bei einem Sturm ins Meer gesprungen. Du hast auch nicht nachgedacht, ob du es tun sollst. Du weißt, was ich meine?"

„Ja."

„Zackary, ich möchte mit einem Polizisten reden."

„Ruh dich erst einmal aus. Später kannst du mit der Polizei sprechen."

„Ich muss aber", betonte Nick, aber er driftete schon wieder in den Schlaf. „Ich kenne die drei Typen."

Zackary wartete, bis Nick eingeschlafen war, dann, als er sicher sein konnte, dass niemand es bemerken würde, streichelte er seinem Bruder sanft über das Haar.

„Ich sagte Ihnen doch, dass sein Zustand zufriedenstellend ist", wiederholte Dr. Markowitz.

„Gehen Sie nach Hause, Mr. Muldoon."

„Auf keinen Fall." Zackary lehnte an der Wand neben der Tür zu Nicks Zimmer. Er fühlte sich schon wesentlich besser, nachdem sie seinen Bruder aus der Intensivstation entlassen und in ein normales Krankenzimmer gebracht hatten.

„Irischer Dickschädel!" Sie sah Rachel eindringlich an. „Mrs. Muldoon, haben Sie irgendeinen Einfluss auf ihn?"

„Ich bin nicht Mrs. Muldoon. Und nein, ich habe keinerlei Einfluss. Er wird wohl noch einmal nach Nick sehen wollen, sobald mein Bruder herauskommt."

„Der Polizist ist Ihr Bruder?" Dr. Markowitz schüttelte den Kopf und seufzte. „Also schön, ich gebe Ihnen fünf Minuten, dann müssen Sie gehen. Sonst setze ich den Sicherheitsdienst auf Sie an, und der wird Sie, falls nötig, hinauswerfen."

„Ja, Ma'am."

„Das gilt auch für diesen Riesen, der die ganze Zeit über den Korridor schleicht."

„Ich werde sie beide nach Hause bringen", versprach Rachel. Sie drehte sich um, als die Tür geöffnet wurde und Alex herauskam. „Alexej?"

„Wir sind fertig.“ Er sah sehr zufrieden aus. „Ich habe jetzt eine Menge zu tun.“

„Hat er sie identifiziert?“ fragte Zackary.

„Ganz genau. Und er wird als Zeuge auftreten.“

„Ich werde diese Kerle ...“

„Auf gar keinen Fall“, erwiderte Alex schnell, als er Zackarys geballte Fäuste sah. „Der Junge hat genau die richtigen Schritte vorgegeben, die notwendig sind, um die Burschen dingfest zu machen. Halte ihn zurück, Rachel.“

„Ich werde es versuchen“, murmelte sie, als Alex davoneilte. „Reiß dich zusammen, wenn du mit Nick sprichst.“

„Diese Dreckskerle haben meinen Bruder zusammengeschossen.“

„Und sie werden dafür bezahlen.“

Zackary nickte kurz, dann betrat er das Zimmer und stellte sich ans Bettende. „Wie geht's?“

„Gut.“ Nick war erschöpft von dem Verhör mit Alex, aber er hatte noch eine ganze Menge loszuwerden. „Ich muss mit dir reden, dir etwas erklären.“

„Das kann warten.“

„Nein. Es war meine Schuld. Die ganze Geschichte. Es waren die Cobras, Zackary. Sie wussten genau, wie sie unauffällig in die Bar kommen konnten, da ich es ihnen erzählt habe. Ich wusste ja nicht

... Ich schwöre dir, dass ich nicht wusste, was sie vorhatten." Nick schloss die Augen. „Ich habe versagt. Wie immer." Er berichtete Zackary, was sich in dem Lokal mit Cash abgespielt hatte. „Ich dachte, wir würden einfach nur so darüber reden."

„Du hast ihm vertraut." Zackary ging um das Bett herum und nahm Nicks Hand. „Du dachtest, er wäre dein Freund. Das hat mit Versagen nichts zu tun. Du hast einem Menschen dein Vertrauen geschenkt, der es nicht verdient. Du bist anders als diese Burschen." Als Nick die Augen öffnete, drückte er ihm fest die Hand. „Dein Fehler war es, so sein zu wollen wie sie. Aber das ist jetzt vorbei."

„Ich will, dass sie dafür bezahlen."

„Das wollen wir alle. Diesmal betrifft es uns gemeinsam."

„Ja." Nick atmete erleichtert aus. „Okay."

„So, und jetzt muss ich los, sonst schmeißen sie mich raus. Ich komme morgen wieder, ja?"

„Zackary. Vergiss nicht, mir Pommes frites mitzubringen", rief er seinem Bruder nach, als er bereits an der Tür war.

„Bring ich dir."

„Okay?" fragte Rachel, als Zackary die Tür hinter sich schloss.

„Okay." Er nahm sie fest in seine Arme und genoss ihre Nähe. „Komm jetzt nach Hause, bitte", flüsterte er in ihr Ohr. „Bleib heute Nacht bei mir, Rachel, die ganze Nacht."

„Dann komm." Sie küsste ihn auf die Wange. „Unterwegs kaufe ich mir noch eine Zahnbürste."

Einige Zeit später, als Zackary völlig erschöpft eingeschlafen war, lag Rachel wach neben ihm. Seit mehr als achtundvierzig Stunden war dies der erste Schlaf für ihn. Seltsam, dachte sie und betrachtete sein Gesicht im Dämmerlicht, das durch die Vorhänge fiel, sie hätte sich nie für den fürsorglichen Beschützertyp gehalten. Aber es war ein wundervolles Gefühl, einfach für ihn da zu sein und ihn zu halten, bis die Anstrengungen der vergangenen Tage ihn übermannt und ihn in einen erschöpften Schlaf hatten fallen lassen.

Obwohl sie selbst sehr müde war, fand sie doch keinen Schlaf. Sie war in ihrem Leben an einem Punkt angelangt, an dem sie spürte, dass sie eine Entscheidung treffen musste. Und doch wusste sie nicht, welchen Schritt sie als nächsten tun sollte.

Die Liebe folgt nicht immer logischen Grundsätzen, dachte sie. Es war nicht immer möglich, eine gerade Linie zu verfolgen und Prioritäten zu setzen. In wenigen Tagen ging der Auftrag, der sie zusammengeführt hatte, zu Ende. Sie würden in den Gerichtssaal gehen und die Sache endgültig lösen.

Es war an der Zeit, sich Gedanken über den nächsten Schritt zu machen.

Er hatte sie gebeten, zu ihm zu ziehen. Rachel betrachtete die Schatten an der Wand. Es könnte genug sein. Oder zu viel. Ihr Problem war die Entscheidung, die sie zu fällen hatte: Was brauchte sie zum Leben, auf was konnte sie verzichten?

Sie befürchtete, dass der Mensch, der neben ihr lag, das Einzige in ihrem Leben war, ohne das sie nicht auskommen konnte.

Zackary warf sich unruhig herum, stöhnte laut und erwachte.

„Schsch ...“ Sie streichelte sanft seine Wange. „Es ist ja gut. Es ist alles gut.“

„Der Hurrikan“, flüsterte er verwirrt.

Sie legte die Hand auf sein Herz, als wolle sie den schnellen Rhythmus besänftigen. „Schlaf jetzt weiter, Muldoon.“

„Es ist schön, dass du da bist. Wundervoll.“

„Für mich ist es auch wunderschön.“ Sie zog skeptisch die Augenbrauen hoch, als sie seine Hand auf ihrem Oberschenkel spürte. „Fang nichts an, was du nicht zu Ende bringen kannst.“

„Ich will nur mein T-Shirt zurückhaben.“ Er glitt

mit der Hand unter ihr provisorisches Nachthemd und strich zärtlich über ihre Brüste. „Du bist wundervoll."

„Du forderst dein Glück heraus, Zackary."

„Ich hatte wieder diesen Traum auf dem Schiff." Ganz langsam, fast im Zeitlupentempo, zog er ihr das Shirt aus. „Ich musste gerade daran denken, wie es war, als ich fünf Monate auf See war, ohne eine Frau zu sehen." Er beugte sich vor und küsste ihren Mund. „Geschweige denn, eine zu berühren."

Rachel seufzte zufrieden. „Erzähl mir mehr." Seine Lippen berührten die ihren, sanft und erregend.

„Als ich gerade aufwachte, konnte ich dein Haar riechen, deine Haut. Seit Wochen stelle ich mir vor, dich neben mir zu haben, wenn ich aufwache. Und jetzt ist es so weit."

„So einfach ist das?"

„Ja." Er hob den Kopf und lächelte sie an. „So einfach ist das."

Sie glitt mit der Hand über seine Schultern. „Da gibt es nur noch eines, was ich sagen möchte."

„Und das wäre?"

„Alle Mann an Deck." Rachel lachte laut auf und legte sich auf ihn.

„Es wäre das Einfachste von der Welt, unter diesen

Umständen einen Aufschub zu bewirken", erklärte Rachel, während sie mit Nick die Stufen zum Gerichtsgebäude hinaufging.

„Ich will es hinter mich bringen", wiederholte er und warf einen Blick auf Zackary.

„Ganz meine Meinung."

„Ich bin offensichtlich in der Minderheit", schnaubte Rachel beleidigt. „Aber wenn du im Gerichtssaal umkippst ..."

„Ich bin schließlich nicht sterbenskrank."

„Du bist aber erst seit zwei Tagen aus dem Krankenhaus heraus", betonte Rachel.

„Dr. Markowitz hat ihm grünes Licht gegeben", warf Zackary ein.

„Was geht mich die Ansicht von Dr. Markowitz an?"

„Rachel." Nick war etwas außer Atem vom Treppensteigen, aber er schüttelte ihre Hand ab. „Hör auf damit, meine Mutter zu spielen."

„Na schön." Sie warf ergeben die Hände in die Luft, aber dann fingerte sie wieder an Nicks Krawatte und wischte eine unsichtbare Fluse von seinem Jackett. Als sie sah, wie Zackary sie von der Seite angrinste, machte sie ein böses Gesicht. „Kein Wort, Muldoon."

„Aye, aye, Sir."

„Er bildet sich doch tatsächlich ein, dieses ganze Matrosengerede sei charmant." Sie betrachtete ihren Mandanten. Er sah etwas mitgenommen und bleich aus, aber er war in ganz guter Verfassung. „Also, bist du ganz sicher, dass du alles im Kopf hast, was ich dir eingetrichtert habe?"

„Rachel, das haben wir doch bereits viele Dutzende Male durchexerziert." Er atmete tief durch und wandte sich Zackary zu. „Kann ich einen Moment allein mit ihr reden?"

„Sicher." Zackary warf einen Blick über die Schulter. „Aber Finger weg."

„Ja ja." Nick sah Rachel eindringlich an. „Zuerst möchte ich dir sagen, wie ... nun, wie schön es für mich war, dass mich deine ganze Familie im Krankenhaus besucht hat, die Kekse, die Blumen und das alles ..."

„Sie sind gekommen, weil sie dich sehr gern haben."

„Ja, aber ... also, es war wirklich sehr schön. Ich habe sogar von Freddie eine Karte erhalten. Und der Polizist ... er ist auch in Ordnung."

„Alex hat auch seine guten Tage."

„Was ich sagen will, ist ... Was immer heute auch geschehen mag, du hast so viel für mich getan. Vielleicht weiß ich immer noch nicht, was für ein Ziel ich habe, aber ich bin mir im Klaren darüber, was ich nicht will. Und das verdanke ich dir. Ich schulde dir was."

„Nein, tust du nicht." Da sie befürchtete, sie könnte jeden Moment vor Rührung in Tränen ausbrechen, gab Rachel sich barsch. „Ein bisschen verdankst du mir vielleicht, aber das Meiste war schon hier drin." Sie tippte mit dem Finger gegen sein Herz. „Du bist in Ordnung, LeBeck."

„Danke. Und noch etwas ..." Er sah zu Zackary hinüber, um sicher zu sein, dass er nichts mitbekam. „Ich weiß, ich hab mich anfangs ziemlich dumm benommen, aber ich möchte, dass du weißt ... Zackary hat so was verlauten lassen, dass du vielleicht bei ihm einziehst. Ich werde euch nicht im Wege stehen."

„Ich habe mich noch nicht entschieden. Aber ganz gleichgültig, ob ich nun einziehe oder nicht, du würdest nie im Weg sein. Du gehörst zur Familie, kapiert?"

Seine Lippen verzogen sich zu einem Lächeln. „Kapiert. Ach, und solltest du dich doch noch gegen Zackary entscheiden, so bin ich für dich da."

„Ich werde daran denken." Sie rückte ein letztes Mal seine Jacke zurecht. „Jetzt lass uns gehen."

Es gibt keinen Grund, nervös zu werden, dachte sie, als sie sich mit Nick an den Platz des Verteidigers setzte. Ihr Plädoyer war gut vorbereitet, und vorne saß eine sympathische Richterin.

Sie geriet mehr und mehr in Panik.

Sie erhob sich mit allen anderen Anwesenden, als Richterin Beckett den Saal betrat.

„Nun, Mr. LeBeck“, begann sie und lächelte ihn an. „Wie schnell die Zeit vergeht, nicht wahr? Wie ich hörte, gab es für Sie in der Zwischenzeit einige Probleme. Geht es Ihnen wieder besser?“

„Euer Ehren ...“ Verdutzt über die ungewohnte Verfahrensweise der Richterin, stand Rachel auf.

„Setzen Sie sich.“ Beckett gab ihr ein Zeichen mit der Hand, wieder Platz zu nehmen. „Mr. LeBeck, ich fragte Sie nach Ihrem Gesundheitszustand.“

„Es geht mir ganz gut.“

„Fein. Ich wurde ebenfalls darüber informiert, dass Sie die drei Männer identifizieren konnten, die in Mr. Muldoons Bar eindrangen. Drei Mitglieder der Cobras, einer Organisation, der Sie angehörten.“

Rachel versuchte es erneut. „Euer Ehren, in meinem Abschlussbericht ...“

„Ich habe ihn gelesen. Ich danke der Verteidigung. Ein ausgezeichneter Bericht. Aber ich möchte die Antwort von Mr. LeBeck persönlich. Ich frage Sie also, warum haben Sie gegen diese Männer ausgesagt, obwohl Sie vor kurzem die gleichen Täter gedeckt haben?"

„Steh auf", flüsterte Rachel.

Nick folgte ihr verwirrt. „Ma'am?"

„Soll ich die Frage wiederholen?"

„Nein, ich habe verstanden."

„Ausgezeichnet. Und Ihre Antwort?"

„Sie hatten es auf meinen Bruder abgesehen."

„Ah." Beckett lächelte. „Und das hat Ihren Sinneswandel bewirkt?"

Nick vergaß alle Vorsätze, die er mit Rachel durchexerziert hatte, und sprach einfach drauflos. „Also, die sind eingebrochen, haben Rio am Kopf verletzt. Dann haben sie Rachel herumgeschubst und mit den Gewehren herumgefuchtelt. Und Reece wollte meinen Bruder erschießen. Das war Unrecht. Das konnte ich nicht zulassen."

„Mir scheint, Mr. LeBeck, dass Sie ein sehr klar denkender, verständiger und verantwortlich handelnder junger Mann sind. Sie werden in Ihrem Leben wohl noch so manchen Fehler begehen, aber ich bezweifle, dass es jemals noch einen Anlass geben könnte, der Sie hier in diesen Gerichtssaal führt. Und jetzt hat der Vertreter der Anklage das Wort."

„Euer Ehren, die Staatsanwaltschaft verzichtet in

allen Punkten auf eine weitere Anklage gegen Nicholas LeBeck."

„Einverstanden!" Rachel sprang erfreut auf.

„War es das?" warf Nick ein.

„Nicht ganz." Beckett bat für einen Augenblick um Ruhe, dann schlug sie mit dem Hammer auf die Tischplatte. „Hiermit erkläre ich die Sitzung für beendet."

Rachel fiel Nick lachend in die Arme. „Du hast es geschafft, Nick! Du hast es wirklich geschafft!"

„Ich werde nicht ins Gefängnis gehen." Er drückte Rachel noch einmal und wandte sich Zackary zu. „Ich gehe nach Hause."

„Richtig." Zackary streckte ihm die Hand hin und griff fest zu. Dann, mit einem Stoßseufzer, riss er seinen Bruder an sich und umarmte ihn. „Wenn du anständig arbeitest, gebe ich dir sogar eine Gehaltserhöhung."

„Von wegen Gehaltserhöhung. Ich werde mich zum Juniorpartner hocharbeiten."

„Wenn die Herren mich entschuldigen möchten, ich habe noch andere Mandanten." Rachel gab beiden rasch und ganz unprofessionell einen Kuss und strahlte sie an.

„Das müssen wir feiern." Zackary fasste ihre Hände. Er wusste nicht, was er sagen sollte. Dabei gab es so viel, was er mit Rachel bereden wollte. „Um sieben in der Bar."

„Ich komme."

„Rachel", rief Nick hinter ihr her. „Du bist die Beste."

„Nein." Sie lachte und warf einen Blick über die Schulter. „Aber ich werde es eines Tages sein."

Rachel kam einige Zeit zu spät. Aber das war jetzt nicht zu ändern. Wie hatte sie auch vergessen können, dass um sechs Uhr noch ein Termin in einer Strafsache vorgesehen war?

Als sie die Bar betrat, blieb sie verblüfft stehen. Überall im Raum waren Papierschlangen und Luftballons aufgehängt. Einige Leute trugen entsetzlich schrille Partyhüte. An der Rückwand hing ein riesiges Banner: „Verglichen mit Rachel ist Perry Mason ein Jammerlappen".

Rio kam auf sie zu, trug sie zum Tresen und setzte sie auf einen der Barhocker. Irgendjemand drückte ihr ein Glas Champagner in die Hand.

Zackary zog sanft an ihrem Haar, bis sie sich zu ihm umdrehte und ihn küsste. „Ich habe versucht, die anderen in Zaum zu halten, bis du kommst, aber sie waren nicht mehr zu bremsen. Deshalb habe ich es irgendwann aufgegeben."

„Oh, ich hole euch schon ein ... Mama!“ Rachel blieb vor Erstaunen der Mund offen stehen.

„Wir haben bereits die Gelegenheit gehabt, Rios köstliche Rippchen zu probieren“, informierte Nadia sie. „Jetzt möchte dein Vater unbedingt mit mir tanzen.“

„Vielleicht tanze ich später auch mit dir“, erklärte Yuri und führte seine Frau zur Tanzfläche.

„Du hast meine Eltern eingeladen. Und ...“, sie schüttelte erstaunt den Kopf, „... da ist ja auch Alex!“

Zackary stieß mit ihr an. „Nick hat die Liste erstellt. Sieh mal da drüben.“

Rachel sah zur Seite und entdeckte Nick an einem der Tische. „Ist das nicht Lolas Tochter, die dort neben Nick sitzt?“

„Sie ist sichtlich beeindruckt von Nicks Heldentat.“

„Eine von zehn Möglichkeiten, eine Frau zu beeindrucken.“

„Ich werde es mir merken. Willst du mit mir tanzen?“

„Ich wette, dass du keine Polka tanzen kannst.“

„Die Wette verlierst du“, erwiderte er und fasste ihre Hand.

Die Stunden vergingen. Rachel tanzte, bis ihre Füße fast gefühllos waren und sie dazu überging, zusammen mit ihrem leicht angetrunkenen Vater ukrainische Lieder zu singen.

„Eine schöne Feier“, erklärte Yuri, während ihm seine Frau in den Mantel half.

„Ja, Papa.“

Er grinste schelmisch und flüsterte Rachel zu: „Jetzt gehe ich nach Hause und verwandle deine Mutter in ein ganz junges Mädchen.“

„Große Sprüche“, erwiderte Nadia. „Unterwegs schläfst du doch schon ein.“

„Dann weck mich eben auf“, gab Yuri lallend zurück.

„Mal sehen.“ Sie küsste ihre Tochter zum Abschied auf beide Wangen. „Ich bin sehr stolz auf dich, mein Kind.“

„Danke, Mama.“

„Und denk daran, wenn du den richtigen Mann gefunden hast, wirst du nichts verlieren, wenn du ihn hältst, aber alles, wenn du ihn gehen lässt. Verstehst du?“

„Ja, Mama.“ Rachel warf einen Blick auf Zackary. „Ich glaube schon.“

„Dann ist es gut.“

Rachel begleitete ihre Eltern noch bis zur Tür.

„Sie sind einfach großartig“, meldete sich Nick hinter ihrem Rücken.

„Ja, das sind sie."

„Und für einen Polizisten ist dein Bruder gar nicht so übel."

„Ich bin auch sehr stolz auf ihn." Sie seufzte. „Sieht so aus, als sei die Party zu Ende."

„Diese hier, ja." Er wandte sich lächelnd ab, um Rio beim Aufräumen zu helfen. Wenn er seinen Bruder richtig kannte – und langsam fing er an, das zu denken –, dann stand Rachel heute noch eine Überraschung bevor.

Zack sah den Aufräumarbeiten volle zwanzig Minuten zu, dann hielt er es nicht mehr aus. Er schickte Nick und Rio zu Bett. „Den Rest machen wir morgen." Wenn er mit Rachel nicht sofort allein sein konnte, würde er noch explodieren.

„Du bist der Boss. Noch." Rio blinzelte Rachel zu, nahm seinen Mantel und ging.

„Möchtest du noch einen Champagner?" Zackary hielt ihr die fast leere Flasche hin.

„Ich kann noch einen vertragen." Sie setzte sich an die Bar und sah ihn herausfordernd an. „Spendierst du mir einen Drink, Seemann?"

„Mit Vergnügen." Er füllte die Gläser und stellte die leere Flasche beiseite. „Ich wollte dir noch einmal für alles danken."

„Ich habe nur meine Arbeit getan."

„Verdammt, Rachel, ich möchte dir meine Gefühle beschreiben."

Nick war mit einem Satz aus der Küche. „Wenn das alles ist, was du drauf hast, Brüderchen, dann kannst du jede erdenkliche Hilfe gebrauchen."

Der Blick, den Zack ihm zuwarf, hätte ihn eigentlich umhauen müssen. „Geh schlafen, Nick."

„Bin schon unterwegs." Doch erst ging er zur Musikbox, drückte ein paar Songs und drehte sich dann wieder zu den beiden um. „Ihr zwei seid mir schon welche. Lasst es euch von jemandem gesagt sein, der weiß, dass ihr beide Schwächen und Fehler habt. Also hört endlich auf mit dem Gejammer und stellt euch der Herausforderung." Damit drehte er das Licht zurück und ging nach oben.

„Was sollte denn dieser Auftritt?" fragte Zack mürrisch.

„Woher soll ich das wissen? Schwächen und Fehler? Also, ich habe so etwas nicht."

Zack grinste Rachel an. „Ich auch nicht." Er kam hinter der Bar hervor. „Aber die Musik ist gut."

„Ja, wirklich gut." Nur zu gern schmiegte sie sich in seine Arme.

„Das war alles ein bisschen hektisch heute", unterbrach Zackary das Schweigen.

„Hm, ziemlich."

„Ich habe darüber nachgedacht, wie es weitergehen soll. Ich möchte mit dir darüber reden, was ich damals gesagt habe. Das mit dem Zusammenziehen."

Rachel schloss die Augen. Sie hatte ihre Antwort bereits gefunden. Ein Nein. So schwer es auch war, nicht nach dem kleinen Finger zu greifen – sie wollte direkt die ganze Hand. „Lass uns ein andermal darüber reden."

„Nein, jetzt. Die Sache ist die, Rachel, ich ... ich will nicht, dass du bei mir einziehst."

Sie versteifte sich unwillkürlich. „Wie bitte?" Sie öffnete die Augen und schob ihn so heftig von sich, dass er stolperte. „Fein, dann eben nicht."

„Was ich möchte, ist ..."

„Das kannst du getrost für dich behalten! Das ist mal wieder typisch! Ich erledige die ganze Drecksarbeit, und dann kannst du mich nicht schnell genug loswerden!"

„Ich will dich doch gar nicht ..."

„Halt den Mund, Muldoon! Ich bin noch nicht fertig!"

„Wer könnte dich schon jemals aufhalten?" murmelte er ergeben.

Ihre Absätze klapperten laut auf den Fliesen, während sie aufgeregt hin und her ging. „Du bist hier derjenige, der völlig daneben liegt, Mister. Du warst derjenige, der sich aufgedrängt hat." Sie unterstrich ihre Worte mit verärgerten Gesten. „Du wolltest ja kein Nein akzeptieren!"

„Du hast nie Nein gesagt."

„Das ist jetzt völlig unwichtig." Sie schwang zu ihm herum und stützte die Hände in die Hüften. „Du willst also nicht, dass ich bei dir einziehe? Fein! Ich hätte sowieso abgelehnt!"

„Gut!" Er lehnte sich vor, damit er ihr direkt ins Gesicht schreien konnte. „Weil ich mich nämlich nicht damit zufrieden gebe, dass du einen Koffer anschleppst und wir beide dann auf Zeit so tun, als würden wir ein Leben teilen. Ich will, dass du mich heiratest."

„Und wenn du dir einbildest ... Oh Gott! Was hast du gesagt?" Sie wankte und griff sich an die Schläfen. „Ich glaube, ich muss mich setzen."

„Dann setz dich." Er griff sie um die Taille und hob sie auf einen Barhocker. „Und jetzt hör mir zu. Ich habe lange darüber nachgedacht, Rachel. Ich weiß, wir beide wollten eigentlich keine feste Bindung. Du hast Prioritäten gesetzt, stimmt's?" Er fasste ihre Hand und setzte sich neben sie. „Alles, was ich möchte, ist, dass du noch eine Priorität mehr auf deine Liste setzt – mich. Ich hatte nicht vor, mich in dich zu verlieben. Aber so ist es nun einmal. Also möchte ich etwas daraus machen."

„Bei mir ist es ebenso."

„Vielleicht brauchst du viel Raum für dich selbst ..." Er sah sie erstaunt an. „Was hast du da gesagt? Habe ich richtig gehört?"

„Mir geht es ebenso."

„Was heißt ebenso?"

„Ich hatte auch nicht vor, mich in dich zu verlieben. Aber nun ist es geschehen. Also, machen wir etwas daraus."

„Wirklich?"

„Ja." Sie schlang die Arme um seinen Hals. Erstaunlich, dachte sie, er hat genauso viel Angst wie ich. „Du warst nur schneller als ich, Muldoon. Ich wollte ablehnen, weil ich dich liebe, und deshalb wollte ich mich nicht mit halben Sachen zufrieden geben. Schon seit Tagen drehe ich mich in demselben Kreis."

„Ich seit Wochen." Er brachte seine Lippen nahe an ihren Mund heran. „Ich wollte dir eigentlich mehr Zeit einräumen. Aber ich konnte nicht mehr länger warten. Ich habe sogar mit deinem Vater heute Abend darüber geredet."

Sie wusste nicht, ob sie entsetzt aufstöhnen oder lachen sollte. „Wie bitte?"

„Vorher habe ich ihm aber reichlich Wodka eingeschenkt, nur für den Fall. Er hat mir erzählt, dass er noch viele Enkelkinder haben will.“

Sie fühlte ihr Herz überfließen. „Da füge ich mich gerne.“

Ein seltsamer Druck lag plötzlich auf seiner Brust, der sich in wundervolle Farben auflöste und davonstob. „Ohne Scherz?“

„Ohne Scherz. Ich möchte mit dir eine Familie haben. Ich möchte alles mit dir teilen. Das ist meine Entscheidung.“

Er umfasste mit den Händen ihr Gesicht. „Du bist alles, wonach ich mich immer gesehnt habe.“

„Und du bist alles, wonach ich mich jemals gesehnt habe“, wiederholte sie lächelnd. Als sie die Lippen erwartungsvoll öffnete, fühlte sie, dass Tränen in ihren Augen brannten. „Wir wollen doch wohl jetzt nicht sentimental werden, Muldoon, oder?“

„Wer? Wir?“ Er grinste, als er sie in seine Arme zog. „Wir zwei doch nicht.“

- ENDE -

Nora Roberts

Nachtgeflüster 1
Der gefährliche Verehrer

Band-Nr. 25126
6,95 € (D)
ISBN 3-89941-165-X

Nora Roberts

Nachtgeflüster 2
Der geheimnisvolle Fremde

Band-Nr. 25133
6,95 € (D)
ISBN 3-89941-172-2

Vorschau
Dieser Roman erscheint
im Juli 2005

Nora Roberts

Nachtgeflüster 3
Die tödliche Bedrohung

Band-Nr. 25146
6,95 € (D)
ISBN 3-89941-185-4

Band-Nr. 25137
6,95 € (D)
ISBN 3-89941-176-5

Carly Phillips

Verliebt, skandalös und sexy

Drei unerhörte Liebesromane: sinnlich, sexy, skandalös – und einfach Carly Phillips!

Einfach verliebt
Woher weiß Kane McDermott, was Kayla mag, welches Restaurant sie gut findet und worauf sie ansonsten steht? Entweder er ist ein Mann mit ungewöhnlicher Intuition. Oder er hat heimlich recherchiert ...

Einfach skandalös
Logan Montgomery, der angehende Politiker, hat aufrichtige Absichten? Davon soll er Catherine erstmal überzeugen. Aber sie muss zugeben, dass die Nacht mit ihm in seinem Strandhaus ein Schritt in die richtige Richtung war ...

Einfach sexy
New York, New York! Wenn Grace es hier schafft, schafft sie es überall! Aber manche Dinge gehen mit einem Mann einfach besser ...

MIRA®

Nora Roberts

Die Stanislaskis 2
Verführung in Manhattan

Für die kühle Sydney gibt es nur eins: Erfolg im Beruf. Doch der lebensfrohe Künstler Mikhail Stanislaski macht ihr gehörig einen Strich durch die Rechnung.

Band-Nr. 25125
6,95 € (D)
ISBN 3-89941-164-1

Nora Roberts

Die Stanislaskis 4
Heißkalte Sehnsucht

Für ihre neue Story setzt die junge Autorin Bess McNee sehr viel aufs Spiel. Bis sie den smarten Detective Alexej Stanislaski kennen lernt, der um ihr Leben fürchtet.

Band-Nr. 25144
6,95 € (D)
ISBN 3-89941-183-8

Vorschau
Dieser Roman erscheint im Juli 2005